福爾摩斯解剖圖鑑

圖&文／
狗尾草工房

前言

誕生於1887年的「福爾摩斯」，至今仍廣受世界各地的讀者喜愛，作者亞瑟・柯南・道爾所寫的60篇原創小說更是為書迷所津津樂道。這些「正典」（canon）中出現的神祕案子，椿椿件件解謎過程生動巧妙，期間還穿插著福爾摩斯與華生的友情等，本系列的魅力可說是不勝枚舉。至於點綴各篇作品、充滿個性的登場人物，毫無疑問也是魅力之一。

本書把焦點放在正典中出現的這些人物，盡可能忠實呈現正典中的描寫，偶而也借用影視作品等的力量，加上筆者個人的解釋，試著將他們畫出來。筆者相信在熱愛福爾摩斯的書迷之中，必然有人持反對意見，質疑：「這角色不是這種形象！」還望各位能以寬大的胸襟，接納筆者對於原著的解讀。

此外，筆者將本書定位為學習「福爾摩斯基本知識」的入門書，因此也摘錄了原著的簡介和Check Point等。至於案件的核心部分，則是秉持著「不爆雷、不劇透」的原則，日期等正典內的爭議之處也直接引用，目的是「幫

助大家複習正典的內容」。

期待本書能夠幫助各位更靠近、更進一步體會「福爾摩斯」世界的樂趣。

【注意事項】

● 關於內容：本書的內容係根據《福爾摩斯探案全集》的初版原文。

● 關於用詞：本書使用的福爾摩斯標題與人名等的譯名、原著句子的引用，均以臉譜出版的《福爾摩斯探案全集》(二版)為主，立村出版《福爾摩斯辦案記》、《四簽名》、《冒險史》，以及商周出版的《血字的研究》、《四個人的簽名》與好讀出版的《新世紀福爾摩斯編年史》、《新世紀福爾摩斯檔案簿》為輔。

● 關於篇章名的標記：長篇書名、系列名是《 》，短篇名是〈 〉。

● 關於縮寫：「第一章」、「第二章」頁面左側的英文字母，是作品英文標題的縮寫。例如：《暗紅色研究》→STUD（A Study in Scarlet）。

● 關於價格……在本書中出現英鎊幣值時，均附上換算成目前的新臺幣價值，方便讀者感受一下故事中的物價，但也希望各位理解，不同國家、時代的物價等情況不同，價格不見得精準。筆者的換算是參考光文社文庫《新譯夏洛克．福爾摩斯全集》的〈後記〉等，當時的「1英鎊」約等於現在的「2萬4千日圓」，以目前的新臺幣匯率來看，相當於「5416元」。

↓也請參見P142【配件小物／英國的貨幣】。

關於圖示

・登場人物的小頭像 代表該人物在作品中進行的推理或觀察。內容均引用自原著。

・冷 表示冷知識。

contents 目次

2　前言

序章　主要登場人物及其他配角

7　夏洛克・福爾摩斯
8　約翰・H・華生
10　哈德森夫人
12　雷斯垂德
13　深入剖析221B的起居室！
14　221B公寓的配件小物們
16　倫敦近郊地圖
18　大倫敦地圖
20　大不列顛島地圖
22　景點介紹 貝克街
24

第1章　長篇小說《暗紅色研究》、《四個人的簽名》的登場人物

25
26　〈長篇01〉暗紅色研究　A Study in Scarlet
28　〈第一部〉的登場人物
36　永遠的搭檔誕生　COLUMN《畢頓耶誕年刊》
37　COLUMN 福爾摩斯的12項知識與能力
38　〈第二部〉的登場人物
44　以美國大地為舞臺　COLUMN「福爾摩斯」時代的美國
45　《暗紅色研究》的事件始末
46　景點介紹　聖巴托羅謬醫院／蘇格蘭場
48　亮點check!《暗紅色研究》
50　〈長篇02〉四個人的簽名　The Sign of Four
52　〈倫敦篇〉的登場人物
65　COLUMN《理本科特月刊》
66　〈印度篇〉的登場人物
70　跨越國境的故事　COLUMN「福爾摩斯」時代的印度
71　《四個人的簽名》的事件始末
72　亮點check!《四個人的簽名》
74　《四個人的簽名》考察地圖

004

第2章 短篇集《福爾摩斯辦案記》的登場人物

75

76 〈案件01〉波宮祕聞 A Scandal in Bohemia
83 COLUMN 福爾摩斯唯一認同卻也只登場過一次的女人
84 亮點check!〈波宮祕聞〉的事件始末
86 COLUMN《史全德雜誌》

88 〈案件02〉紅髮俱樂部 The Red-Headed League
94 COLUMN 首創「紅髮詭計」的作品
95 亮點check!〈紅髮俱樂部〉的事件始末
98 COLUMN 共濟會

100 〈案件03〉身分之謎 A Case of Identity
105 一眼就能看穿對方的福爾摩斯
106 COLUMN「福爾摩斯」時代的打字員
108 亮點check!〈身分之謎〉

110 〈案件04〉波士堪谷奇案 The Boscombe Valley Mystery
116 COLUMN 鄉下郊外的事件魅力
117 〈波士堪谷奇案〉時代的澳洲
〈波士堪谷奇案〉的事件始末

120 〈案件05〉五枚橘籽 The Five Orange Pips
122 亮點check!〈波士堪谷奇案〉
127 延續到現代的歧視問題
128 「未詳述的案件」列表
129 〈五枚橘籽〉的事件始末
130 亮點check!〈五枚橘籽〉
COLUMN 未詳述的案件

132 〈案件06〉歪嘴的人 The Man with the Twisted Lip
139 以倫敦為巢穴的另一張面孔
140 COLUMN 警察登場次數排名
141 〈歪嘴的人〉的事件始末
144 亮點check!〈歪嘴的人〉
COLUMN 維多利亞時代與鴉片

146 〈案件07〉藍拓榴石探案 The Adventure of the Blue Carbuncle
152 解謎就是最好的禮物
153 〈藍拓榴石探案〉的事件始末
156 亮點check!〈藍拓榴石探案〉
COLUMN 英國傳統耶誕大餐

158 〈案件08〉花斑帶探案 The Adventure of the Speckled Band
163 正典中的奇妙動物們
164 COLUMN 令人好奇的同居時期
165 〈花斑帶探案〉的事件始末
COLUMN 柯南・道爾自選12部最佳作品

005

166 亮點check!〈花斑帶探案〉

168 案件09 工程師拇指案 The Adventure of the Engineer's Thumb

174 COLUMN 221B的早餐

175 〈工程師拇指案〉的事件始末

176 亮點check!〈工程師拇指案〉

178 案件10 單身貴族探案 The Adventure of the Noble Bachelor

184 COLUMN 象徵「衰退」與「崛起」的兩人

185 〈單身貴族探案〉的事件始末

186 亮點check!〈單身貴族探案〉

188 案件11 綠玉冠探案 The Adventure of the Beryl Coronet

194 COLUMN 蛇型湖（九曲湖）

195 〈綠玉冠探案〉的事件始末

196 亮點check!〈綠玉冠探案〉

198 案件12 紅櫸莊探案 The Adventure of the Copper Beeches

204 COLUMN 所謂的國寶中的國寶

205 〈紅櫸莊探案〉的事件始末

208 亮點check!〈紅櫸莊探案〉

—

妝點福爾摩斯世界的配件小物

85 蘇打水製造器
96 金幣／小提琴
107 阿爾伯特錶鏈
118 放大鏡／獵鹿帽
142 英國的貨幣
154 阿爾斯特大衣／英國的報紙
206 菸斗
210 夏洛克・福爾摩斯的創造者亞瑟・柯南・道爾
212 本書未介紹的《福爾摩斯》作品列表
216 寫在最後
218 索引

● 正典（原著）的短篇集使用以下的簡稱。

《福爾摩斯辦案記》→《辦案記》
《福爾摩斯回憶記》→《回憶記》
《福爾摩斯歸來記》→《歸來記》
《福爾摩斯退場記》→《退場記》
《福爾摩斯檔案簿》→《檔案簿》

006

〈序章〉

主要登場人物及其他配角

全球最知名的偵探夏洛克・福爾摩斯與他的搭檔約翰・H・華生是什麼樣的人呢？本書將翻開正典，深入剖析原著中記載的樣貌！

另外，也別忘了這兩位的房東哈德森夫人，以及蘇格蘭場的雷斯垂德探長等眾所熟知的角色。

本書也介紹貝克街221B公寓的場景、福爾摩斯與華生奔波查案的維多利亞時代倫敦地圖等基本資訊，方便各位沉浸在「福爾摩斯」的世界裡。

【注意事項】
※本書介紹的作品會以「藍字」標示，其他作品均為黑字。關於標示黑字的作品，請參見P212、P214的「作品列表」。

夏洛克・福爾摩斯
Sherlock Holmes

- 長形臉（〈綠玉冠探案〉等）
- 黑髮（〈小舞人探案〉）
- 目光十分銳利（《暗紅色研究》等）
- 灰眼睛（《巴斯克村獵犬》等）
- 削瘦的鷹勾鼻（《暗紅色研究》〈紅髮俱樂部〉）
- 下顎方稜（《暗紅色研究》）
- 健壯的前臂（《四個人的簽名》）
- 拉直折彎火鉗的臂力（〈花斑帶探案〉）
- 細長手指（〈紅髮俱樂部〉〈五枚橘籽〉等）
- 手指動作十分靈巧（《暗紅色研究》）
- 非常的瘦（《暗紅色研究》、〈波宮祕聞〉、〈身分之謎〉、〈波士堪谷奇案〉等）
- 眉黑（〈波士堪谷奇案〉等）
- 瘦削的臉頰（〈駝者〉）
- 削瘦的手臂（《四個人的簽名》等）
- 薄唇（〈空屋探案〉）
- 6呎（約182公分）以上的身高（《暗紅色研究》等）
- 身材高瘦（〈波宮祕聞〉、〈波士堪谷奇案〉等）
- 瘦削的雙膝（〈紅髮俱樂部〉）
- 瘦長的雙腿（〈單身貴族探案〉、〈紅櫸莊探案〉）

顧問偵探（Consulting Detective）：租屋住在貝克街221B號（以下簡稱221B），將公寓的起居室當成偵探事務所使用。除了警察和其他偵探帶來的案件之外，也受理因他的盛名而找上門來的一般市民諮詢。經常發揮自己出色的直覺、觀察力與豐富的犯罪知識，解決案件。

Profile
- 出生年月日不詳。
- 曾在某所大學待過兩年（出自〈榮蘇號〉）。
- 家人包括一位年長他7歲的哥哥麥考夫，以及一位祖母，她是法國藝術家梵爾耐的姊妹※（出自〈希臘語譯員〉），還有一位遠親，是名叫文納的醫生（出自〈營造商探案〉），除此之外皆成謎。

※原文只寫「sister」，不確定是姊姊或妹妹。

序
主要登場人物及其他配角

愛好音樂
常去聽音樂會和歌劇等，相當熱愛音樂，個人也頗擅長演奏小提琴，但演奏經常不看時間，造成別人的困擾。
→參見P97

老菸槍
福爾摩斯在思考案件、與搭檔華生閒聊等時候，通常少不了菸斗。有時甚至因為煙霧太濃，害得華生以為失火了。

習癖
福爾摩斯在聽委託人說話時，經常雙手指尖合攏，閉著雙眼。

別看我這樣，我其實有在認真聽！

化學實驗狂
這是協助犯罪搜查的福爾摩斯，最具代表性的嗜好。實驗有時會散發出惡臭，造成室友的困擾。

女性觀
認為女人和愛情會妨礙邏輯思考，所以敬而遠之，不過他也並非厭女，對待女性也總是十分紳士。

個性
有話直說，毫不在意對方的身分。能夠準確判斷事物，不誇張也不謙虛。只是有時候聽到稱讚會很彆扭。

浪費了證據！

精力旺盛與頹廢擺爛
辦案和研究時總是廢寢忘食，精力充沛。
破案後就完全相反，連續好幾日都是頹廢擺爛的狀態。

炯／炯／擔心

易容
福爾摩斯最擅長的偵查方式之一。有時也讓人不禁覺得，他易容的目的或許是為了順便捉弄華生。
→參見P63【Check Point／福爾摩斯的易容術】

是你！／現身

注射古柯鹼
沒有案件上門、難忍無聊時，福爾摩斯的壞習慣就是會施打古柯鹼，追求頭腦刺激（古柯鹼在當時是合法藥物，並非毒品）。

⚠ 絕對不可以模仿！

運動
擅長拳擊、劍術、短棍防衛術。體能出眾，但不喜歡為了運動而運動。

約翰・H・華生

John H. Watson

醫生兼傳記作家：福爾摩斯的好友兼搭檔。受到福爾摩斯的人品吸引，認爲他的事蹟值得廣爲人知，因此將案件記錄下來並公諸於世。

在第二次英阿戰爭的梅萬戰役中槍負傷（《暗紅色研究》，參見下方的【Check Point】）。

他的左臂曾受傷，因此動作顯得僵硬而不自然。

小鬍子
（〈海軍協約〉、〈查爾斯・奧卡斯塔・麥維頓探案〉等）

方下巴
（〈查爾斯・奧卡斯塔・麥維頓探案〉）

粗頸
（〈查爾斯・奧卡斯塔・麥維頓探案〉）

身材中等、健壯
（〈查爾斯・奧卡斯塔・麥維頓探案〉）

留在肢體裡的那顆子彈所在之處，隨著天氣變化，一陣陣的隱隱作痛起來（〈單身貴族探案〉）。

腿曾被槍彈射穿過（不確定左腿或右腿），每當天氣變化就會痠痛萬分（《四個人的簽名》）。

華生的外貌
華生在《福爾摩斯探案全集》中，幾乎沒有提到自己的外貌，因此我們也不清楚他的身高、髮色等基本資訊。

Profile

- 出生年月日不詳。
- 1878年在倫敦大學取得醫學博士學位（出自《暗紅色研究》）。
- 在第二次英國阿富汗戰爭（1878～1880年）中派往第五北昂伯地燧石槍團擔任軍醫，後來奉派至波克夏。在戰地中彈負傷後，又染上印度腸熱病，有好幾個月時間在生死邊緣掙扎（出自《暗紅色研究》）。
- 從戰地返回英國後，與夏洛克・福爾摩斯相識，開始在貝克街221B的同居生活。
- 在英國沒有親戚（出自《暗紅色研究》），父兄已經過世（出自《四個人的簽名》）。
- 去過澳洲，但不清楚去的時期和目的（出自《四個人的簽名》）。

Check Point
梅萬戰役
Battle of Maiwand

第二次英國阿富汗戰爭◆（英阿戰爭）期間，於1880年7月27日在阿富汗第二大城坎達哈郊外的梅萬村開打。

英國與印度聯合派兵鎮壓阿富汗首相之弟阿尤布・汗的叛亂，卻在此役大敗，雙方均有大量死傷。

◆譯註：在臉譜版福爾摩斯的譯文是「第二次阿富汗戰爭」，此戰爭的正確名稱為是「第二次英阿戰爭」或「英阿戰爭」（英國入侵阿富汗的戰爭），所以這裡根據當前說法修改。

010

序　主要登場人物及其他配角

戰爭經歷
在第二次英阿戰爭擔任軍醫卻受重傷，阿富汗長滑膛槍的子彈仍留在身上回國。他在作品中提到不少戰場上的經歷，由此可知他深受戰爭影響。

阿富汗長滑膛槍（或稱傑薩爾火槍）是阿富汗士兵使用的前膛步槍，從槍口裝填黑色火藥。

閱讀嗜好

推理小說中最欣賞神探杜賓和警探李柯克（參見底下的【Check Point】）。在《辦案記》的〈五枚橘籽〉中，有他沉浸於閱讀海洋冒險小說等的場景，由此可知，相較於閱讀專業書籍的福爾摩斯，華生看的書主要是娛樂小說。

Check Point
神探杜賓與警探李柯克
Dupin & Lecoq

作家埃德格·愛倫·坡以「神探杜賓」為主角的《莫爾格街凶殺案》（1841年）一般稱為是世界最早的推理小說；而加伯黎奧筆下有李柯克警探登場的《勒漚菊命案》（1866年）則是世界第一部長篇推理小說，也是警探小說的始祖。這兩位作家確立推理小說的基本架構，為福爾摩斯等後世的名偵探們奠定重要基礎。

埃德格·愛倫·坡
（Edgar Allan Poe，1809～1894）
出生於美國。

埃米爾·加伯黎奧
（Émile Gaboriau，1832～1873）
出生於法國。

個性
為人正直體貼，基本上很有耐性且個性敦厚。雖然福爾摩斯經常批評他寫的東西和缺乏觀察力這點，不過他即使惱怒，仍舊會大方承認，心胸寬大。此外，福爾摩斯接的案子愈危險，他愈堅持陪同，十分熱心。

氣到　發抖

女性觀

純情男華生

他寫的案件紀錄中，有不少對女性（尤其是美女）的稱讚，遇到女性時，態度會比平常更親切、更紳士。遇到一見鍾情的對象時會手足無措，相當純情。

華生醫師
華生在婚後就搬離貝克街，自行開業。根據《辦案記》的〈波士堪谷奇案〉、〈工程師拇指案〉等短篇作品看來，他的病患似乎不少，由此可知是實力堅強的醫生。

抽菸

雖然還不到福爾摩斯的程度，不過華生也喜歡抽菸，與福爾摩斯相遇時抽辛辣的「大港」菸草，後來喜歡「阿卡迪亞」菸草。

射擊

擁有在軍隊時配給的手槍。曾經在《辦案記》的〈紅櫸莊探案〉中射下移動的目標。

哈德森夫人
Mrs. Hudson

221B的屋主：身兼房東的同時，還打理三餐和茶點、打掃屋子、接待訪客等，協助福爾摩斯與華生的生活。

在正典中，一共在17篇作品中出現過，包括只在台詞中提到「女房東（landlady）」，但可以確定是指哈德森夫人。

Check Point
哈德森夫人是神祕人物？
Mrs. Hudson's Mystery

哈德森夫人是出現頻率僅次於福爾摩斯與華生的固定角色，不過書中完全沒有提到她的外貌與年齡，我們甚至不知道她叫什麼名字。此外，書中雖然稱她「夫人」，但也絲毫不曾提及與她丈夫有關的隻字片語。連載當時搭配的席德尼・佩吉特（Sidrey Paget）繪製插畫，也不曾畫過她，可說是本系列中最神祕的角色。

	登場作品 ※＝提到女房東（landlady）
長篇	※《暗紅色研究》
長篇	《四個人的簽名》
《辦案記》	※〈波宮祕聞〉
	※〈五枚橘籽〉（只在對話中出現）
	〈藍拓榴石探案〉（只在對話中出現）
	〈花斑帶探案〉（只在對話中出現）
《回憶記》	〈海軍協約〉
《歸來記》	〈空屋探案〉
	〈小舞人探案〉
	〈黑彼得探案〉
	〈第二血跡探案〉
長篇	《恐懼之谷》
《退場記》	〈紫籐居探案〉
	〈法蘭西斯・卡法克小姐的失蹤〉（只在對話中出現）
	〈垂死偵探探案〉
《檔案簿》	〈藍寶石探案〉（只在對話中出現）
	〈三名同姓之人探案〉

→參見P33【女房東】
→參見P60【哈德森夫人】
→參見P81【Check Point／唐娜太太】

序
主要登場人物及其他配角

雷斯垂德
Lestrade

蘇格蘭場的警探：福爾摩斯以倫敦為主要活動據點，因此每次有案件發生，兩人總會遇上。也有不少次是雷斯垂德委託福爾摩斯一起辦案。在正典中，雷斯垂德探長一共出現過14次，包括只在對話中出現，可謂是登場次數最多的配角。

在正典第一部作品《暗紅色研究》的案發當時，他已經與福爾摩斯認識，也頻頻出現在福爾摩斯與華生剛開始同居的221B公寓。他的名字開頭是「G」（出自〈硬紙盒探案〉）。

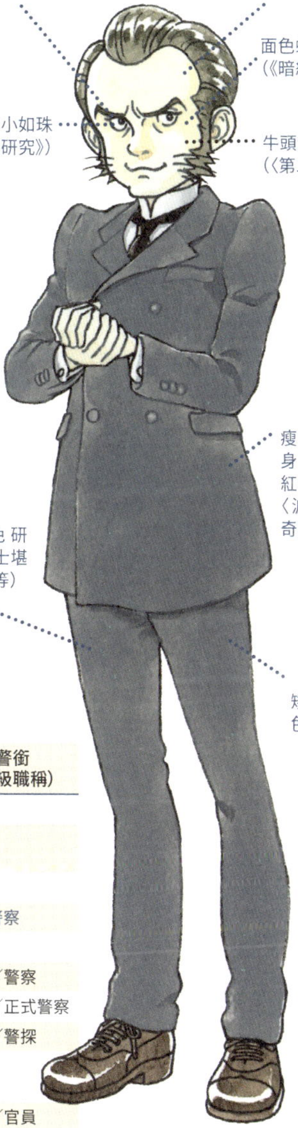

- 眼神銳利帶著狡黠神色（〈波士堪谷奇案〉）
- 鼠臉（《暗紅色研究》）
- 面色蠟黃（《暗紅色研究》）
- 黑眸小如珠（《暗紅色研究》）
- 牛頭犬般的臉（〈第二血跡探案〉）
- 瘦削結實的身材（《暗紅色研究》、〈波士堪谷奇案〉等）
- 瘦削敏捷（《暗紅色研究》、〈波士堪谷奇案〉等）
- 矮小（《暗紅色研究》）

Check Point
雷斯垂德的警銜是？
Lestrade's rank name

我們一般習慣稱雷斯垂德為探長，其實在他登場的14部正典作品中，只有3部明確提到他是「探長」（inspector），其他都只以警探或警察表示（請參見下表）。

作品中並未詳細提及他何時升任警督。

	登場作品	作品中的年代	警銜（階級職稱）
長篇	《暗紅色研究》	1881年	警探
長篇	《四個人的簽名》（僅出現於對話中）	1887年	
《退場記》	〈波士堪谷奇案〉	1887年以後	警探
	〈單身貴族探案〉	1887年	正式警察
《退場記》◆	〈硬紙盒探案〉	1007年以俊	警員
長篇	《巴斯克村獵犬》	1889年	警探／警察
《歸來記》	〈空屋探案〉	1894年	警探／正式警察
	〈營造商探案〉	1894年	**探長**／警探
	〈查爾斯·奧卡斯塔·麥維頓探案〉	年代不明	**探長**
	〈六尊拿破崙塑像探案〉	年代不明	警探／官員
	〈第二血跡探案〉	年代不明	**探長**
《退場記》	〈布魯士－巴丁登計畫探案〉	1895年	警探／警察
	〈法蘭西斯·卡法克小姐的失蹤〉	年代不明	－
《檔案簿》	〈三名同姓之人探案〉	1902年	－

◆ 譯註：〈硬紙盒探案〉這篇英文原著收錄在《回憶記》和《退場記》，臉譜版的是收錄在《退場記》，因此這裡也配合將《回憶記》改為《退場記》。但此表的排序似乎是根據年代，所以這裡沒有變更排序。

→參見P34、P115、P183【雷斯垂德】
→參見P140【COLUMN警察登場次數排名】

深入剖析221B的起居室！

出自《暗紅色研究》、《四個人的簽名》、《福爾摩斯辦案記》

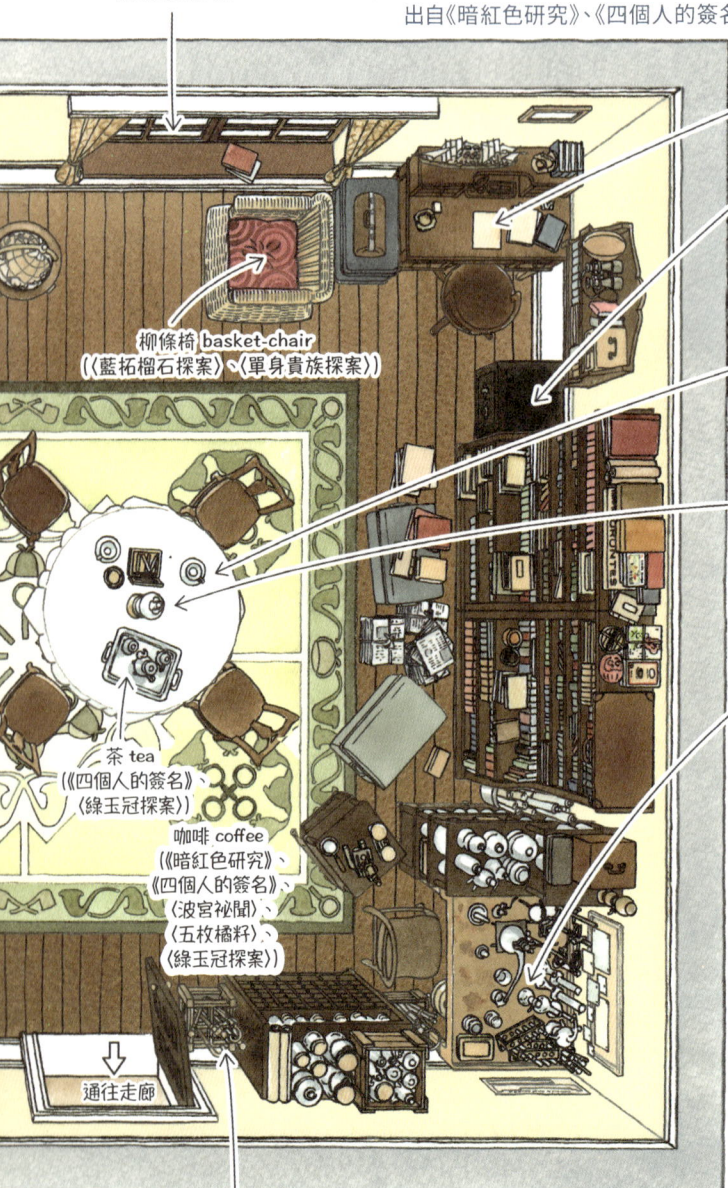

- 起居室有兩扇大窗 windows（《暗紅色研究》）
- 華生的桌子 Watson's desk
- 保險箱 strong box（〈藍拓榴石探案〉）
- 餐桌 table（《暗紅色研究》、《四個人的簽名》、〈波宮祕聞〉、〈身分之謎〉、〈五枚橘籽〉、〈藍拓榴石探案〉、〈綠玉冠探案〉、〈紅櫸莊探案〉）
- 柳條椅 basket-chair（〈藍拓榴石探案〉、〈單身貴族探案〉）
- 檯燈 lamp（〈五枚橘籽〉）
- 化學實驗角落 chemical corner（《四個人的簽名》、〈身分之謎〉、〈紅櫸莊探案〉）
- 茶 tea（《四個人的簽名》、〈綠玉冠探案〉）
- 咖啡 coffee（《暗紅色研究》、《四個人的簽名》、〈波宮祕聞〉、〈五枚橘籽〉、〈綠玉冠探案〉）
- 通往走廊
- 狩獵棒 stick/cane（《四個人的簽名》、〈紅髮俱樂部〉、〈花斑帶探案〉）

這裡是福爾摩斯與華生居住的221B公寓。兩人生活的這處起居室位在建築物的2樓，正典中許多故事的開頭場景都是這個房間，接待委託人也是在這裡。兩人各自另有臥室（華生的臥室在樓上）。

※1＝〈藍寶石探案〉（《收錄在檔案簿》）
※2＝〈墨氏家族的成人禮〉（收錄在《回憶記》）
→參見P212、P214的【作品列表】

014

序
主要登場人物及其他配角

- 凸窗 bow window
  （〈綠玉冠探案〉）
- 第二個出口 second door
  （〈藍寶石探案〉）※1
- 剪貼簿 commonplace book
  （〈工程師拇指案〉）
- 福爾摩斯留下的彈痕 bullet-pocks
  （〈墨氏家族的成人禮〉）※2
- 壁爐 fireplace/mantelpiece
  （《暗紅色研究》、《四個人的簽名》、〈波宮祕聞〉、〈身分之謎〉、〈五枚橘籽〉、〈藍拓榴石探案〉、〈花斑帶探案〉、〈工程師拇指案〉、〈單身貴族探案〉、〈綠玉冠探案〉、〈紅櫸莊探案〉）
- 鏡子 glass
  （〈綠玉冠探案〉）
- 撥火棒 poker
  （〈花斑帶探案〉）
- 華生的扶手椅 armchair
- 酒櫃 spIrIt case
- 威士忌 whIsky
  （《暗紅色研究》、《四個人的簽名》、〈紅髮俱樂部〉、〈單身貴族探案〉）
- 白蘭地 brandy
  （〈藍拓榴石探案〉）
- 蘇打水製造器 gasogene
  （〈波宮祕聞〉）
  →參見 P85
- 短馬鞭 hunting crop
  （〈紅髮俱樂部〉、〈身分之謎〉）
- 古老金菸盒 snuffbox of old gold
  （〈身分之謎〉）

- 福爾摩斯的桌子 Holmes's desk
- 福爾摩斯的抽屜 Holmes's drawer
- 福爾摩斯的扶手椅 armchair
- 長沙發 settee
  （〈紅髮俱樂部〉）
- 福爾摩斯的臥室
- 躺椅 easy-chair
  （〈單身貴族探案〉、〈綠玉冠探案〉）
- 小提琴 violin
  →參見 P47
- 菸斗架 pipe-rack
  （〈身分之謎〉、〈藍拓榴石探案〉）
- 沙發 sofa
  （《暗紅色研究》、《四個人的簽名》、〈藍拓榴石探案〉）

015

221B公寓的配件小物們

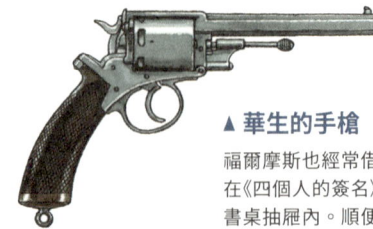

▲ 華生的手槍

福爾摩斯也經常借用華生的軍用手槍。在《四個人的簽名》中,手槍收在華生的書桌抽屜內。順便補充一點,正典中沒有清楚提到手槍的種類,不過華生從軍的1878～1880年期間,英國陸軍的制式手槍是Adams Mark III。

◀ 短馬鞭／獵鞭

這種堅固的短鞭是福爾摩斯愛用的武器之一。在《辦案記》的〈紅髮俱樂部〉、〈身分之謎〉中曾用來懲治惡徒。在〈花斑帶探案〉中,甘士比·羅列特醫生闖入221B威脅福爾摩斯時,手中也拿著短馬鞭。

▲ 蘇打水製造器

家用蘇打水製造器。在〈波宮祕聞〉中,福爾摩斯對久違造訪221B的華生指著酒精容器和蘇打水製造器。他也經常以威士忌蘇打款待造訪221B的客人。

→參見P85【小道具／蘇打水製造器】

▼ 扶手椅

壁爐前的扶手椅可說是福爾摩斯固定的座位。不管是他獨自放鬆、與華生閒聊,或是聆聽委託人說話等時候,都有這張椅子的蹤跡。

► 化學實驗器具

化學實驗在福爾摩斯的偵探工作上也占有一席之地。福爾摩斯的實驗桌相當於221B的「鑑識組」。仔細想想,他與華生之間命運般的邂逅,也是因為他對化學實驗的興趣。

016

序 主要登場人物及其他配角

撥火棒 ▶
撥出壁爐裡的灰燼殘渣時使用的工具。在〈花斑帶探案〉中,力氣大的羅列特醫生掰彎撥火棒威脅福爾摩斯,福爾摩斯又把撥火棒拉直。那是1883年的案子,因此他們住在貝克街不過兩年,撥火棒已經變成這形狀。

◀ 火鉗
在〈紅櫸莊探案〉中,福爾摩斯用火鉗夾起燃燒的煤炭點燃菸斗。

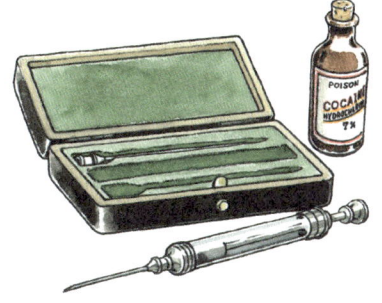

▲ 古柯鹼＆皮下注射器
福爾摩斯用來注射古柯鹼的工具。他有個壞習慣,只要沒有委託上門時,就會因為無法忍受無聊而使用古柯鹼。古柯鹼在維多利亞時代是合法藥品,但華生身為醫生,注意到濫用古柯鹼有中毒的危險,所以在《四個人的簽名》中,強力勸諫福爾摩斯戒掉注射古柯鹼的習慣。

▲ 剪貼簿
福爾摩斯製作的罪案剪貼簿,因分量和範圍太大,甚至必須另外製作一本索引。在《四個人的簽名》中,福爾摩斯提出偵探的必要條件是觀察、推理能力、知識這3項,而這本剪貼簿就是「知識」的結晶。

▼ 古老金菸盒
鑲著大顆紫水晶的黃金菸草盒。福爾摩斯在〈身分之謎〉中提到,華生所謂「與他平時樸實簡單的生活方式不合」的這個配件,是〈波宮祕聞〉破案後,波西米亞國王所贈。

▲ 保險箱
在〈藍拓榴石探案〉中用來暫時保管珍貴的「藍拓榴石」。

▼ 長沙發
長沙發是221B起居室裡最放鬆的空間,福爾摩斯在事件和研究告一段落、整個人虛脫無力時,就會癱在上面。筋疲力盡的華生也會躺在長沙發上聽著福爾摩斯拉小提琴假寐。

倫敦近郊地圖

維多利亞時代

《暗紅色研究》、《四個人的簽名》、《福爾摩斯辦案記》篇

★ 大蘇格蘭場
（1829年～1890年）

★ 新蘇格蘭場
（1890年～1967年）
→參見P47【景點介紹】

―― 紅線範圍內是倫敦市區
→參見P194【COLUMN】

地下鐵愛德思門站
紅 離傑布斯·威爾森的當舖最近的車站

針線街
嘴 修·伯恩的地盤
綠 何德爾及史迪文溫銀行（＊）所在地

李頓荷街
身 瑪莉·蘇特蘭的未婚夫霍斯默·安吉爾公司所在地

范切契街
身 瑪莉·蘇特蘭的繼父公司所在地

倫敦市區

倫敦塔 四

水潭區 ◆ 四

倫敦塔橋
嘴 「金條」鴉片館（＊）位在這座橋東面、泰晤士河北岸那排高大的卸貨碼頭後方

康能街站
嘴 離納維爾·聖克萊工作的地方最近的車站

荷蘭林區
暗 哈利·墨克爾警員巡邏的區域

布萊克斯頓路
暗 艾勞克·傑·楚博爾的屍體是在這條路附近的勞悅斯頓園3號（＊）被發現
藍 養鵝的歐筱特太太住在這裡

四 西印度碼頭

下游

道格斯小島 四

泰晤士河 四

（＊）＝虛構的地名、機構名稱等

出現該地名的作品標記

暗	＝ 暗紅色研究	嘴	＝ 歪嘴的人
四	＝ 四個人的簽名	藍	＝ 藍拓榴石探案
波	＝ 波宮祕聞	花	＝ 花斑帶探案
紅	＝ 紅髮俱樂部	工	＝ 工程師拇指案
身	＝ 身分之謎	單	＝ 單身貴族探案
谷	＝ 波士堪谷奇案	綠	＝ 綠玉冠探案
橘	＝ 五枚橘籽	莊	＝ 紅樺莊探案

500m　1km

◆譯註：英文原著「The Pool」在中文版裡譯成「倫敦塔橋至卡克尖那段河面」。

018

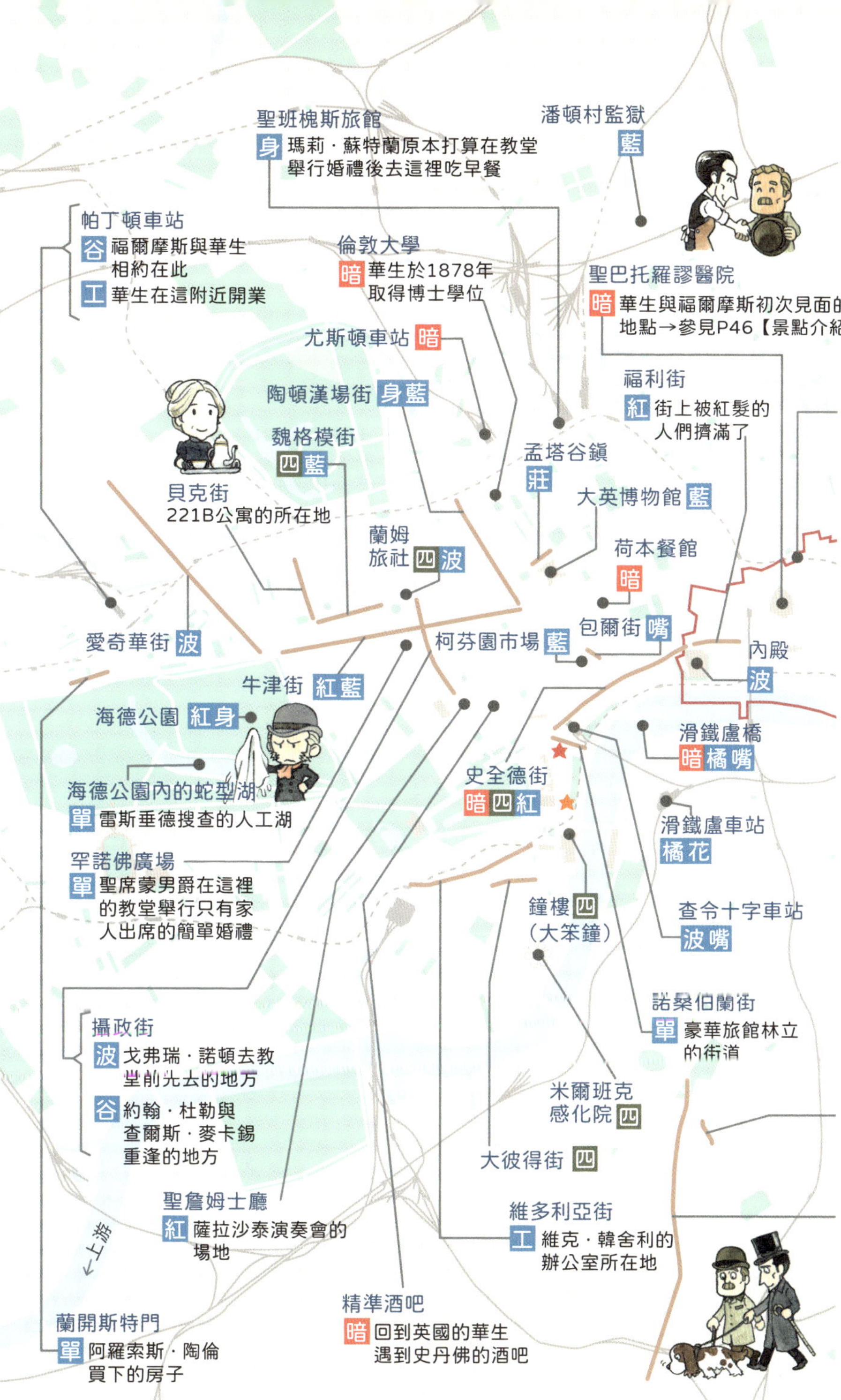

序
主要登場人物及其他配角

聖班槐斯旅館
身 瑪莉・蘇特蘭原本打算在教堂舉行婚禮後去這裡吃早餐

潘頓村監獄
藍

帕丁頓車站
谷 福爾摩斯與華生相約在此
工 華生在這附近開業

倫敦大學
暗 華生於1878年取得博士學位

聖巴托羅謬醫院
暗 華生與福爾摩斯初次見面的地點→參見P46【景點介紹】

尤斯頓車站 暗

陶頓漢場街 身 藍

魏格模街 四 藍

福利街
紅 街上被紅髮的人們擠滿了

貝克街
221B公寓的所在地

孟塔谷鎮 莊

大英博物館 藍

蘭姆旅社 四 波

荷本餐館 暗

愛奇華街 波

柯芬園市場 藍

包爾街 嘴

內殿 波

牛津街 紅 藍

海德公園 紅 身

海德公園內的蛇型湖
單 雷斯垂德搜查的人工湖

史全德街 暗 四 紅

滑鐵盧橋 暗 橘 嘴

滑鐵盧車站 橘 花

罕諾佛廣場
單 聖席蒙男爵在這裡的教堂舉行只有家人出席的簡單婚禮

鐘樓 四
（大笨鐘）

查令十字車站 波 嘴

諾桑伯蘭街
單 豪華旅館林立的街道

攝政街
波 戈弗瑞・諾頓去教堂前先去的地方
谷 約翰・杜勒與查爾斯・麥卡錫重逢的地方

米爾班克感化院 四

大彼得街 四

聖詹姆士廳
紅 薩拉沙泰演奏會的場地

維多利亞街
工 維克・韓舍利的辦公室所在地

←上游

蘭開斯特門
單 阿羅索斯・陶倫買下的房子

精準酒吧
暗 回到英國的華生遇到史丹佛的酒吧

019

序
主要登場人物及其他配角

波 艾琳・艾德勒住的「柏尼小居」（＊）所在地

藍 亞發客棧（＊）的所在地

四 坪清巷3號（＊），突比的飼主舒曼老人的標本工作室就在這裡

聖約翰林區

貝克街

倫敦塔 **四**

布魯斯柏瑞

莊 家庭教師職業介紹所「魏斯特維」（＊）的所在地

西區

倫敦市區

聖約翰林區

海德公園 **紅單**

紅 〈紅髮俱樂部〉的時期，華生住在這裡

西敏寺碼頭 **四**

蘭伯斯區

肯寧頓

暗 首位發現艾勞克・傑・楚博爾屍體的約翰・阮斯警員住在肯寧頓公園門（＊）的奧德立巷46號（＊）

康柏威爾

理查蒙

歐佛板球場 **四**

布萊克斯頓路 **四**

四 福爾摩斯派一組人往理查蒙的方向搜索極光號（＊）

史翠森

諾霧

線 亞歷山大・何德爾住的「費爾班克邸」（＊）所在地

上諾霧

暗 楚博爾投宿在康柏威爾多棉巷（＊）的查本蒂爾夫人寄宿公寓

四 瑪莉・莫斯坦擔任居家家庭教師的西絲兒・佛瑞斯特太太家在下康柏威爾

身 瑪莉・蘇特蘭住在康柏威爾里昂街31號（＊）

橘 華生簡略提到福爾摩斯在1887年發生的「康柏威爾中毒案」中很活躍

四 安東尼・瓊斯警探接獲薛豆凶殺案消息時，正好為了別件案子在諾霧

021

大不列顛島地圖

維多利亞時代

《暗紅色研究》、《四個人的簽名》、《福爾摩斯辦案記》篇

② 登地 Dundee
（蘇格蘭東南部的港口小鎮）
[橘] 裝著橘籽的第二個信封是從登地寄出

⑤ 克魯 Crewe
（柴郡的城市）
[花] 海倫·史東納的母親死於發生在克魯附近的火車意外

⑥ 徹斯特佛德 Chesterfield
（德比郡的工業城市）
[嘴] 納維爾·聖克萊的父親在這個城市的學校當老師

⑦ 雷丁 Reading
（波克郡的城市）
[谷] 福爾摩斯搭火車經過雷丁，就把報紙揉成一團往行李架上一扔
[花] 波西·阿米特基的住家位在雷丁附近的昆水鎮（＊）
[工] 維克·韓舍利接到工作委託，從雷丁趕往不到7哩外的愛佛站（＊）

⑧ 哈洛 Harrow
（中央郡的城市）
[花] 海倫·史東納的阿姨韓諾瑞亞·魏斯費住在這附近

⑨ 理查蒙 Richmond
（舍瑞郡的城市）
[四] 福爾摩斯指派貝克街雜牌軍搜索到理查蒙

⑩ 李村 Lee
（肯特郡的城市）
[嘴] 納維爾·聖克萊的「香柏居」（＊）位在這個村子附近

⑪ 舍瑞郡 Surrey
[花] 羅列特家族世世代代住的「史都克摩倫邸」（＊）所在地
羅列特的祖先曾經是全英國最富有的家族，有一個時期領地北面直達波克郡，西面到漢普郡

⑪ 賴德漢 Leatherhead
（舍瑞郡北部的城市）
[花] 賴德漢是離羅列特的「史都克摩倫邸」（＊）最近的車站

⑫ 霍司漢 Horsham
（薩西克斯郡的小鎮）
[橘] 伊利斯·歐本蕭從美國回國

⑬ 彼得斯場 Petersfield
（漢普郡的小鎮）
[單] 聖席蒙男爵原本計畫去拜克華得菲爾男爵在這附近的宅邸度蜜月

★ ＝倫敦 London
（＊）＝虛構的地名、機構名稱等

出現該地名的作品標記

[暗]	＝暗紅色研究	[嘴]	＝歪嘴的人
[四]	＝四個人的簽名	[藍]	＝藍拓榴石探案
[波]	＝波宮祕聞	[花]	＝花斑帶探案
[紅]	＝紅髮俱樂部	[工]	＝工程師拇指案
[身]	＝身分之謎	[單]	＝單身貴族探案
[谷]	＝波士堪谷奇案	[綠]	＝綠玉冠探案
[橘]	＝五枚橘籽	[莊]	＝紅欅莊探案

022

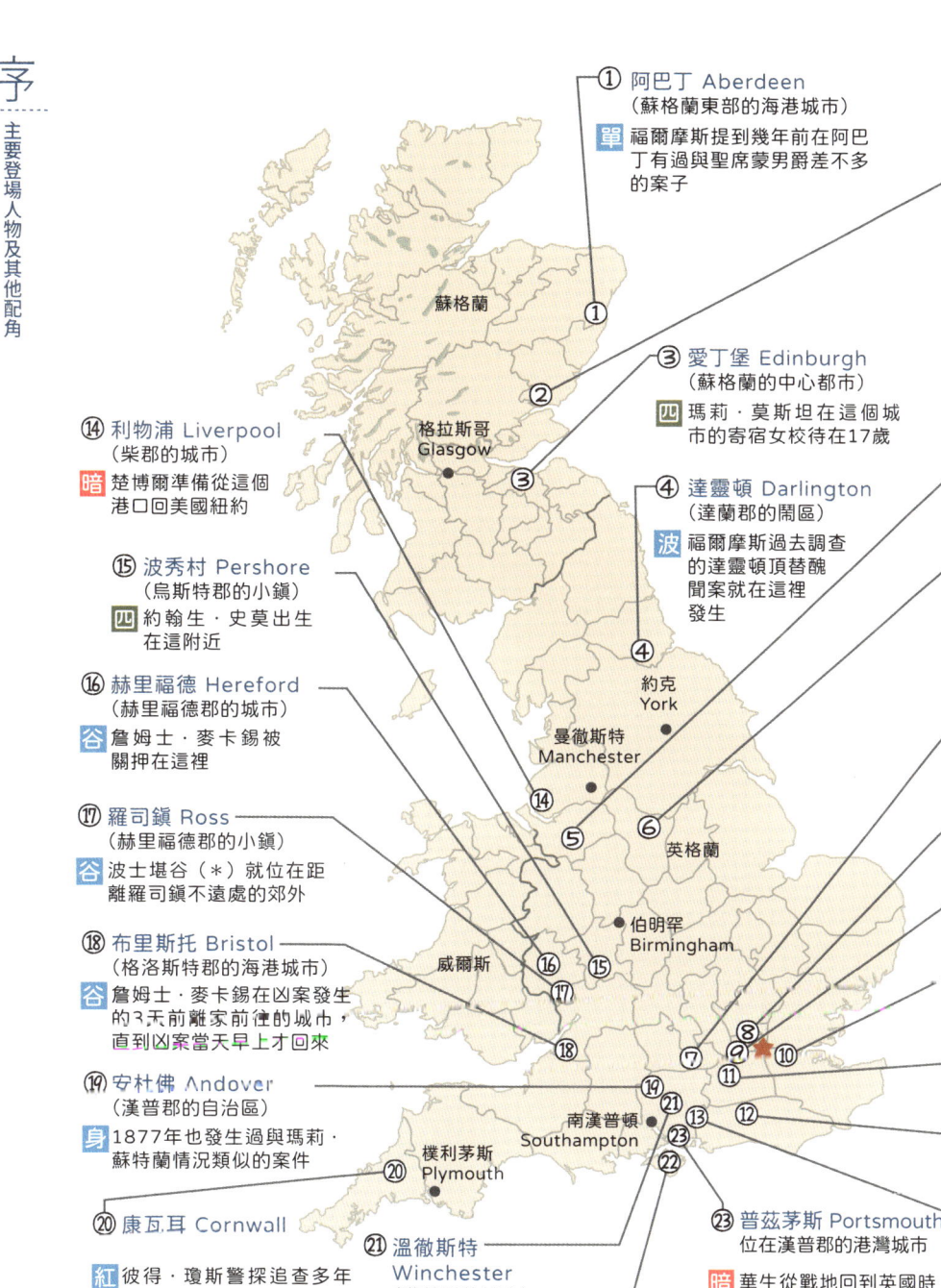

妝點福爾摩斯世界的景點介紹

貝克街
Baker Street

全世界最有名的路

因福爾摩斯與華生住在此處而聞名全球的知名景點「貝克街」，就位在倫敦的馬里波恩區，是一條長約400公尺的南北走向街道。

維多利亞時代的貝克街只到85號，221B號並不存在，直到1921年貝克街延伸到北側的「約克廣場」，到了1930年更進一步把北邊的「上貝克街」也劃入「貝克街」的範圍，門牌號號因此增加，這才有了221號。

順便補充一點，221B的「B」是「bis」（第二）的意思，表示是原址的附號，因為哈德森夫人也住在221號，所以用「B」表示福爾摩斯與華生的住處。

話說回來，在福爾摩斯的時代，「地下鐵貝克街站」位在「約克廣場」北邊，實際上並沒有與貝克街相連，直到後來貝克街延長，才成為名符其實的「貝克街站」。車站出口有福爾摩斯像，是人氣觀光景點。

地圖標示：
- 約克廣場
- 克勞福德街 / 帕丁頓街
- 銀行
- 多塞特街
- 貝克街市集
- 郵局 / 消防署
- 貝克街
- 國王街
- 布蘭德弗德街
- 喬治街
- 教堂
- 北波特曼馬廊街 / 亞當街
- 波特曼廣場 / 下巴克利街

參考資料：「National Library of Scotland」網站／倫敦地圖1893年～1895年

第 1 章

長篇小說《暗紅色研究》、《四個人的簽名》的登場人物

夏 洛克・福爾摩斯與約翰・H・華生是眾所周知的搭檔，是哪些人使他們兩人湊成一對呢？

華生在本系列中一見鍾情的女主角又是誰？

本章將介紹《福爾摩斯探案全集》的長篇作品第一部《暗紅色研究》與第二部《四個人的簽名》中登場的所有個性豐富的角色們！

【長篇】《暗紅色研究》／《畢頓耶誕年刊》1887年
【長篇】《四個人的簽名》／《理本科特月刊》1890年2月號

〔提醒〕
本書為了介紹方便，將《四個人的簽名》中的人物分成「倫敦篇」與「印度篇」，實際原著並無分成兩篇，請讀者見諒。

025

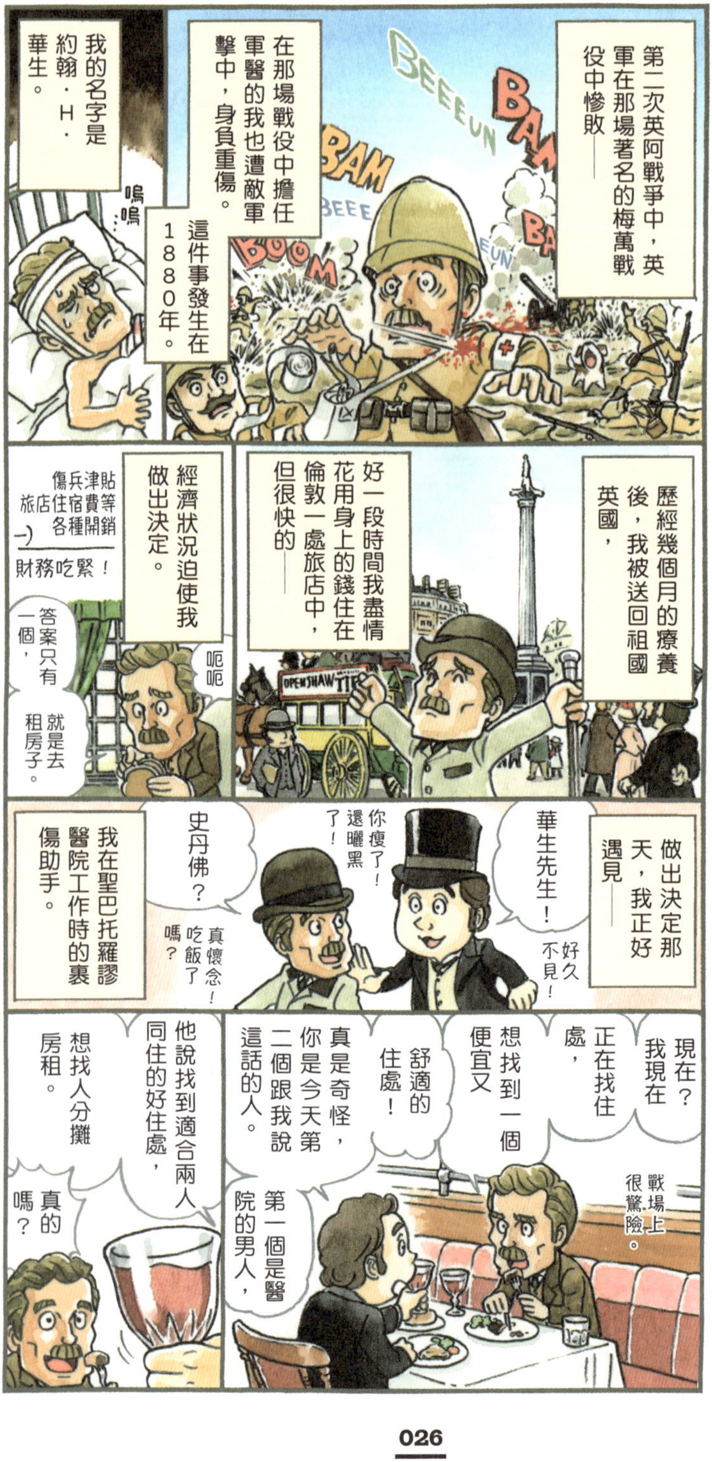

〈第一部〉
華生＆福爾摩斯 搭檔挑戰的第一樁案子

Story

福爾摩斯與華生開始在貝克街221B號公寓展開同居生活。這天，蘇格蘭場的葛里格森警探派人送來一封求助信。

福爾摩斯帶著華生前往案發現場的空屋，看到屋裡躺著一具死相猙獰扭曲的男屍。

屍體上沒有外傷，牆上留下血書「RACHE」（瑞秋），除此之外沒有找到其他線索，葛里格森和同事雷斯垂德對此完全束手無策。

但是，福爾摩斯仔細調查完屋內後，已經掌握犯人的幾項特徵，並確定是毒殺。

貝克街雜牌軍◆

沙意爾 — 看了報紙廣告來到221B的老婦人
→ 造訪

史丹佛 — 華生的裹傷助手
— 認識 → 僱用 → 貝克街雜牌軍
— 介紹福爾摩斯

蘇格蘭場

陶拜斯・葛里格森 — 委託 → 221B **夏洛克・福爾摩斯** ／ **約翰・H・華生**

雷斯垂德

約翰・阮斯警員 — 第一位發現屍體的人

搜查 → **艾勞克・傑・楚博爾**（屍體的身分） — 寄宿 → **查本蒂爾夫人**
母親 → 兒子 **亞瑟** ／ 女兒 **艾莉絲**

約瑟夫・史丹格森 — 楚博爾的祕書

◆ 譯註：在原著中有「貝克街偵探部特警隊」、「貝克街雜牌警探隊」、「貝克街警探隊」、「街頭野孩子偵探小組」、「貝克街游擊隊」等稱呼，本書統一用「貝克街雜牌軍」。

1 長篇01／暗紅色研究 STUD

墨瑞 Murray
華生的傳令兵：在英軍陷入苦戰的「梅萬戰役」中，把肩膀中彈的華生駄在馬背上安全帶回英國防線內。可說是「福爾摩斯」世界的大功臣。

> 如果不是墨瑞忠誠且奮勇的救助，我必定會落入兇殘的阿富汗加慈部落人手中。

史丹佛 Stamford
華生派駐戰地前，在聖巴托羅謬醫院工作時，在華生手下當裹傷護士的青年：替正在找房子的華生與正在找室友的福爾摩斯牽線，也是「福爾摩斯」世界的大功臣。
↓P46【景點介紹／聖巴托羅謬醫院】

> 我人站在精準酒吧前，突然有人輕拍我肩頭，轉過身一看，原來是史丹佛。在煩囂的倫敦看到一張熟識且友善的面孔，對一個孤寂的人來說，實在非常愉悅。以前史丹佛與我並不是非常親密的朋友。興奮之餘，我邀他一起去荷本餐館用午餐。

❄ 精準酒吧 Criterion Bar
倫敦市中心皮卡迪利圓環附近的精準餐廳裡實際存在的高級酒吧。

❄ 荷本餐館 The Holborn
實際存在的餐廳，位在倫敦國王街與高荷本街西側角落，距離精準酒吧約1.3公里遠。

退伍軍人服務隊（信差） Commissionaire
前皇家海軍陸戰隊輕步兵團士官：送信到221B給福爾摩斯。

❄ 士官
每個國家與時代的軍官階級分法不同，一般來說，士官是介於尉官與士兵之間的階級（士官長、上士、中士、下士等），是官與兵之間的緩衝角色。

- 標準的軍人鬢角
- 體格魁梧
- 制服拿去修補了 →參見P149【Check Point／退伍軍人服務隊】
- 大大的藍色船錨刺青
- 衣著樸實
- 沉重的上樓腳步聲
- 聲音粗啞
- 藍色大信封

> 福爾摩斯看出他是「退役的海軍陸戰隊士官」的關鍵
> ・他的臉上也表現出一個穩重中年人的樣子。
> ・隔著街我就能看到那人手臂上有一個船錨的刺青。
> ・他舉止像個陸軍，並有標準的鬢角。
> ・他的態度中有著某些自重及領袖氣質，你可由他抬頭挺胸、甩動手杖的動作中觀察到。

 夏洛克・福爾摩斯＝P8

 約翰・H・華生＝P10

艾勞克・傑・楚博爾
Enoch J. Drebber

凶案死者：美國人，屍體倒臥在布萊克斯頓路勞悅斯頓園3號的空屋被發現。

被害者

- 目測年紀43～44歲
- 刷得乾乾淨淨的高禮帽
- 捲曲的黑髮
- 濃密的短鬚與凸下巴
- 闊肩
- 品質精良且厚重的細毛織長大衣 →參見P092冷
- 塌鼻
- 潔白領口
- 中等身材
- 純金而厚重的阿爾伯特錶鏈→ 參見P107【小道具】
- 潔白袖口
- 淺色褲子
- 漆皮鞋

> 他喝得爛醉，一直到第二天中午還沒有完全清醒，對僕人態度十分放肆輕佻，更糟糕的是，他很快的也以同樣態度對待我的女兒艾莉絲。

❄ **細毛針織 Broadcloth**
織法細緻且帶柔和光澤的平織品，美國稱「密紋平織布」（broadcloth），英國稱「府綢」（poplin）。

艾勞克・傑・楚博爾留下的隨身物品

- 倫敦巴諾公司出廠的金錶（No.97163）
- 純金而厚重的阿爾伯特錶鏈◆
- 共濟會標誌的金戒指→參見P94【COLUMN】 
- 牛頭犬頭形狀的純金胸針，眼睛是紅寶石鑲成

- 俄國皮的名片夾（名片有「艾勞克・傑・楚博爾」的名字）
- 白襯衫（內裡有E.J.D字母縮寫）
- 零錢7鎊13先令（約新臺幣41400元）
- 薄伽丘的《十日談》袖珍本（扉頁上寫著約瑟夫・史丹格森的名字）
- 兩封信
- 高禮帽（康柏威爾路129號約翰・恩德父子公司的產品）

約瑟夫・史丹格森
Joseph Stangerson

艾勞克・傑・楚博爾的私人祕書：美國人，與楚博爾一起離開倫敦的租屋後，在尤斯頓車站分開。

> 史丹格森是個沉穩內向的人，但是他的雇主完全相反，習性粗俗，態度蠻橫。

 查本蒂爾夫人＝P31

030

◆ 譯註：在福爾摩斯全集翻成「環結錶鏈」、「艾爾伯特錶鏈」等譯名，本書全部統一為「阿爾伯特錶鏈」。

1
長篇01／暗紅色研究 STUD

查本蒂爾夫人
Madame Charpentier

在多槐巷經營出租公寓的寡婦：租屋給艾勞克・傑・楚博爾和約瑟夫・史丹格森約3週。

艾莉絲・查本蒂爾
Alice Charpentier

查本蒂爾夫人的女兒：原以為已經離開租屋的楚博爾，才不到1小時又回來抓住艾莉絲，強行要把她帶走，所以她很害怕。

> 我嗅到某些訊息！

> 我發現她臉色蒼白而且神情沮喪，似乎有什麼困擾。

亞瑟・查本蒂爾
Arthur Charpentier

查本蒂爾夫人的兒子：海軍中尉。放假回家，看不慣楚博爾對艾莉絲的行為，兩人打了一架後，他出門跟蹤逃走的楚博爾。

> 這些都沒能逃過我的眼睛！

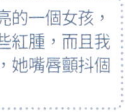

> 她是非常漂亮的一個女孩，她的雙眼有些紅腫，而且我跟她說話時，她嘴唇顫抖個不停。

粗橡木短棍

> 我怕的是你或其他人物認為他涉案，但這絕不可能，他良好的個性、職業、出身，都不允許他這麼做。

 陶拜斯・葛里格森＝P34

031

神祕人物
The murderer?

符合福爾摩斯推理的犯人所描述的人：案發當晚阮斯警員和墨克爾警員在凶案現場外、第二天送牛奶的孩子在海利帶私人旅店附近都有看到他。

- 銳利的黑眼珠
- 黝黑堅毅的臉
- 蓄鬍
- 個子很高
- 棕色大衣

沙意爾
Mrs. Sawyer

老婦人：看到福爾摩斯刊登的報紙廣告來到221B，來領回自己女兒莎莉落在凶案現場的戒指。

- 滿是皺紋的眼
- 大嗓門
- 神經質般顫抖的手
- 上樓梯的腳步聲遲疑而且躊躇

福爾摩斯根據現場留下的物品推論的犯人樣貌
- 壯年人
- 身高超過6呎（約182公分）
- 面色紅潤
- 右手的手指甲頗長
- 抽特里奇那波黎雪茄
- 以身高來看，腳顯得小了些
- 方頭鞋

旅店的僕役
The Boots

海利帶私人旅店的工作人員：領著雷斯垂德前往史丹格森住宿的房間。

送牛奶的孩子
A Milk boy

目擊者：前往牛奶場途中，看到一個男人從海利帶私人旅店3樓的窗口爬下梯子。

1 長篇01／暗紅色研究 **STUD**

一個這樣的小乞丐比一打正規警察能做的還多,人們只要一看到像警察的人,就會封緊嘴巴。然而這些小孩子,他們到處鑽,可以聽到任何事情,而且他們像針一樣銳利,需要的只是組織起來。

魏金斯
Wiggins
貝克街雜牌軍的隊長

房中衝進來6個我所看過最髒、衣著最襤褸的街頭流浪小孩。

貝克街雜牌軍
The Baker Street division of the detective police force
福爾摩斯在倫敦進行調查時,委託的流浪孩童們:福爾摩斯會給他們每人每天1先令(新臺幣270元),派他們去搜查。
→參見P60【Check Point／貝克街雜牌軍】

小獵犬
The Terrier
221B女房東所飼養的狗:病得奄奄一息,女房東要華生替牠解除痛苦。

鈍滯的眼神

牠口鼻和下頜的白毛清楚說明了牠早已超過一般狗齡。

艱難的呼吸

女房東
The Landlady
221B的女主人:不滿貝克街雜牌軍突然的闖入。要求華生替病重的老狗進行安樂死。在書中沒有提到她的名字,只有姓氏。
→參見P12【主要登場人物／哈德森夫人】

221B的女傭
Maid
在門口接待來到221B的老婦人。
→參見P173【Check Point／221B與華生家的僕人】

過了10點,我聽到女傭啪噠啪噠走路回房就寢的腳步聲。

11點,房東太太拖著更重的腳步聲經過我門口,一樣也是要回房就寢。

033

Check Point
陶拜斯·葛里格森
Tobias Gregson

福爾摩斯稱之為「蘇格蘭場最聰明的警探」。在原著中，曾在5部作品出現，包括《暗紅色研究》、〈希臘語譯員〉、〈紫籐居探案〉、〈赤環黨探案〉，在《四個人的簽名》中則是出現在福爾摩斯的臺詞中——「當葛里格森，或雷斯垂德，或安東尼·瓊斯碰到超出他們能力的問題時——其實通常都是這樣的——他們就把事情拿到我面前」。
→參見P140【警察登場次數排行榜】

頭髮淡黃 (fair-haired) 或淺黃 (flaxen-haired)

臉色白皙

高大

陶拜斯·葛里格森
Tobias Gregson

蘇格蘭場的警察：委託福爾摩斯調查發生在布萊克斯頓路勞悅斯頓園3號的凶殺案。

他們互相排擠，像一對靠臉吃飯的競爭者，嫉妒著彼此。

雷斯垂德
Lestrade

蘇格蘭場的警察：與葛里格森一起負責調查勞悅斯頓園凶殺案，平時就經常上門找福爾摩斯。他提過自己當警察已經20年。

黑眼睛
目小如珠

面色蠟黃、獐頭鼠目

他和雷斯垂德是（蘇格蘭場）那堆爛貨中，較傑出的兩位。他們兩人都機敏且精力十足，但墨守成規——極端的墨守成規。

矮小瘦削，行動如雪貂般敏捷

Check Point
雷斯垂德
Lestrade

→參見 P13【主要登場人物】
→參見 P140【警察登場次數排行榜】

可憐的阮斯在警界大概無法升官了。

約翰·阮斯警員
Constable John Rance

蘇格蘭場的警察：晚上巡邏時，看到空屋窗口有一絲亮光透出，懷疑事情不對勁，於是走進屋裡，就發現楚博爾的屍體。儘管他在街上遇到凶手，卻誤以為只是醉漢，因而錯失立功機會。住在肯寧頓公園門奧德立巷46號。

1 長篇01／暗紅色研究 STUD

哈利・墨克爾和另外兩位警員
Constable Harry Murcher and two more

蘇格蘭場的警察：哈利・墨克爾負責荷蘭林區的巡邏。兩點多時聽到阮斯警員的警哨聲，與另外兩位警員趕到凶案現場。

逮捕亞瑟的警員
Two officers

蘇格蘭場的警察：葛里格森帶著兩名警員將亞瑟・查本蒂爾逮捕。

實際存在的人物

湯瑪斯・卡萊爾
Thomas Carlyle (1795-1881)

出生於蘇格蘭鄧弗里斯郡的文學家、歷史學家、評論家

受到德國文學、哲學的影響，翻譯歌德的《威廉・麥斯特的學徒歲月》。發表《戲劇家席勒傳》等。代表作有《法國大革命》（1837年）、《論英雄與英雄崇拜》（1841年）等。

當我提到湯瑪斯・卡萊爾時，他天真的問這人是誰，他做了些什麼事。

華生歸納出「福爾摩斯的知識程度」時，判斷他「一、文學知識──無」的依據之一，就是因為福爾摩斯這個回答。

威爾瑪・聶魯達
Wilma Norman-Neruda (1838-1911)

出生於（現在的）捷克摩拉維亞州布隆的小提琴家

7歲起首次在維也納參加公演，很早就是活躍的小提琴家。經常參與鋼琴家兼指揮家查爾斯・哈雷（1819～1895）的哈雷管弦樂團一同演出。

因為今天下午我要去哈雷的音樂會，聽威爾瑪・聶魯達演奏。

福爾摩斯稱讚威爾瑪・聶魯達的演奏說：「她的手法及用弓方式真是妙極了。」

永遠的搭檔誕生

《暗紅色研究》是大偵探夏洛克·福爾摩斯「首度出現在世人面前」的紀念作。

本作是柯南·道爾首次在雜誌《畢頓耶誕年刊》上發表的長篇小說。福爾摩斯的搭檔華生——在這個時期稱他為「搭檔」或許還太早——總之華生也是由這部作品開啟了「旁白人生」。

作品中講述華生與福爾摩斯的初次相遇，開始在眾所熟知的貝克街221B同居。同居之初，華生不清楚福爾摩斯是做什麼的，只聽福爾摩斯親口說出自己是「顧問偵探」，轉眼間正好有案件上門，也就鎖了兩人首次一同前往案發現場的任務。

現在全世界無人不知、無人不曉的知名搭檔就此誕生！

COLUMN

《畢頓耶誕年刊》
Beeton's Christmas Annual

《畢頓耶誕年刊》1887年號的封面。

《畢頓耶誕年刊》是英國在1860～1898年期間每年都會發行的雜誌。

刊登柯南·道爾第一部作品《暗紅色研究》的1887年號目前存量很少，已經被視為十分珍貴的珍本書。據說2007年蘇富比拍賣上已經喊出超過15萬美元的價格。

036

COLUMN
福爾摩斯的12項知識與能力

一、文學知識——無。
二、哲學知識——無。
三、天文學知識——無。
四、政治知識——弱。
五、植物學知識——不定。對顛茄、鴉片及一般有毒植物知識豐富。對實用園藝植物一無所知。
六、地質學知識——實用，但有限。可以在一瞥之下，就識別不同的泥土。他會在外出回來後，根據褲管上泥點的顏色及堅實程度，判定出是由倫敦哪一區得來的。
七、化學知識——深厚。
八、解剖學知識——正確，但無系統。
九、罪案記載——極淵博。他似乎知道本世紀每一個可怕刑案的細節。
十、小提琴拉得很好。
十一、精於劍狀棒棍、拳擊及劍術。
十二、對英國法律有很實用、豐富的知識。

引用自：福爾摩斯探案全集《暗紅色研究》（臉譜出版）。

上面的列表是《暗紅色研究》中，兩人剛開始同居後不久，在搞懂福爾摩斯的職業之前，華生針對福爾摩斯寫下的紀錄。寫下這個紀錄的契機，驚訝福爾摩斯居然不知道「地動說」，但福爾摩斯在《回憶錄》〈希臘語譯員〉曾與華生聊到「日月食角度偏差改變的原因」，所以他或許是在捉弄華生。

「四、政治知識」這部分，福爾摩斯經手許多與政治相關的案件，實在很難想像他的政治知識薄弱。開頭4項雖然不符合，不過才剛認識不久就對於福爾摩斯有這等程度的觀察，只能說華生不愧是福爾摩斯的傳記作家，觀察力不容小覷。

西洋薔薇，說出個人的哲學見解。至於說他不具備「三、天文學知識」這點，是因為華生很

「二、哲學知識」，雖然不清楚他準確擁有多少哲學知識，不過在《回憶記》〈海軍協約〉一篇中，他曾手托著

關於「人家說天才就是能無限制的辛勤工作。」（They say that genius is an infinite capacity for taking pains.）另外也引用過莎士比亞、歌德的話，在許多地方都可看出他並非「無」文學知識。

後來福爾摩斯在案發現場引用了卡萊爾的話：道「湯瑪斯·卡萊爾」（作家）是誰。

〈第二部〉

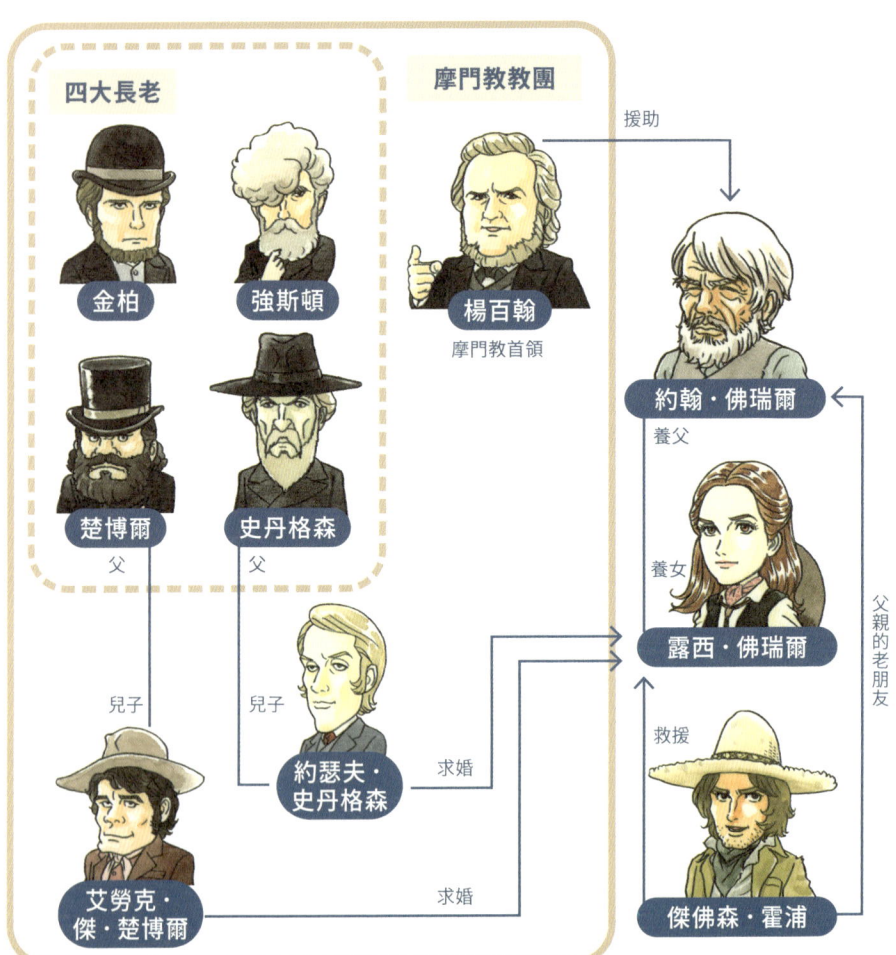

在大片曠野中存活下來的男人和小女孩

Story 1

1847年，約翰・佛瑞爾與小女孩露西兩人獨自行走在北美內陸的沙漠中。其他家人和夥伴們在找尋河水的過程中陸續死於飢渴，最後剩下的就是他們兩人。

當他們兩人也靠著巨大岩石準備面對死亡時，曠野盡頭有一大群帆布頂篷車隊伴隨著塵土出現，大批人馬在攜帶武器的男人們保護下前往聖地。這兩人是摩門教徒。

由於教主說相信教義的人可以得到食物和飲水，佛瑞爾決定成為摩門教的信徒，並把露西當作自己的女兒扶養長大。

四大長老 ｜ **摩門教教團**

- 金柏
- 強斯頓
- 楊百翰（摩門教首領）
- 楚博爾　父
- 史丹格森　父

援助 → 約翰・佛瑞爾

約翰・佛瑞爾
養父
養女
露西・佛瑞爾

父親的老朋友

救援 → 傑佛森・霍浦

約瑟夫・史丹格森　兒子　求婚 → 露西
艾勞克・傑・楚博爾　兒子　求婚 → 露西

1

長篇 01／暗紅色研究

STUD

約翰・佛瑞爾（1847年）
John Ferrier

美國拓荒者：持續搜尋水源，但原本21人的隊伍，除了年幼的露西和他，全數死亡，兩人徘徊在荒野時，正好遇到前往西部的摩門教帆布頂篷車隊，獲救的條件是必須入教。

- 雙眼深陷，燃燒著不自然的光芒
- 棕色的長髮
- 羊皮紙般的棕色肌膚緊貼著骨頭
- 鬍鬚沾滿了白色沙塵
- 嗓音粗而低沉
- 強健的棕色頸項
- 高大的個子
- 鬆垮垮的衣服
- 瘦骨嶙峋的四肢
- 不比骷髏多出多少肉的手
- 棉絨上衣
- 堅強而強壯的體格
- 亞麻布的小圍兜

❄ 棉絨 veludo
也稱為「天鵝絨」（velvet），是一種平面絨，有光澤，親膚柔軟，耐磨，因此普遍用於衣服、帽子、椅子等。

❄ 亞麻 linen
以亞麻纖維為原料製成的織品統稱。輕薄、親膚、吸水力強，多半用於夏季服裝、床單、毛巾、手帕等。

露西（1847年）
Lucy

年約5歲的少女：她的家人全都死去，只剩下她一人，和約翰一起被摩門教徒救起。約翰・佛瑞爾後來把她當成女兒養大。姓氏不明。

- 金髮
- 棕眼
- 圓潤的臉
- 稚幼的聲音
- 長著雀斑的小拳頭
- 白皙手臂
- 乾淨的粉紅色罩袍
- 白襪
- 有著發亮環釦的乾淨鞋子
- 略胖的小白腿

039

露西・佛瑞爾（1860年）
Lucy Ferrier

約翰・佛瑞爾的養女：長大成為令人挪不開眼的漂亮女孩，足以使路過佛瑞爾農莊旁公路上的旅人駐足。她偷聽到摩門領袖楊百翰強迫養父約翰把她嫁給摩門教徒。

> 孩子，要做他們兩人中任何一個的妻子，還不如去死！

- 栗棕色長髮
- 臉色白嫩
- 雙頰紅潤
- 纖柔的女性身影
- 身體修長健康
- 步履輕盈

> 他支持女兒對霍浦的心意。

約翰・佛瑞爾（1860年）
John Ferrier

露西的養父：有能力且值得信賴，受到摩門教徒們尊敬，因此等到他們在猶他落腳後，他分得大片土地，成為富有的農場主人。然而，他十分排斥摩門教教義的「一夫多妻制」，故始終保持單身。

Check Point
摩門教
Mormons

正式名稱是「耶穌基督後期聖徒教會」（The Church of Jesus Christ of Latter-day Saints），是1830年創立的基督教新宗派。

早期因一夫多妻等主張而受到迫害（1890年廢除），輾轉流浪各地，直到1847年才在鹽湖城落腳發展。

約翰・佛瑞爾＝本頁左邊

040

長篇01／暗紅色研究 **STUD**

傑佛森・霍浦（1860年）
Jefferson Hope

❄ 闊邊帽 sombrero
西班牙、中南美洲的墨西哥、秘魯、美國西南部等地區常戴的帽子，頭頂高高凸出的寬簷帽。材質通常是麥稈、羊毛氈、樹皮編織等。

- 闊邊帽
- 黑眼
- 黝黑粗獷的臉
- 個子高

龐球 Poncho
露西的愛馬：強行闖進牛群裡，被一頭牛的牛角觸及腰窩，馬被激得發狂，後肢突然豎起，並發出了盛怒的嘶叫，馬身不停的上下拋動。

加利福尼亞的墾荒者：老家在聖路易。在內華達山脈尋找銀礦回來時，於鹽湖城近郊遇到被牛群困住的露西，並在千鈞一髮之際拯救了她。他的父親與約翰・佛瑞爾是舊識，從救了露西那天晚上起，他也與佛瑞爾父女經常密切往來。

約翰・佛瑞爾心目中的優質青年關鍵
- 他是個好孩子，也是基督徒。露西對他有好感，我也同意他們兩人結婚。
- 教主楊百翰下令他的女兒露西必須嫁給摩門教徒，因此他派人送信去給人在內華達山脈的霍浦，要他趕回來。

041

楊百翰（1847年）
Brigham Young

- 淺髮
- 淺色睫毛
- 體格健壯

楊百翰（1860年）
Brigham Yong

摩門教首領：長途跋涉來到猶他，以行政官身分發揮才幹，建設鹽湖城。來到約翰．佛瑞爾家裡，強迫他把養女露西嫁給四大長老史丹格森或楚博爾其中一人的兒子。

- 看起來不超過30歲
- 碩大的頭
- 果決的表情

摩門教首領：摩門教的創始人約瑟夫．史密斯（Joseph Smith）死後，被選中成為首領。領著近1萬名被趕出伊利諾州諾霧的信徒，尋找能夠安居的應許之地。在漫長旅途中，發現倒在曠野的約翰．佛瑞爾和露西，並收留了兩人。

四大長老
The four Principal Elders

摩門教的教團幹部

- **金柏** Kemball
- **強斯頓** Johnston
- **史丹格森** Stangerson — 有3名妻子和兒子約瑟夫．史丹格森
- **楚博爾** Drebber — 兒子是艾勞克．傑．楚博爾

1 長篇01／暗紅色研究 STUD

約瑟夫・史丹格森（1847年）
Joseph Stangerson

摩門教徒：12歲。四大長老史丹格森的獨生子。任性且早熟。

・臉長而白

約瑟夫・史丹格森（1860年）
Joseph Stangerson

摩門教徒：出現在露西家求婚。年紀比艾勞克・傑・楚博爾大，在教會的職位也比較高。擁有4位妻子。

> 我父親蒙主寵召之後，我就會得到他的曬皮場及皮革工廠。

> 我父親現在已經把他的磨坊給了我，因此我比較富有。

艾勞克・傑・楚博爾（1860年）
Enoch J. Drebber

摩門教徒：四大長老楚博爾的獨生子。與約瑟夫・史丹格森一起出現在露西家求婚。擁有7位妻子。

頸子粗短，面貌粗魯

考博兒
Cowper

摩門教徒：與傑佛森・霍浦交好的摩門教徒。

實際存在的人物

小約瑟夫・史密斯
Joseph Smith, Jr. (1805-1844)

出生於美國佛蒙特州溫莎郡，是摩門教的創始人

受到天使摩羅乃的啟示，撰寫《摩門經》（The Book of Mormon）。1830年成立摩門教，1844年在伊利諾州卡基監獄內，遭反對派殺害。

楊百翰
Brigham Young (1801-1877)

出生於美國佛蒙特州溫德姆郡，摩門教的首領、政治家

→參見P42【楊百翰】
→參見P40【Check Point／摩門教】

約瑟夫・史丹格森＝本頁上方　　艾勞克・傑・楚博爾＝本頁中間

043

以美國大地爲舞臺

本作《暗紅色研究》是由兩個篇章構成。

前半的〈第一部〉描寫發生在倫敦的離奇凶案，後半的〈第二部〉舞臺移動到美國西北部，描寫案件發生的背景原因，從時間倒轉30多年前開始說起。

因此，在〈第二部〉中，福爾摩斯等人的出場畫面很少，但〈第二部〉的主角們生活在西部拓荒時代的猶他大地上，描寫得十分生動，相當有魅力。

《福爾摩斯探案全集》拍成電影、電視劇的作品很多，但《暗紅色研究》的影視作品翻拍次數卻遠比其他人氣作品少，尤其是在福爾摩斯與華生幾乎戲分極少的〈第二部〉更是沒有人翻拍過。

真希望有朝一日能在影視作品中看到約翰和露西·佛瑞爾父女、傑佛森·霍浦，在雄偉的美國大地上活躍的姿態。

闊邊帽和來福槍

COLUMN

「福爾摩斯」時代的美國
American in ⟨Holmes⟩ era

1776年脫離英國獨立的美國，直到1846年才獲得現在稱爲美國本土的區域。1848年，在加利福尼亞◆發現金礦後，陷入空前的淘金熱。

首篇作品《暗紅色研究》〈第二部〉的時代正好就是那時候，露西·佛瑞爾住的城鎮也成爲往來追逐金礦者路過的地方。傑佛森·霍浦也是在找尋礦山的回程路上與露西相遇。

美國也多次出現在《福爾摩斯探案全集》中，例如：〈五枚橘籽〉的伊利斯參加過南北戰爭；〈單身貴族探案〉的新娘海蒂的父親在美國開採金礦致富。其他在《巴斯克村獵犬》、《恐懼之谷》等也有提到。

◆譯註：加利福尼亞在1846年是加利福尼亞共和國（獨立國家），直到1850年才成爲加州（美國第31聯邦州）。

《暗紅色研究》的事件始末

委託日 1881年[※1] 3月4日(三)[※2]	2點	**約翰‧阮斯警員：** 巡邏時在空屋發現楚博爾的屍體。
	早餐左右	**福爾摩斯：**蘇格蘭場的葛里格森派人送信請求協助偵辦凶殺案。
	早上～13點	**福爾摩斯與華生：** 前往葛里格森等待的凶案現場，進行搜索。
	下午	**福爾摩斯與華生：**前往第一位發現屍體的阮斯警員家裡詢問經過。
		福爾摩斯與華生：吃午餐。
		福爾摩斯：去威爾瑪‧聶魯達的音樂會。
		華生：回到221B休息。
	晚餐左右	**福爾摩斯：**聽完音樂會回家。
	過了20點	**福爾摩斯：**看到報紙廣告的老婦人來221B領取戒指。
	21點之前	**福爾摩斯：**尾隨離開的老婦。
	過了22點	**華生：**聽到女傭大步走向臥房的腳步聲。
	過了23點	**華生：**聽到221B女房東走向臥房的腳步聲。
	將近0點	**福爾摩斯：**返家。
3月5日(四)	8點左右	**雷斯垂德：**在海利帶私人旅店發現史丹格森的屍體(死亡時間推測是6點左右)。
	早餐左右	**貝克街雜牌軍：**在221B集合，接下福爾摩斯的指令。 **葛里格森：**來到221B告訴福爾摩斯新消息。
		雷斯垂德：來到221B告訴福爾摩斯新消息。
		貝克街雜牌軍的魏金斯：把馬夫叫來221B。

※1：1881年＝正典中沒有具體提到年分，但華生受傷的「梅萬戰役」發生於1880年7月27日。華生在當地接受治療康復後，因為印度腸熱病徘徊於生死關頭好幾個月，直到腸病好轉，醫務人員便立刻把他送回英國，並在1個月後抵達，所以本書推測《暗紅色研究》是發生在1881年的案件。

※2：3月4日（三）＝實際的「1881年3月4日」是「週五」，不過原著中「1881年3月4日」寫為「週三」。本表格是根據作品中記載的時間製表。

045

點綴福爾摩斯世界的
景點介紹

聖巴托羅謬醫院
St Bartholomew's Hospital

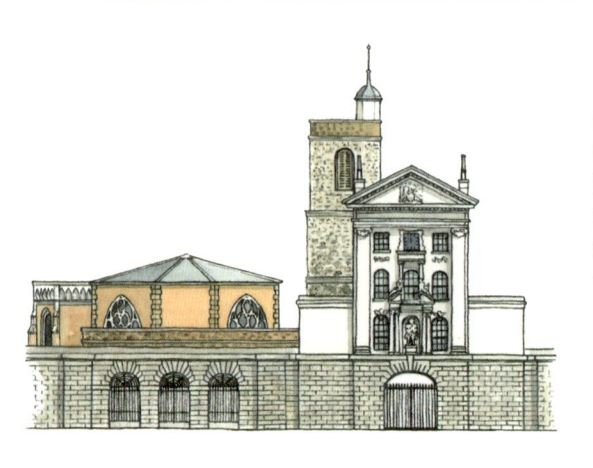

1702年落成的「亨利8世門（The King Henry VIII Gate）」。通過這道門可看到歷史悠久的禮拜堂（St Bartholomew the Less），禮拜堂有一座15世紀興建的塔樓。

兩人初相遇的「巴托」

正式名稱是聖巴托羅謬醫院（The Royal Hospital of St Bartholomew），簡稱「巴托」（Barts）。

聖巴托羅謬醫院成立於1123年，是歐洲最古老的醫院，儘管履經擴建、改建，現在仍然座落在成立當時的地點。院內進行著許多研究，促進醫療進步，也對護理師的發展貢獻良多，是很有來歷的醫院。

《暗紅色研究》中提到華生曾在這所醫院工作，而華生與福爾摩斯的第一次見面，也是在這所醫院的化學實驗室。聖巴托羅謬醫院為了紀念兩人的邂逅，院內掛著一塊寫有福爾摩斯那句「我看得出來，你去過阿富汗」

（You have been in Afghanistan. I perceive.）的牌子，觀光客亦可入內參觀（牌子起先是掛在病學研究室，後來移至院內的博物館）。

《暗紅色研究》鮮少拍成影視作品，也很難看到福爾摩斯與華生在聖巴托羅謬醫院初見的場景，直到英國BBC電視臺將《福爾摩斯》的故事舞臺轉換到現代，拍出英劇《新世紀福爾摩斯》（SHERLOCK），劇中的第一集《粉紅色研究》曾在聖巴托羅謬醫院拍攝◆。兩人的初次見面，令全球書迷與影迷十分驚喜。

◆譯註：事實上《新世紀福爾摩斯》第一季第一集《粉紅色研究》的醫院內景都不是在聖巴托羅謬醫院內拍攝，而是威爾斯卡地夫的攝影棚。後來的醫院外景才是真正在聖巴托羅謬醫院拍攝。（資料來源：《新世紀福爾摩斯編年史》（商周出版）

046

蘇格蘭場
Scotland Yard

1890年落成的第二代「蘇格蘭場」。這棟建築如今依舊存在,並參考設計師諾曼蕭(Shaw, R. Norman)的名字,稱為「諾曼蕭大樓」(Norman Shaw Buildings)。

倫敦的觀光名勝「蘇格蘭場」

這是倫敦警察廳的代稱,特別是指刑事偵緝部(Criminal Investigation Department,縮寫CID)。因為成立於1829年的第一代總部後門對著蘇格蘭國王行宮附近的「大蘇格蘭」街,因此被稱為「蘇格蘭場」。

第一代總部的建築物在1884年遭炸彈恐怖攻擊幾乎全毀,1890年搬遷到南邊的維多利亞堤岸,以「新蘇格蘭場」之名重新啟用。後來到了1967年,第三代總部搬到百老匯10號,2016年再度搬遷到第二代總部的隔壁(第四代總部)。

地圖標註:
- 查令十字車站
- 大蘇格蘭場(第一代總部)
- 白廳
- 泰晤士河
- 現在的蘇格蘭場(第四代總部)
- 新蘇格蘭場(第二代總部)
- 西敏橋
- 鐘樓◆

◆譯註:暱稱大笨鐘,正式名稱是「伊莉莎白塔」(Elizabeth Tower)。

看亮點 Check! 〈暗紅色研究〉讓我們稍微深入瞧一瞧！

同居後不久華生眼中的 福爾摩斯的生活

- 以自己的方式安靜過日子，習慣也頗正常。
- 很少在晚上10點以後還不睡。
- 整天窩在化學實驗室，有時在解剖室。
- 偶而散步很久，走到倫敦的貧民窟。
- 精力被研究工作榨乾後，他會整天躺在沙發上。

如果不是因為他平時生活嚴謹，我會認為他犯毒癮了。

↑ 那是你這時還不夠認識福爾摩斯！

華生養狗之謎

故事中從來不曾出現華生養的狗！

這句「I keep a bull pup.」（我養了一隻小牛頭犬）是當時印度英語的俚語，意思是「**我的脾氣很壞**」。實際上，華生搬到221B沒多久之後，就展露出他的**壞脾氣**了。

> 我養了一隻**小牛頭犬**，因為我神經衰弱，很討厭吵鬧，起床時間很不正常，又極端懶散。你呢？

> 你不介意菸草味吧？我會做化學實驗，有時會幾天不開口。

> 住在一起之前，最好知道彼此最壞的一面！

> 早餐怎麼還沒準備好！汪汪 明明是他比平時起得早！

名臺詞
"Get your hat."
「去拿你的帽子！」
你要我也去？

知名搭檔誕生的瞬間

名臺詞
"I consider that a man's brain originally is like a little empty attic."
「我認為一個人的腦子最開始時就像一個空的小閣樓。」

太陽系？忘掉 忘掉

除非是有用的知識 不然就不要存在！

◆ 譯註：臉譜版中文寫「走到市區的最南端」，但原文為「take him into the lowest portions of the city.」，不是指地理位置上的市區南端，而是社會底層，所以這裡按照日文翻譯。

048

1 長篇01／暗紅色研究 STUD

雷斯垂德 & 葛里格森 首次登場!!

他們雖然是蘇格蘭場那堆爛貨中較傑出的兩位，但……

「RACHE」是德文「復仇」的意思！

表示那人想寫女人的名字「RACHEL」沒寫完，那女人必與此案有關。

它代表什麼意義呢？

兩人的針鋒相對也是看點！

走吧，醫生。

名臺詞

"There's the scarlet thread of murder running through the colourless skein of life."

「在蒼白死亡的皮膚上，有一條暗紅色的凶殺之線。」

我們的責任就是要發現它、分解它，然後將它一點一點暴露出來。

本次的辦案開銷

- 付給阮斯警員打聽消息的費用 **半英鎊金幣**
- 付給貝克街雜牌軍的跑腿費 **6先令**
- 刊登報紙廣告 **金額不明**
- 打電報給克里夫蘭的警察局長 **金額不明**

※半英鎊索維林金幣（約新臺幣2/08元）、1先令（約新臺幣270元）

華生為福爾摩斯打抱不平！

你的功勞應該被公開讚揚，如果你不這麼做，你可以照你的意思去做

我來替你做！

I will for you!

瞪

偵探的條件？

攀附在四輪馬車後面也不算什麼！

這個技巧是每個偵探都該熟悉的！

除了知識外，還須具備高超體能！

049

長篇02

四個人的簽名

The Sign of Four

【委託日】1887年9月7日（↓參見P71）

【委託人】瑪莉・莫斯坦（家庭教師）

【委託內容】瑪莉收到一封要求見面的神祕信件，所以來找福爾摩斯商量

【主要地點】倫敦郊外／上諾霧等

繼承了不少錢財卻完全不會好好運用，
有一段時間生活貧窮，情況時好時壞。
你
喂
最後酗酒，後來就死了。
福爾摩斯!!
發抖 發抖
你去調查過我哥哥以前落魄的事！
否則怎麼能只憑這錶看出來！
全部說對了
華生，抱歉！
我只顧著
推理……
我沒想到提起你哥哥可能引起你的傷痛。
但我可以肯定的說，
我其實不知道你有個哥哥！
真的嗎？
難以置信
真的！
我來解釋一下
你看懷錶表面有無數的刮痕吧？
表示他和錢幣等東西一起放在口袋裡。
瞧瞧
昂貴的懷錶被這樣對待，表示他漫不經心，
既然繼承了這麼值錢的物品，必定還繼承了不少錢財。
原來如此
當舖通常會把當票號碼刮在錶蓋內側。
至少有4個號碼，表示你哥常出入當舖，
由此可知經濟狀況時好時壞。
你仔細看
哦，真的有
最後是
你看鑰匙孔邊有無數的刮痕，
表示手不穩、鑰匙沒對準，醉漢通常會這樣。
原來如此！推理很完美，
是我冒昧。
居然質疑你的天賦
你信我了？
福爾摩斯先生！有位年輕女士來找你！
KNOCK KNOCK
瑪莉．莫斯坦小姐？
請她進來吧，哈德森夫人。
對這名字沒印象
醫生別走，我希望你留下。
在福爾摩斯與我的等待中，莫斯坦小姐以堅定的腳步，大方的走進來。

〈倫敦篇〉

Story 無依無靠的女主角每年收到珍珠之謎

瑪莉・莫斯坦小姐來到221B公寓。

10年前還是學生時，唯一的親人父親突然音訊全無，後來她住進佛瑞斯特太太家裡當家庭教師，便從6年前開始每年收到一顆大珍珠。

她不清楚這份神祕禮物是誰寄來的，也覺得很困擾，今天早上卻突然收到同一位寄件人來信要求晚上見面。煩惱的她在雇主的推薦下，決定找福爾摩斯商量。

對於這樁委託很感興趣的福爾摩斯，與華生一起陪同瑪莉赴約。

貝克街雜牌軍

221B
- 哈德森夫人 —委託→ 夏洛克・福爾摩斯 — 約翰・H・華生

- 亞瑟・莫斯坦（已故） —父親→ 瑪莉・莫斯坦 ←好感— 約翰・H・華生
- 約翰・薛豆（已故） —父親→ 瑪莉・莫斯坦
- 亞瑟・莫斯坦 與 約翰・薛豆：同事
- 瑪莉・莫斯坦 ←女兒
- 西絲兒・佛瑞斯特太太 —介紹福爾摩斯→ 瑪莉・莫斯坦（僱用瑪莉住進家裡當家庭教師）
- 安東尼・瓊斯（搜查）

彭地治利居
- 麥喀墨杜
- 老布恩史棟太太
- 賴爾・瑞奧（男僕）
- 巴薩隆謬・薛豆（被發現死於自己家裡）

—兒子（雙胞胎）→
- 賽弟奧斯・薛豆
- 威廉士
- 喀打麥加（男僕）

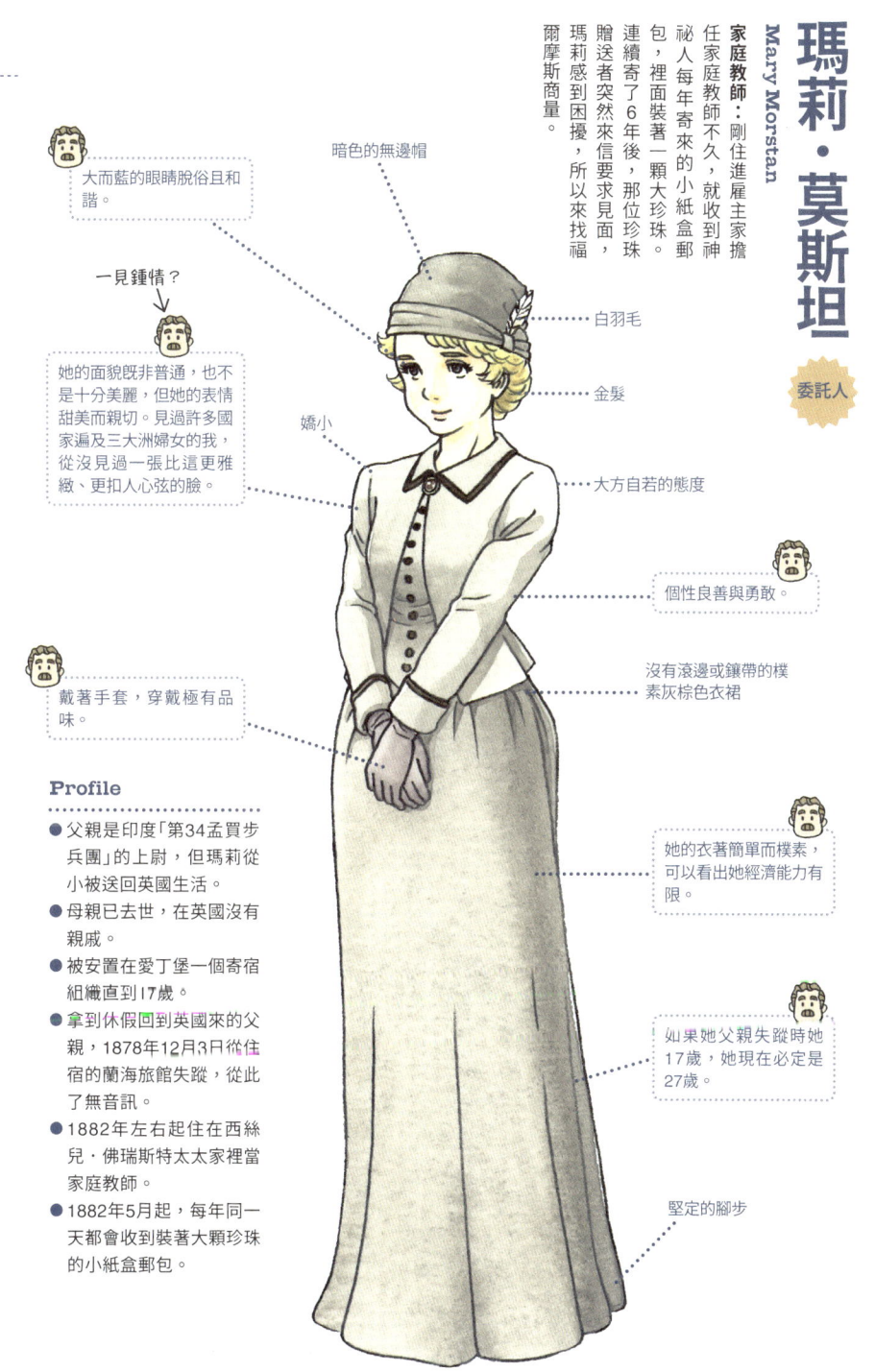

1

長篇02／四個人的簽名 SIGN

瑪莉・莫斯坦
Mary Morstan

委託人

家庭教師：剛住進雇主家擔任家庭教師不久，就收到神祕人每年寄來的小紙盒郵包，裡面裝著一顆大珍珠。連續寄了6年後，那位珍珠贈送者突然來信要求見面，瑪莉感到困擾，所以來找福爾摩斯商量。

- 大而藍的眼睛脫俗且和諧。
- 一見鍾情？
- 她的面貌既非普通，也不是十分美麗，但她的表情甜美而親切。見過許多國家遍及三大洲婦女的我，從沒見過一張比這更雅緻、更扣人心弦的臉。
- 戴著手套，穿戴極有品味。
- 暗色的無邊帽
- 白羽毛
- 金髮
- 嬌小
- 大方自若的態度
- 個性良善與勇敢。
- 沒有滾邊或鑲帶的樸素灰棕色衣裙
- 她的衣著簡單而樸素，可以看出她經濟能力有限。
- 如果她父親失蹤時她17歲，她現在必定是27歲。
- 堅定的腳步

Profile

- 父親是印度「第34孟買步兵團」的上尉，但瑪莉從小被送回英國生活。
- 母親已去世，在英國沒有親戚。
- 被安置在愛丁堡一個寄宿組織直到17歲。
- 拿到休假回到英國來的父親，1878年12月3日從住宿的蘭海旅館失蹤，從此了無音訊。
- 1882年左右起住在西絲兒・佛瑞斯特太太家裡當家庭教師。
- 1882年5月起，每年同一天都會收到裝著大顆珍珠的小紙盒郵包。

賽弟奧斯・薛豆
Thaddeus Sholto

富豪：考慮按照父親約翰・薛豆少校的遺言，把寶物分給莫斯坦上尉的遺孤瑪莉，卻因此與雙胞胎兄弟巴薩隆謬決裂。在父親死後，搬離了原本同住的「彭地治利居」，改住在其他宅第。喜歡東方風的物品。

- 頭頂像山峰突出
- 紅髮
- 藍眼
- 下垂的嘴唇
- 尖細的聲音
- 不時用手遮住嘴邊
- 個子矮小
- 看起來仍很年輕，大約才30歲左右
- 喜歡東方的水煙壺

一直懷疑自己心臟的僧帽瓣有問題，所以華生依言拿聽診器聽過他的心臟，沒發現什麼不對，很顯然有慮病症。

冷 水煙壺
Hookah

吸食菸草的工具之一。先讓煙經過水中，過濾尼古丁再吸入，為波斯（現在的伊朗）在17世紀初發明。

喀打麥加
Khitmutgar

賽弟奧斯的男僕：印度人。開門迎接抵達賽弟奧斯家的瑪莉等人。

「喀打麥加」不是人名，而是印度語的管家、男僕，原意是服務。

威廉士
Williams

賽弟奧斯的男僕：來賴森劇院接瑪莉的男人，曾是英國輕量級拳王。賽弟奧斯全然信賴他的判斷力。

- 驚人的銳利眼光
- 黝黑
- 穿著像馬夫
- 矮小

街頭流浪小童
Street Arab

威廉士在賴森劇場前確認瑪莉等人的身分時，被委託看顧四輪馬車的少年。

054

1 長篇02／四個人的簽名 SIGN

麥喀墨杜
McMurdo

巴薩隆謬的男僕：擔任彭地治利居的門房，過去曾是拳擊手，4年前在業餘拳賽與福爾摩斯打了3個回合。

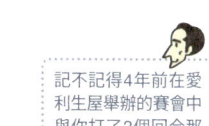

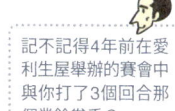

> 記不記得4年前在愛利生屋舉辦的賽會中與你打了3個回合那個業餘拳手？

- 聲音粗啞
- 突出的臉
- 厚胸
- 矮小

巴薩隆謬・薛豆
Bartholomew Sholto

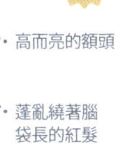

被害人

賽弟奧斯的雙胞胎兄弟：對於父親喬治・薛豆少校留下的財寶分配問題，與賽弟奧斯意見相左。繼續住在原本和父親同住的「彭地治利居」，耗時6年搜尋宅第內外，終於找到父親隱藏的財寶。

- 高而亮的額頭
- 蓬亂繞著腦袋長的紅髮

← 賽弟奧斯

> 巴薩隆謬和我討論過，那些珍珠顯然價值不菲，他反對就這樣送人。我能做的就是說服他讓我每隔一定時間，寄一顆珍珠給莫斯坦小姐。

老布恩史棟太太
Mrs. Bernstone

巴薩隆謬的管家：把自己主人的狀況告訴帶著福爾摩斯等人來訪的賽弟奧斯。

- 個子高

賴爾・瑞奧
Lal Rao

巴薩隆謬的男僕。印度人。

賽弟奧斯・薛豆＝P54

055

約翰・薛豆（已故）
Major John Sholto

英國陸軍退役少校：從軍時，是瑪莉的父親莫斯坦上尉所屬安達曼群島部隊隊長。大約11年前退役，靠著從印度帶回的財富過著富裕生活。1882年因長年患有的胰臟腫大症惡化死亡。死前交代雙胞胎兒子巴薩隆謬與賽弟奧斯，要將自己隱藏的財寶分一半給莫斯坦上尉的遺孤。
→參見P69【Check Point／安達曼群島】

← 賽弟奧斯

我們的父親從不肯告訴我們他懼怕的是什麼，但他對有木腳義肢的人非常憎惡。

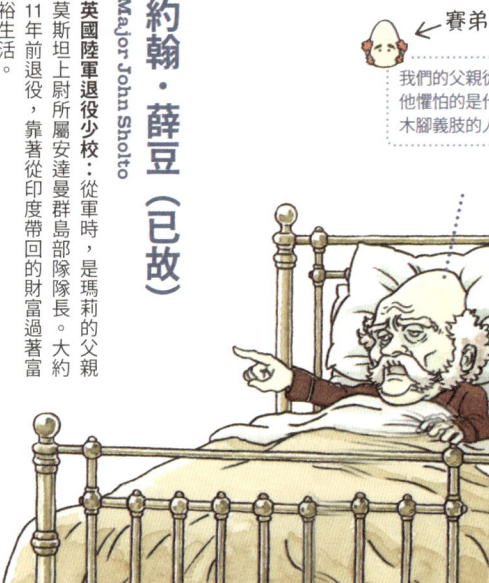

雷爾・喬達（已故）
Lal Chowdar

約翰・薛豆的男僕：莫斯坦上尉找來彭地治利居時，通報主人薛豆少校。

Check Point
與印度有關的人們
People associated with India

《四個人的簽名》是與印度頗有淵源的故事，而正典中還有其他與印度有關的登場人物，由此可以感受到當時的英國與印度關係密切。

〈駝者〉的詹姆士・巴克萊上校和亨利・伍德下士隸屬前往印度平亂的軍團。〈歪嘴的人〉中經營「金條」鴉片館的是東印度的水手。〈花斑帶探案〉的甘士比・羅列特醫生曾在印度行醫。〈空屋探案〉的塞巴斯丁・莫倫上校是服役於皇家印度軍團並創下獵虎成績的神射手。〈三名學生探案〉的道立特・瑞斯是在英國上大學的印度學生。〈蒙面房客探案〉中成為話題的波克郡警員愛默德，被調到印度的阿拉哈貝。而在〈希臘語譯員〉中成為福爾摩斯兄弟兩人推理對象的，也是原本在印度服役的軍人。

1 長篇02／四個人的簽名 SIGN

西絲兒・佛瑞斯特太太
Mrs. Cecil Forrester

瑪莉・莫斯坦的雇主：曾經委託福爾摩斯解決家中的複雜事件，因此也推薦瑪莉去找福爾摩斯。住在下康柏威爾。

- 慈祥的中年婦人

> 我想我是幫過她一些小忙。不過，我記得那案子很簡單。

> 我送瑪莉・莫斯坦抵達西絲兒・佛瑞斯特太太的住處已將近兩點。佛瑞斯特太太不肯去睡，等著瑪莉回來。我看到她慈愛親切的招呼莫斯坦小姐時，我完完全全的放心了。

舒曼先生
Old Sherman

製鳥標本的人：突比的飼主。店位在靠河的蘭伯斯區的坪清巷3號，除了擁有43隻狗之外，還飼養著獾、白鼬、無足蜥蜴（蛇蜥）等。
→參見P163【COLUMN／正典中的奇妙動物們】

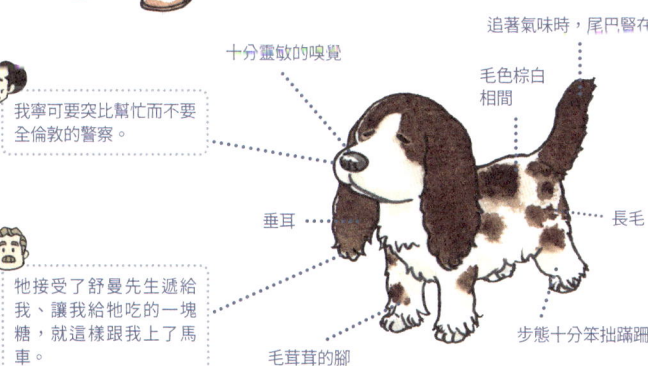

- 戴著藍色眼鏡
- 瘦高，身材佝僂

> 我敲了很久的門，卻遲遲沒動靜，但我一提到福爾摩斯的名字，老人原本冷漠的態度瞬間消失，不到1分鐘門已經打開來。

突比
Toby

舒曼先生養的狗：小西班牙犬與獵犬的混種。

- 十分靈敏的嗅覺
- 追著氣味時，尾巴豎在空中
- 毛色棕白相間
- 垂耳
- 長毛
- 步態十分笨拙蹣跚
- 毛茸茸的腳

> 我寧可要突比幫忙而不要全倫敦的警察。

> 牠接受了舒曼先生遞給我、讓我給牠吃的一塊糖，就這樣跟我上了馬車。

057

史密斯太太
Mrs. Smith

船家：丈夫和大兒子沒說一句話就在半夜裡跟著木腳男一起駕船離開，經過整整一天還沒回來，所以很擔心。

滿臉紅光

壯碩婦人

傑克
Jack

史密斯夫婦的小兒子：福爾摩斯帶著華生與突比一起前來調查，給了小孩零用錢。

捲髮

6歲左右

莫迪卡・史密斯
Mordecai Smith

船家：「極光號」蒸氣船的船主。半夜3點左右帶著大兒子傑米，跟著木腳男一起開著「極光號」離開。

傑米
Jim

史密斯家的大兒子：與父親一起在半夜開著「極光號」外出。

Check Point
極光號
The Aurora

莫迪卡・史密斯的船，也是泰晤士河上數一數二的快艇。福爾摩斯與華生帶著突比來訪時，史密斯先生已經和木腳男開著「極光號」離開。

按照史密斯太太的說詞，這艘船是泰晤士河少見的美船，最近船身剛漆成黑色。船身是黑底，有兩道紅條紋，煙囪是黑色鑲白邊。

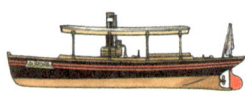

058

◆ 譯註：臉譜版中文音譯為「阿魯拉號汽艇」，這裡改用意譯「極光號蒸氣船」。

1

長篇 02／四個人的簽名 SIGN

木腳男
The Wooden-legged man

巴薩隆謬凶殺案的嫌疑人：租借莫迪卡‧史密斯的「極光號」蒸氣船藏匿蹤跡。

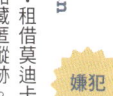

嫌犯

- 攙雜著不少灰白的黑捲頭髮
- 臉上滿是皺紋
- 濃眉
- 銳利閃爍的眼睛
- 長滿鬍子的突出下頷
- 長期日曬的紅褐色臉

> 我們這位木腳朋友，雖然攀爬的本事不錯，但不是個職業水手，他的手沒有硬繭。

福爾摩斯根據凶案現場跡象做出的推理
- 沒有受過什麼教育，短小敏捷
- 右腳裝了義肢，義肢內側已有磨損
- 左腳的靴子是方頭
- 劣質的鞋底
- 鞋跟附近繞著一圈帶狀鐵片◆
- 皮膚曬得很黑
- 中年人
- 曾經關過監牢
- 手掌皮被磨去不少

唐加
Tonga

木腳男的同夥，安達曼群島的原住民男子。

- 頭髮蓬亂
- 頭大而畸形
- 小眼睛
- 凶殘野蠻的臉，像隻野獸般對著我們獰笑
- 咬牙切齒呲著大黃牙
- 厚唇
- 他身上包著一條黑色的寬外套或毯子
- →參見 P154【配件小物／阿爾斯特大衣（短斗篷長大衣）】

Check Point
安達曼群島的原住民
The aborigines of the Andaman Islands

住在安達曼群島的民族。特徵是身高矮小，約 140 公分，皮膚黝黑、捲髮。以狩獵採集維生，沒有發展農業。長期與外界隔絕，甚至不知道用火，是稀有的民族。1970 年推估人口約有 600 人。
→參見 P69【Check Point ／安達曼群島】

◆ 譯註：臉譜版中文是「鞋跟部有塊圓形鐵」，原文是「with an iron band round the heel」，實際去查那時代的鞋子，指在腳踝繞一圈鐵帶加固的軍靴或工人靴。

059

哈德森夫人
Mrs. Hudson

221B的屋主：把上門委託的瑪莉‧莫斯坦的名片交給福爾摩斯，也擔心福爾摩斯過度沉溺於案件。
→參見P12【主要登場人物】

（因為貝克街雜牌軍的街頭遊蕩小童一起闖入起居室，）我聽見房東哈德森夫人提高嗓門的不悅話聲。

魏金斯
Wiggins

貝克街雜牌軍的隊長：繼《暗紅色研究》之後，福爾摩斯提醒他以後一個人上來就好，別把所有人全帶進來。

貝克街雜牌軍裡個子最高

卑弱的身軀

接著一打骯髒襤褸的街頭遊蕩小童衝了上來，儘管他們一擁而上，但彼此之間仍有某種紀律。他們立刻就排成一行，抬起期盼的臉面對著我們。

Check Point
貝克街雜牌軍
The Baker Street Irregulars

福爾摩斯調查案件時，找來幫忙的一群流浪兒，酬勞是每人一天1先令（約新臺幣270元），交通費另計。在《四個人的簽名》裡，福爾摩斯說成功找到船的酬勞是1個索維林金幣（約新臺幣5千7百元）。

他們從首部作品《暗紅色研究》時就很活躍，然而遺憾的是原著中只登場過3次。已知成員在《暗紅色研究》是6人，在《四個人的簽名》約12人。在〈駝者〉中出現名叫辛普生的隊員，負責跟蹤男人。真想看到更多他們的活躍場面。

貝克街雜牌軍
The Baker Street Irregulars

一群流浪兒：接到福爾摩斯的命令去找尋「極光號」蒸氣船的下落。跑腿費是一天1先令（約新臺幣270元）。

1

長篇02／四個人的簽名 SIGN

安東尼・瓊斯
Athelney Jones

蘇格蘭場的警察：賽弟奧斯・薛豆找諾霧警察報警時，湊巧出差至諾霧警局，遂與諾霧警察合作辦案。與福爾摩斯在「主教門珠寶案」中相識。

- 小眼睛
- 腫胖的眼泡
- 沉悶沙啞的聲音
- 臉色紅潤
- 語氣傲慢
- 灰色西裝
- 身軀龐大但行動敏捷

初見時冷漠又傲慢，放鬆下來也是好相處的人，他像美食家似的享用著他的晚餐。

制服警探
Inspector in uniform

蘇格蘭場的警察：與安東尼・瓊斯一起來到「彭地治利居」的警察。

巡佐
Police-sergeant

蘇格蘭場的警察：安東尼・瓊斯帶走嫌犯之後，獨自留在案發現場的警官。福爾摩斯與華生一起爬上屋頂之前向他借了油燈。

警備巡佐
Two constables

蘇格蘭場的警察：華生借到突比回來凶案現場時，在「彭地治利居」守門的兩名警員。

061

管引擎的人
Engineer

瓊斯應福爾摩斯的要求，安排管警艇引擎的人。

掌舵的人
A man at the rudder

瓊斯應福爾摩斯的要求，安排在警艇掌舵的人。

陪同華生的警探
Inspector as Watson's Companion

蘇格蘭場的警察：瓊斯應福爾摩斯的要求安排的警探之一。與瓊斯、福爾摩斯他們一起搭上警艇，也陪同華生一起搭馬車把箱子送去給瑪莉。

> 很有耐性的人。

山姆・布朗
Sam Brown

蘇格蘭場的警察：瓊斯應福爾摩斯的要求安排的警探之一。與瓊斯、福爾摩斯他們一起搭上警艇。

Check Point

蘇格蘭場的警察們
Scotland Yard Policemen

　　蘇格蘭場是根據1829年施行的首都警察法成立。起初是約8百人的警察負責倫敦的警備，1887年增加到約1萬5千人（現在約3萬2千人）。

　　這職業對中產階級的人們來說很受歡迎，不過警察的薪資低廉，工作卻辛勞，因此在1872年和1890年發起罷工，要求調漲薪水、給付年金、獎金等。在《四個人的簽名》中期待破案獎金卻發現獎金報銷那位「陪同華生的警探」，也是低薪又辛苦的警察之一吧！

→P47【景點介紹／蘇格蘭場】

（參考文獻：《圖解夏洛克・福爾摩斯》河出書房新社刊）

1 長篇02／四個人的簽名 SIGN

Check Point
福爾摩斯的易容
Disguises of Holmes

　　福爾摩斯的特殊技能之一就是易容。不只是臉，連表情、聲音、人格都會改變，所以華生也經常上當受騙而感到驚訝。《歸來記》《黑彼得探案》中提過，福爾摩斯在倫敦至少有 5 個藏身處以便易容。福爾摩斯在《巴斯克村獵犬》中曾發表自己的看法：「看穿易容的能力對搜查犯罪的人來說是第一要務。」表示自己也很擅長易容。

　　正典中，福爾摩斯曾經易容 13 次（10 部作品）。

水手裝男子
A man, clad in a rude sailor dress

- 劣質紅圍巾
- 粗陋的水手裝及厚羊毛短外衣
- 福爾摩斯

老水手
An aged man, clad in seafaring garb

- 濃密的白眉
- 銳利的黑眼
- 灰白的落腮鬍
- 雙肩聳起，努力想將空氣吸入肺中
- 彩色圍巾包住他的下顎及脖子
- 舊的短水手外衣，釦子一直扣到喉嚨
- 佝僂的背
- 航海的裝束
- 雙膝打顫
- 粗橡木短棍
- 福爾摩斯

> 一個令人尊敬的老水手，而且年邁貧苦，身子虛弱。

完全上當 →

> 你會是個少見的好演員，你裝得還真像，這足足值一禮拜 10 英鎊。

實際存在的人物
威廉・溫伍・利德
William Winwood Reade (1838-1875)

出生於蘇格蘭珀斯郡的歷史學家、探險家、哲學家

著作《人類之殉道》(The Martyrdom of Man, 1872年) 是從全新的角度寫成，以自然科學的手法思考西方文化的發展，因此當時引發爭論，認為本書在攻擊基督教的教義，但也得到另一派人的支持，認為是「世俗主義者的聖經」。

> 我推薦你這本難得一見的好書！

福爾摩斯介紹華生溫伍・利德的著作《人類之殉道》，讓他打發時間。

安東尼・瓊斯＝P61

實際存在的人物

約翰・沃夫岡・馮・歌德
Johann Wolfgang von Goethe (1749-1832)

出生於德國美茵河畔法蘭克福的詩人、作家、自然科學家、政治家。作品包括詩、小說、戲曲等多種方面，也熱衷於自然科學研究，留下形態學、色彩理論相關的著作。代表作《浮士德》（1808、1833年）、《少年維特的煩惱》（1744年）等。

「我們常見到人們輕視他們不了解的事情。」

福爾摩斯借用歌德在《浮士德》裡的一句話形容安東尼・瓊斯。

查理・布朗丁
Charles Blondin (1824-1897)

出生於法國加萊海峽省聖奧梅爾的雜技演員。本名尚・法蘭索瓦・葛拉夫雷（Jean François Gravelet）。1859年首次在2萬5千名觀眾面前成功走鋼索跨越尼加拉瀑布，其後也多次挑戰走鋼索橫越溪谷並因此聞名。

「現在請你跑下樓去，放開突比，好好欣賞一下布朗丁的神技。」

福爾摩斯為了找尋線索，從屋頂沿著落水管爬下來時，戲稱自己是布朗丁。

傑・保羅
Jean Paul (1763-1825)

出生於德國文西德的作家。本名約翰・保羅・弗里德里希・瑞其特爾（Johann Paul Friedrich Richter），在古典主義與浪漫主義之間確立獨特的文學世界，帶給後世的寫實主義作家深遠的影響。代表作包括《巨人》（1800～1803年）、《年少氣盛》（1804～1805年）等。

「瑞其特爾有許多動人的想法。」

福爾摩斯帶著突比追蹤氣味時，對華生提到傑・保羅的評語。

1 長篇02／四個人的簽名 SIGN

確立福爾摩斯角色設定的作品

《四個人的簽名》是《暗紅色研究》的續集，在美國理本科特出版社（J. B. Lippincott & Co.）的委託下寫成。

在此之前柯南・道爾的作品包括長、短篇在內，全都是單篇作品，所以本作是柯南・道爾首次嘗試的「續集」。

這部《四個人的簽名》中揭露福爾摩斯有施打古柯鹼的惡習、擅長拳擊和易容、女性觀獨特等，還建立了從委託人上門開啟案件的模式，前集沒提到名字的女房東也正名是「哈德森夫人」等，出現了幾個今後將發展成系列的續集基本要素。

「貝克街雜牌軍」也延續前作再度登場，再加上嗅覺出色的名犬突比、泰晤士河上的蒸氣船追擊、華生的羅曼史等，也替故事錦上添花。

華生在《暗紅色研究》中是站在案件旁觀者的立場，到了《四個人的簽名》親身經歷冒險與危險，已然成為福爾摩斯無可取代的搭檔。

COLUMN

《理本科特月刊》
Lippincott's Magazine

《理本科特月刊》是在美國發行的月刊雜誌。1868～1915年期間出版社企畫特別邀請英國作家寫小說，替英國版《理本科特月刊》的創刊造勢，柯南・道爾和奧斯卡・王爾德均名列其中，因此《四個人的簽名》登上了1890年2月號。

《理本科特月刊》的封面最上面就寫著《四個人的簽名》！

065

〈印度篇〉

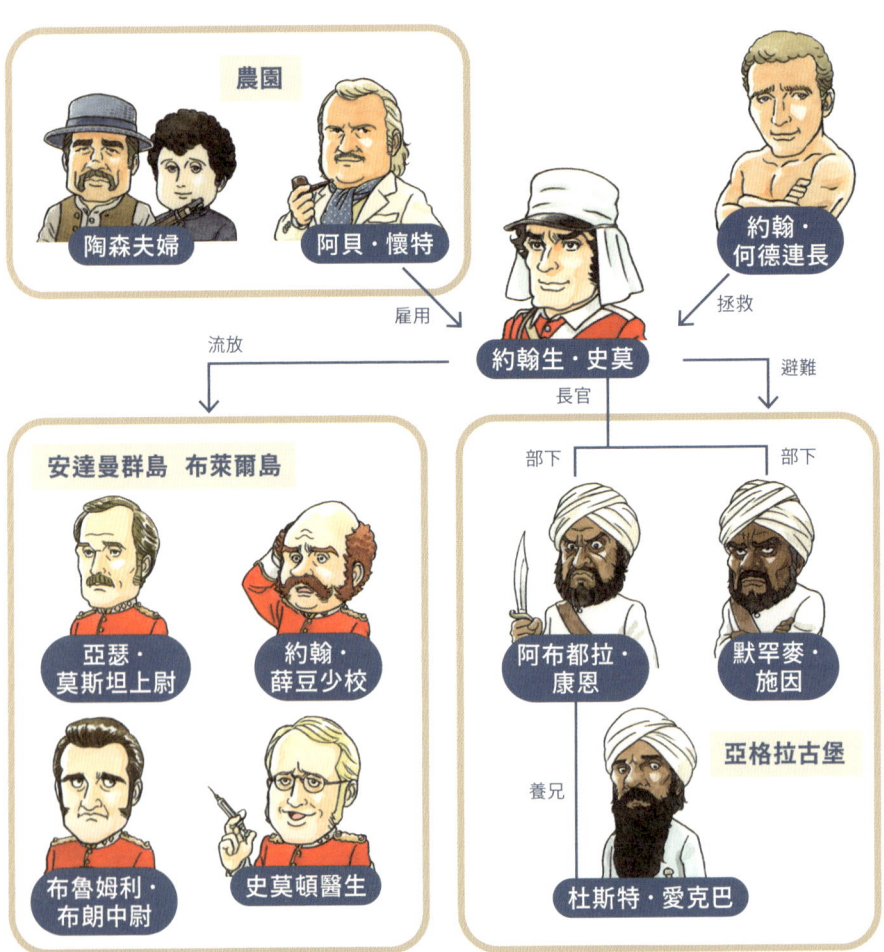

Story 藏在戰亂古堡裡的財寶

約翰生·史莫本來是駐守印度的英國陸軍下士,卻在河裡被鱷魚咬斷了右腳。

儘管他運氣好撿回一命,退役在印度的農園工作,某天卻遇上印度傭兵叛亂。他在性命垂危之際逃進亞格拉古堡,身為退伍軍人的他在那裡加入當地的軍團,負責看守古堡城門。3名印度士兵得到消息,有人將偷偷帶著「拉者」(土邦君王)的財寶進入古堡,他們要求史莫加入搶奪行列,於是4人襲擊小商人,搶奪財寶藏到安全場所,並發誓不會背叛彼此。

農園

- 陶森夫婦
- 阿貝·懷特 — 雇用 →
- 約翰·何德連長 — 拯救 →

約翰生·史莫

- 流放 ↓
- 長官
- 避難 ↓

安達曼群島 布萊爾島

- 亞瑟·莫斯坦上尉
- 約翰·薛豆少校
- 布魯姆利·布朗中尉
- 史莫頓醫生

部下
- 阿布都拉·康恩
- 默罕麥·施因

亞格拉古堡
- 養兄 → 杜斯特·愛克巴

1 長篇02／四個人的簽名 SIGN

Check Point
印度民族起義
Indian Mutiny

1857～1859年印度起兵反抗英國的統治，「土著兵」（西帕衣團）的暴動為開端，叛亂擴大，因此也稱為「印兵譁變」（Sepoy Mutiny）。不過近年來有不同的看法，認為不只是單純的僱傭兵叛亂，而是印度史上第一次獨立戰爭。

叛軍暫時占領德里，市民和農民會合，勢力擴大到各地，但遭到英軍鎮壓。東印度公司因此解散，英國政府廢除蒙兀兒帝國，成立英屬印度（印度帝國），此後的英國君主均以「印度皇帝」的頭銜直接統治印度。

約翰生・史莫
Jonathan Small

隸屬印度第三軍團：出生在烏斯特郡波秀村附近，他在當地是頗受尊敬的農戶，但卻是個愛流浪的人。18歲入伍，加入前往印度的第三軍團。跑去恆河游泳被鱷魚攻擊，因此失去右腳。

約翰・何德連長
Sergeant John Holder

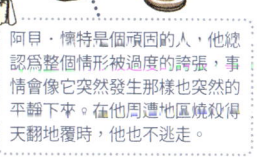

隸屬印度第三軍團：救起游泳遭鱷魚襲擊的約翰生・史莫，並送回岸邊，是名游泳健將。

阿貝・懷特
Abel White

農園經營者：在印度西北區邊境的木特拉種植靛青染料植物的白人，農園位在印度西北區邊境的木特拉。僱用因腳負傷退役的約翰生・史莫擔任農園監工，監視種植的苦力。

阿貝・懷特是個頑固的人，他總認為整個情形被過度的誇張，事情會像它突然發生那樣也突然的平靜下來。在他周遭地區燒殺得天翻地覆時，他也不逃走。

❄ 苦力
Coolie

印度和中國對下層勞動者的稱呼，坦米爾語「僱用」的意思，英文是「cooly」、「coolie」，中文是「苦力」。1865年美國奴隸解放之後，「苦力」成了代替奴隸的勞動力被殘酷的剝削。

陶森夫婦
Mr. & Mrs. Dawson

與史莫一起管理阿貝・懷特的農園。

約翰生・史莫＝本頁上方

067

默罕麥・施因
Mahomet Singh

兩個人都是有經驗的戰士，曾在華拉一役中與我們敢對過。

約翰生・史莫的手下：錫克教徒的旁遮普人，擔任亞格拉古堡城門的守衛。

阿布都拉・康恩
Abdullah Khan

約翰生・史莫的手下：錫克教徒的旁遮普人，擔任亞格拉古堡城門的守衛。

外表凶悍

高大

兩人中較高大凶悍的阿布都拉・康恩。

他們英語說得不錯，但我不太能讓他們開口。他們喜歡站在一起，整夜以他們奇特的錫克語交談。

阿奇邁特
Achmet

北部省領主的僕人：負責把「拉者」（土邦君王）的珠寶帶到亞格拉古堡。

頭上裹著黃色大包頭巾

一雙發亮的小眼睛像老鼠出洞前那樣不停張望

矮小

圓胖

手裡拿著一個圍巾包著的東西（裝著最高品質的寶石、上好的珍珠等的箱子）

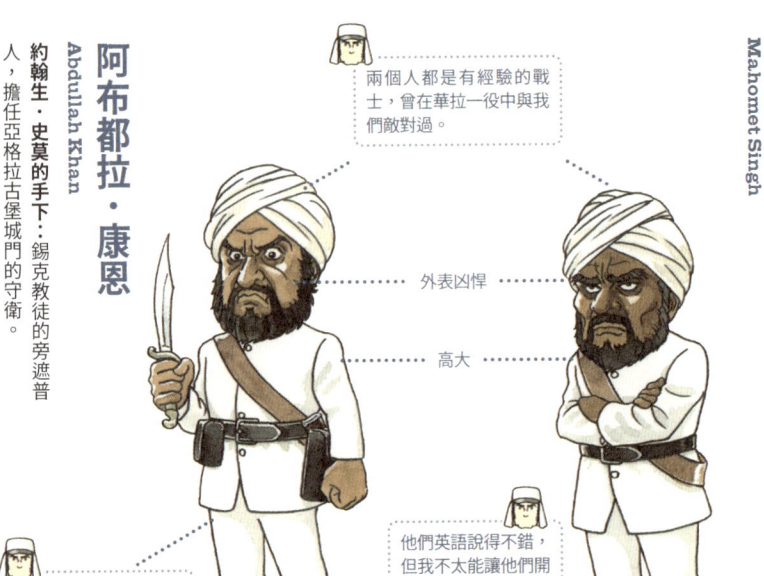

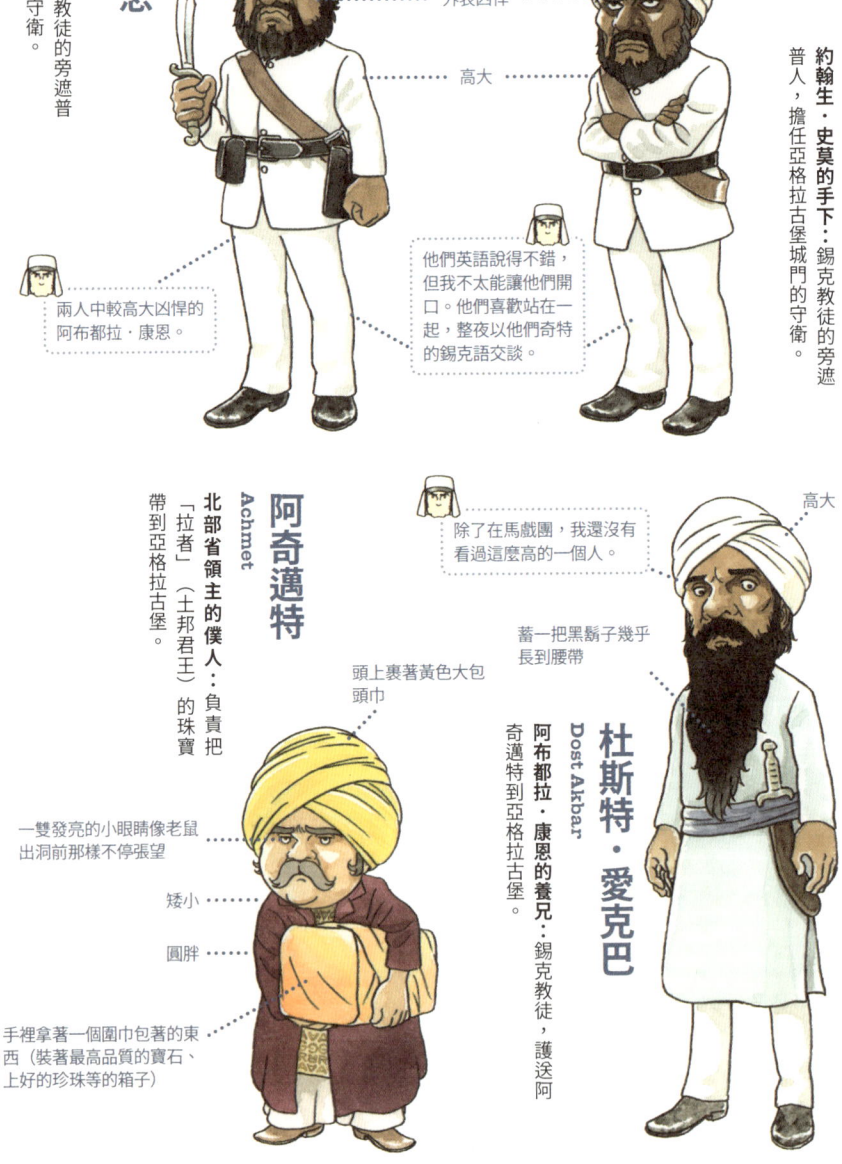

杜斯特・愛克巴
Dost Akbar

除了在馬戲團，我還沒有看過這麼高的一個人。

高大

蓄一把黑鬍子幾乎長到腰帶

阿布都拉・康恩的養兄：錫克教徒，護送阿奇邁特到亞格拉古堡。

1 長篇02／四個人的簽名 SIGN

約翰・薛豆少校
Major John Sholto

英屬印度陸軍「第三十四孟買步兵團」指揮官：派至安達曼群島布萊爾島的囚犯警備隊。在那群經常去史莫頓醫生房裡打牌賭博的人之中輸得最慘，幾乎破產。也是賽弟奧斯和巴薩隆謬兩兄弟的父親。

亞瑟・莫斯坦上尉
Captain Arthur Morstan

英屬印度陸軍「第三十四孟買步兵團」隊長：派至安達曼群島布萊爾島的囚犯警備隊時，在那群經常去史莫頓醫生房裡打牌賭博的人之一。債務雖然沒薛豆少校那麼重，不過還是對賭債很煩惱。經常與薛豆少校待在一起，是瑪莉・莫斯坦的父親。

> 而其他那幾個只是利用打牌來打發時間，不太花精神在上面。

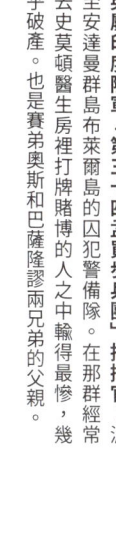

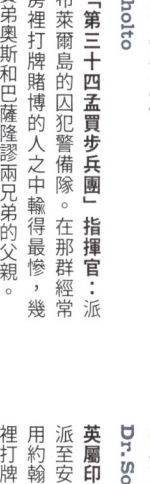

史莫頓醫生
Dr. Somerton

英屬印度陸軍「第三十四孟買步兵團」軍醫：派至安達曼群島布萊爾島的囚犯警備隊時，任用約翰生・史莫擔任助手。找大家到自己的房裡打牌賭博。

Check Point
亞格拉古堡
Agra Fort

位在印度北部城市亞格拉的城塞。蒙兀兒帝國第三代皇帝阿克巴（Akbar，1542～1605年）建設，約20公尺高的雄偉紅砂岩城牆環繞，城內有美麗的宮殿和庭園等，1983年登錄為世界文化遺產。

Check Point
安達曼群島
Andaman Islands

位在孟加拉灣東南方的204座小島構成的島弧。

18世紀中期起成為英國流放罪犯的殖民地，第二次世界大戰時被日本軍占領。1950年起與南邊的尼科巴群島成為印度安達曼－尼科巴群島聯邦直轄區，由印度中央政府管轄。

布魯姆利・布朗中尉◆
Lieutenant Bromley Brown

英屬印度陸軍「第三十四孟買步兵團」軍醫：派至安達曼群島布萊爾島的囚犯警備隊時，在那群經常去史莫頓醫生房裡打牌賭博的人之一。

◆ 譯註：臉譜版中文寫「少尉」，但日文版是「中尉」，英文原文是「Lieutenant」，所以改為「中尉」。

069

跨越國境的故事

《四個人的簽名》也與《暗紅色研究》一樣,由「發生在倫敦的案件」,以及「原因出自過去在國外發生的事情」兩個部分所構成。

在《暗紅色研究》中,案件的起因發生在美國,《四個人的簽名》發生在當時是英國殖民地的印度,故事也與實際發生的「印度民族起義」等有關,由此可窺見英國與印度當時的情勢。

與印度有關的案件除了本作之外,還有〈花斑帶探案〉、〈駝者〉等。至於《暗紅色研究》、〈五枚橘籽〉、〈單身貴族探案〉、《恐懼之谷》等則是跟美國有關。其他還有〈魔鬼的腳探案〉、〈蒼白的士兵探案〉、〈黃色臉孔〉、〈波士堪谷奇案〉則是非洲,《福爾摩斯探案全集》的案件起因有可能來自於不同的國家。

從故事便能瞥見英國與當時的世界局勢,也是《福爾摩斯探案全集》的魅力之一。

康恩和史莫

COLUMN

「福爾摩斯」時代的印度
Indian in ‹Holmes› era

維多利亞時代的印度是英國的經濟命脈,因為「印度民族起義」的發生,導致原本掌管印度的「東印度公司」解散,印度轉為由英國直接操控,於1877年成立「印度帝國」,由維多利亞女王兼任印度皇帝。印度在名目上是「共主邦聯」形式的獨立國家,但官員和軍隊均由英國派遣,當地則是由稱為「副王」(Viceroy)的英國總督統治,實際上就是英國的殖民地。

印度也被稱為是「閃耀在英王王冠上最大的寶石」,由英國持續統治直到1947年獨立為止。

《四個人的簽名》就是發生在這個時代背景下的故事。

→參見 P67【Check Point／印度民族起義】

070

《四個人的簽名》的事件始末

1878年12月3日		亞瑟·莫斯坦上尉：從印度回國不久就下落不明。
1882年5月4日		瑪莉·莫斯坦：《泰晤士報》上有一則廣告詢問自己的地址（此後每年送來一顆珍珠）。
委託日期 1887年※1 9月7日(二)※2	早上	瑪莉：收到神祕人來信要求見面。
	午餐後	瑪莉：拜訪221B委託調查。
	15點半左右	瑪莉：暫時回家。 福爾摩斯：外出調查。
	17點半過後	福爾摩斯：回家。
	過了18點	瑪莉：二訪221B。
	19點左右	福爾摩斯與華生、瑪莉：抵達賴森劇院門口。
		福爾摩斯與華生、瑪莉：抵達賽弟奧斯·薛豆的家。
	將近23點	福爾摩斯與華生、瑪莉、賽弟奧斯：前往賽弟奧斯的兄弟巴薩隆謬家，發現巴薩隆謬的屍體。
		蘇格蘭場的瓊斯：抵達凶案現場。
9月8日(三)	1點左右～3點	華生：送瑪莉回家。借來名叫突比的狗回到凶案現場。
	清晨	福爾摩斯與華生、突比：追蹤犯人的氣味。
	8點～9點左右	福爾摩斯與華生：回到221B。 福爾摩斯：早餐後，指派任務給集合的貝克街雜牌軍。
	傍晚	華生：小睡片刻後，去拜訪瑪莉。／福爾摩斯：留在221B。
	日落後	華生：回到221B。
9月9日(四)		福爾摩斯：一整天都在等待案件報告。／華生：去拜訪瑪莉。
9月10日(五)	黎明	福爾摩斯：易容成年輕船員出門調查。／華生：留在221B。
	15點	瓊斯：來到221B。／福爾摩斯：回家。3人一起吃晚餐。
	18點半	福爾摩斯與華生、瓊斯：出發前往碼頭。
	20點左右	福爾摩斯與華生、瓊斯：搭警艇追犯人。

※1：1887年＝在正典中沒有提到具體的年分，根據瑪莉收到的珍珠有6顆、她父親約在10年前失蹤，以及是華生結婚前的故事來看，筆者推測本篇是發生在1887年的案件。

※2：9月7日（二）＝在原文中，委託日是「July 7」（7月7日），委託當晚又變成「September」（9月），一般認為這裡是柯南·道爾筆誤，不過從瑪莉晚上穿斗篷、福爾摩斯烹調牡蠣等判斷，這件案子是發生在「9月」。此外，現實中「1881年9月7日」是「週三」，不過本表格是根據作品中記載的時間，因此寫為「週二」。

看亮點 check!〈四個人的簽名〉讓我們稍微深入瞧一瞧！

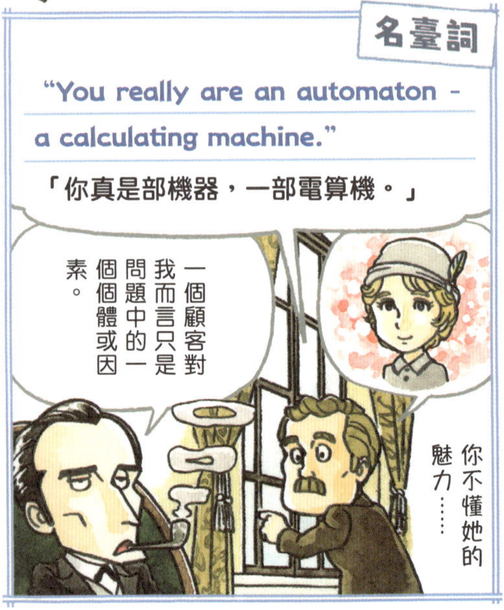

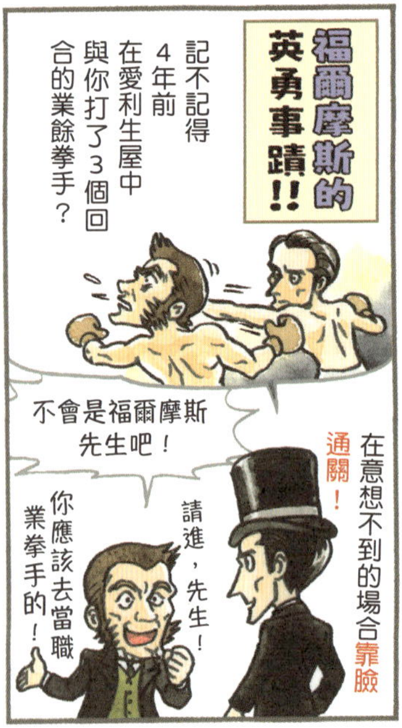

◆ 譯註：雙槍彈原文是「double-barrelled tiger cub」，所以插畫畫成老虎。

＊→參見P71注釋※2

這次的搜查費用

- 突比的租金
  半英鎊
- 向傑克打聽消息
  2先令
- 給雜牌軍的、跑腿費
  1人1天
  1先令×12人(?)×3天(?)
- 電報費
  - 打給魏金斯
  - 打給安東尼．瓊斯

  總金額不明

※1英鎊＝1索維林金幣（約新臺幣5416元）、1先令（約新臺幣270元）

維多利亞時代

《四個人的簽名》考察地圖

搭配維多利亞時代的倫敦地圖，根據正典內福爾摩斯的對白等，推測他們走過的足跡。

福爾摩斯與華生尋找瑪莉那位神祕人的路徑

① 貝克街
② 賴森劇院
③ 羅徹斯特巷
④ 文生廣場
⑤ 佛克斯豪橋
⑥ 佛克斯豪橋路
⑦ 沃茲華斯路
⑧ 派奧瑞廳巷
⑨ 史道克威爾弄
⑩ 冷港巷
＊ 羅伯森街

圖1放大

佛克斯豪橋

500m　1km

● ＝作品中沒有提到
＊ ＝虛構的地名、機構名稱
紅字 ＝地區名

福爾摩斯與華生帶著突比追蹤的路徑

Ⓐ 彭地治利居
Ⓑ 史翠森
Ⓒ 布萊克斯頓
Ⓓ 康柏威爾
Ⓔ 歐佛板球場
Ⓕ 肯寧頓巷
Ⓖ 龐德街
Ⓗ 麥爾斯街
Ⓘ 九榆街
Ⓙ 武士路
＊ 白鷹客棧
　 波得瑞客及納爾森
　 大木材場
Ⓚ 九榆街
Ⓛ 武士道
Ⓜ 拜芒街
　 王子街
　 布老德街

圖1

倫敦市區

康柏威爾

布萊克斯頓

史翠森

諾霧

上諾霧

3km

※因為是虛構的地名、設施名，所以不清楚其在地圖上的位置。

第 2 章
短篇集《福爾摩斯辦案記》的登場人物

《福爾摩斯辦案記》是《福爾摩斯探案全集》的第一本短篇集，收錄原本在《史全德雜誌》上連載的第一到第十二篇短篇故事。從〈波宮祕聞〉的「那位女士」艾琳‧艾德勒、〈紅髮俱樂部〉的委託人傑布斯‧威爾森開始，形形色色的配角嘉賓增添色彩，使得本書成為永不褪色的一部佳作。

【短篇集】
《福爾摩斯辦案記》
The Adventures of Sherlock Holmes／1892年

〈波宮祕聞〉／《史》1891年7月號
〈紅髮俱樂部〉／《史》1891年8月號
〈身分之謎〉／《史》1891年9月號
〈波士堪谷奇案〉／《史》1891年10月號
〈五枚橘籽〉／《史》1891年11月號
〈歪嘴的人〉／《史》1891年12月號
〈藍拓榴石探案〉／《史》1892年1月號
〈花斑帶探案〉／《史》1892年2月號
〈工程師拇指案〉／《史》1892年3月號
〈單身貴族探案〉／《史》1892年4月號
〈綠玉冠探案〉／《史》1892年5月號
〈紅櫸莊探案〉／《史》1892年6月號

《史》＝《史全德雜誌》

案件 01 波宮祕聞
A Scandal in Bohemia

【委託日】1888年3月20日
【委託人】波希米亞國王
【委託內容】希望取回前情婦艾琳·艾德勒手中持有的照片與書信
【主要地點】倫敦／聖約翰林等

1888年3月20日，我時隔許久再度來到貝克街。

婚後成為自行開業的醫生。

看你胖了7磅半，婚後應該過得不錯。

福爾摩斯那傢伙又在忙案子了吧！

你怎麼知道？

哦，謝了！

我還知道其他的，你最近被雨淋濕過，家裡雇用了一位最笨手笨腳、粗心大意的女傭。

又說中了！

如果是幾世紀前，你會被處以火刑燒死吧！

只是單純推理。

還推理出
① 你曾在惡劣天氣外出，所以鞋子上才有汙泥
② 清理鞋子的女傭非常笨拙且粗魯

你鞋子弄出的新刮痕，顯然是有人想蹭掉泥巴不小心刮出來的。

那麼簡單的推理我卻辦不到。

你只是沒有仔細觀察而已。

對了，我剛收到這封信，你或許會感興趣。

我看看，

「某君將於今晚7點45分造訪，有要事找閣下商議。」

信上沒日期也沒署名

福爾摩斯收到神祕來信後不久，門上就響起敲門聲，揭開故事的序幕——

076

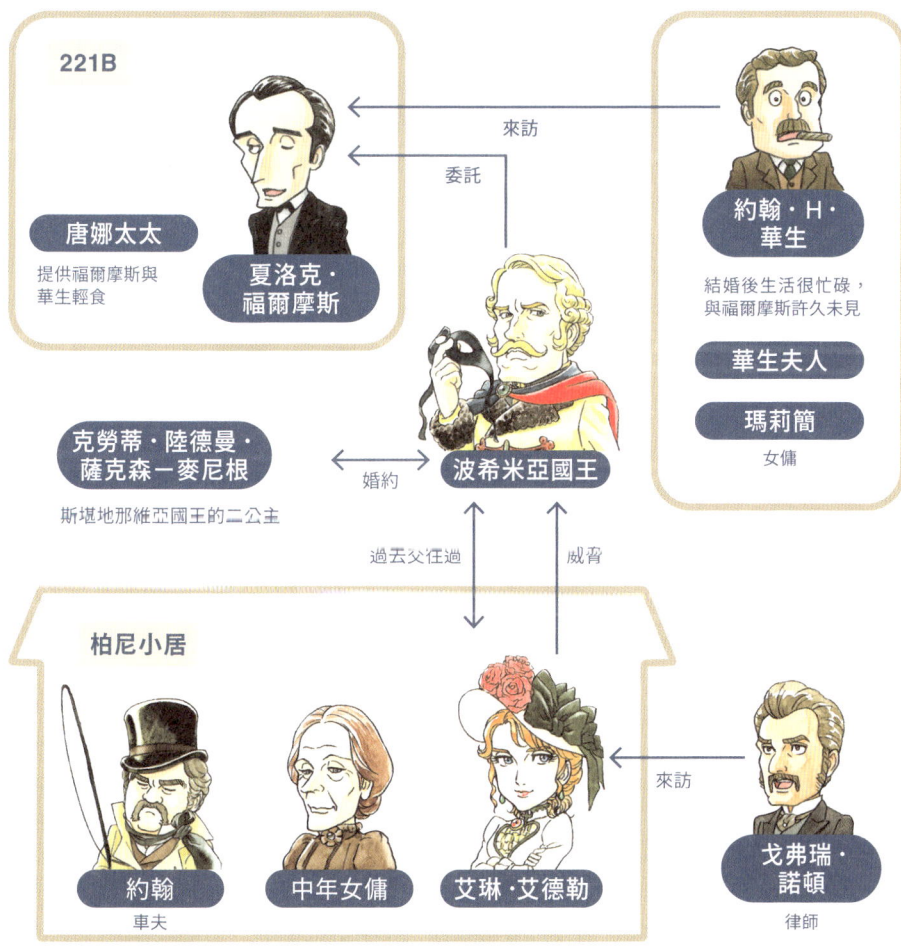

2

案件01／波宮祕聞 SCAN

Story — 與福爾摩斯交鋒的「那位女士」

波希米亞國王來到福爾摩斯面前，希望他代為拿回前情婦——歌劇歌手艾琳・艾德勒持有的「照片與書信」。

國王目前正在和斯堪地那維亞王國的二公主談婚約，他表示艾琳威脅將在3天後公布婚約那天，把有問題的照片和書信寄給女方。

艾琳確定那些照片和書信將會破壞婚約，不僅危害王室的名譽，還會影響歐洲歷史，所以國王曾多次雇用竊賊搜尋艾琳在倫敦的住處，卻屢次失敗。

煩惱到最後，國王來到221B，希望抓住最後的救命繩。

221B

- **唐娜太太** — 提供福爾摩斯與華生輕食
- **夏洛克・福爾摩斯** ←（來訪／委託）

約翰・H・華生 — 結婚後生活很忙碌，與福爾摩斯許久未見
- **華生夫人**
- **瑪莉簡** — 女傭

克勞蒂・陸德曼・薩克森－麥尼根 — 斯堪地那維亞國王的二公主 ←（婚約）→ **波希米亞國王**

（過去交往過／威脅）

柏尼小居
- **約翰** — 車夫
- **中年女傭**
- **艾琳・艾德勒**
- **戈弗瑞・諾頓** — 律師 （來訪）

077

威廉・卡茲瑞克・西祺門・歐姆斯坦

the King of Bohemia
Wilhelm Gottsreich Sigismond von Ormstein

- 高而白的額頭
- 下巴長而筆直，像是位個性固執且頑強的人。
- （上半戴著面具）由他臉的下半部看來，他是個極有個性的人。
- 他的衣著充滿富豪之氣，這在英國被視為近乎低品味。
- 緊抿的厚唇
- 鑲嵌著綠寶石的領針
- 蓋過顴骨的黑色面具
- 大片阿斯特拉罕羔羊皮
- 袖口也是大片阿斯特拉罕羔羊皮
- 寬闊的肩膀
- 委託人

阿斯特拉罕羔羊皮 astrakhan
從卡拉庫爾綿羊（原產於中亞的綿羊）剛生下不久的羔羊身上取下的高級毛皮。「阿斯特拉罕」是俄羅斯的地名。

- 四肢壯健，彷彿神話中的大力士赫克力斯
- 雙排釦大衣
- 深藍色披肩（大紅色的絲綢襯裡）
- 至少有身高6呎6吋（約198公分）
- 這雙皮靴讓他的整個外表使人聯想起一股俗不可耐的富豪氣息。
- 深棕色毛皮裝飾

波希米亞國王／卡索費爾斯坦大公爵：30歲，即將在下週一宣布與斯堪地那維亞國王的二公主克勞蒂・陸德曼・薩克森－麥尼根訂婚。拜訪福爾摩斯時，自稱是克拉姆伯爵（Count von Kramm）。

在福爾摩斯面前沒有祕密！

在陛下開口之前，我就知道他的真實身分。

078

2

案件 01／波宮祕聞 **SCAN**

艾琳・艾德勒
Irene Adler

女低音：在波希米亞國王仍是王儲且長期停留在華沙時，與他相識、交往。

❄ 19世紀末的帽子
這時代流行綴滿絲綢花、緞帶和羽毛等精美裝飾的類型。

有張女性最美麗的容顏。

在附近所有的男人心目中，她是世界上最優雅秀麗的女性。

❄ 繫帶帽 bonnet
深深戴進頭頂到後腦勺、用緞帶綁在下巴上的帽子，流行於18～19世紀。

她的確是位動人的女子，擁有男人願意為她犧牲生命的美麗臉龐。

雖然只瞥到一眼，

她雖然有張女性最美麗的容顏，可是她的意志卻比男性還要堅硬。

❄ 19世紀末的晚禮服
19世紀流行束腰強調胸部和臀部的纖細S字身形。用束腹緊勒腰部。最理想的腰圍尺寸是18英吋（約45.7公分）。

福爾摩斯的調查結果
· 現在也不時會在音樂會上唱歌。
· 過著安靜的生活。
· 每天5點鐘會乘馬車出門，7點鐘準時回家吃晚餐，其他時間很少外出。

Profile

● 1858年生於美國紐澤西州（當時30歲）
● 曾在義大利米蘭史卡拉歌劇院演出
● 華沙皇家歌劇院首席女歌手，退出歌劇界之後，住在倫敦
● 住在聖約翰林區蛇盤街「柏尼小居」

她一定會成為一位令人欽佩的好皇后，可惜門不當戶不對。餘情未了……

波希米亞國王＝P78

Check Point
內殿律師學院
The Honourable Society of the Inner Temple

位在倫敦市內聖殿區的法學院。倫敦有4所法學院，負責英格蘭和威爾斯的大律師授予執業認可資格。

「殿」是來自於開拓這片土地的「聖殿騎士團」，又因為座落在倫敦市的聖殿區內，因此稱為「內殿律師學院」。裡面有教堂、圖書館、餐廳之外，還有為法庭律師、法學生準備的辦公室和住所等。諾頓的辦公室也在這個「內殿」裡。

戈弗瑞・諾頓
Godfrey Norton

律師：在內殿律師學院任職。有時會造訪艾琳住的「柏尼小居」。

- 鷹勾鼻
- 八字鬍
- 皮膚黝黑

> 他是英俊迷人的男士。

約翰
John

艾琳・艾德勒的車夫：駕駛一輛小巧漂亮的四輪馬車。

- 領帶歪在耳邊
- 車夫的外套釦子才扣了一半（或許是急著送艾琳去教堂，才會這副打扮）。

馬夫
Ostler

在「柏尼小居」附近的出租馬行照顧馬的人：給幫忙刷洗馬匹的福爾摩斯2便士（約新臺幣45元）的報酬，另外還有一杯混合啤酒和兩菸斗的粗菸草。

老婦人
An elderly woman in Briony Lodge

艾琳的女傭

080

2 案件01／波宮祕聞 SCAN

牧師
Clergyman

聖蒙立卡教堂的牧師：位在愛奇華街的教堂牧師，指出艾德勒和諾頓的結婚證書有不合規定之處。

白長袍………

圍觀的人
People gathered on the street

聚集在「柏尼小居」所在的蛇盤街的人群：衣衫襤褸的人、磨剪刀的人、守門人、保母、叼著捲菸在路上閒晃的衣著整齊青年等。

唐娜太太
Mrs. Turner

在福爾摩斯和華生前往「柏尼小居」之前端出簡單的食物。

瑪莉簡
Mary Jane

華生家的女傭：笨手笨腳、粗心大意，已經被華生夫人打發走了。

她真是無可救藥……

Check Point
唐娜太太
Mrs. Turner

「等一下唐娜太太用托盤端食物進來之後，我會仔細說給你聽」——這位福爾摩斯稱為「唐娜太太」的女性，只在本作這句臺詞中出現過，可能是「送菜的人」，或是「哈德森夫人臨時僱用的人」，也有「柯南・道爾寫錯」等各種說法，也成為福爾摩斯研究的重點之一。
→參見 P12【主要登場人物／哈德森夫人】

新教牧師
Nonconformist Clergyman

福爾摩斯

- 寬邊的黑帽
- 仁慈的笑容
- 和藹且深具好奇
- 白色領結

當福爾摩斯從事研究犯罪行為的偵探工作時，戲劇圈同時也錯失了一名傑出的優秀演員。

喝醉的馬夫
A drunken-looking groom

福爾摩斯

- 蓬頭垢面
- 兩鬢留著髯鬍
- 滿臉通紅
- 衣衫襤褸
- 鬆垂的長褲

還是得仔細看上三五回方能認出他來。

實際存在的人物

詹姆士・博斯韋爾
James Boswell (1740-1795)

出生於蘇格蘭愛丁堡的作家、律師與文壇重量級人物山繆・詹森（Samuel Johnson）有深交，詳細記錄他的言行舉止。在詹森歿後發表的《詹森傳》（1791年）被評價為傳記文學的傑作。

> 我不能沒有我的博斯韋爾◆。

福爾摩斯將記錄自己探案過程的華生比喻為作家博斯韋爾。

約翰・海爾
John Hare (1844-1921)

出生於約克郡吉格爾斯威克的演員。20歲左右在威爾斯王子劇院當演員，後來也兼任許多劇院的劇場管理人。1907年受封下級勳位爵士。在〈波宮祕聞〉事件當時（1888年）43歲。

> 像是一位和藹且深具好奇心的長者，這副神情模樣只有約翰・海爾可以媲美。

華生看福爾摩斯的易容太精彩，只有知名演員約翰・海爾可以跟他媲美。

◆ 譯註：立村版、好讀版、臉譜版中文都沒有提到「博斯韋爾」，但原文其實是「Not a bit, Doctor. Stay where you are. I am lost without my Boswell.」。

案件 01／波宮祕聞 SCAN

2 福爾摩斯唯一認同卻也只登場過一次的女人

〈波宮祕聞〉是《史全德雜誌》創刊半年後，在1891年7月號連載的單篇完結短篇系列作品的第一部。前兩部是這樣的她在正典中只出現在這一部作品。一國之君任她擺布，又有能力與福爾摩斯相抗衡，這樣的女中豪傑其實只是普通的歌劇歌手。

只出現在一部作品的客座女主角有這種程度的影響力，或許也是「那位女士」的神祕魅力。

艾德勒是福爾摩斯唯一帶著敬意稱「那位女士」（THE WOMAN）的女性，也經常出現在影視化作品中，角色定位多半就像《魯邦三世》的峰不二子，或是「女盜賊」、「女間諜」，又或是與福爾摩斯互相愛慕的設定。令人意外的是單篇完結的長篇作品，本作或許可說是值得紀念的「福爾摩斯系列化」的首部作品。

那位許多書迷視為「特殊女主角」的艾琳・艾德勒在本作中登場。

COLUMN

《史全德雜誌》
The Strand Magazine

喬治・紐恩斯（George Newnes，1851～1910）創辦的《史全德雜誌》發行於1891年1月到1950年3月，是一本插畫很豐富，一般大眾也能樂在其中的月刊雜誌。

《福爾摩斯探案全集》的作品從創刊半年後的1891年7月號〈波宮祕聞〉連載到1927年4月號〈老修桑姆莊探案〉為止，一共跨越了37個年頭。

總計60篇作品中，除了《暗紅色研究》、《四個人的簽名》之外的58篇作品全在《史全德雜誌》上連載過。

《史全德雜誌》1891年7月號的封面

083

〈波宮祕聞〉的事件始末

1883年左右		波希米亞國王：與艾琳・艾德勒交往。（後來分手）
時期不明		波希米亞國王：與斯堪地那維亞國王二公主訂婚。
時期不明		波希米亞國王：受艾琳威脅「要在宣布訂婚那天把『書信和照片』送到女方手上」。
時期不明		波希米亞國王：僱用竊賊5次欲取回「書信和照片」卻失敗。
委託日 1888年 3月20日(五)	19時45分	波希米亞國王：造訪221B，委託福爾摩斯拿回「書信和照片」。
3月21日(六)	8點～	福爾摩斯：易容成馬夫，在艾琳的住處「柏尼小居」附近打探消息。
	12點25分	艾琳：搭馬車趕往教堂。 福爾摩斯：跟著艾琳，在教堂遇上。
	15點	華生：造訪221B。
	16點	福爾摩斯：以易容之姿回到221B。
	17點	艾琳：搭馬車前往公園。
	18點15分	福爾摩斯與華生：福爾摩斯易容成牧師，離開貝克街。
	18點50分	福爾摩斯與華生：抵達「柏尼小居」所在的蛇盤街。
	19點	艾琳：返家。 在「柏尼小居」前面引起騷動，福爾摩斯假扮的牧師負傷，被抬進「柏尼小居」。
	晚上很晚	福爾摩斯與華生：回到221B。 華生：留宿在221B。
3月22日(日)	8點	福爾摩斯、華生、波希米亞國王：抵達「柏尼小居」。
3月23日(一)*		波希米亞國王宣布訂婚的日子。

＊＝實際的「1888年3月23日」是「週五」，作品中的委託日（1888年3月20日）的3天後卻寫著「週一」。本表格是根據作品中記載的時間製表。

084

2 〈波宮祕聞〉中登場的
妝點福爾摩斯世界的配件小物

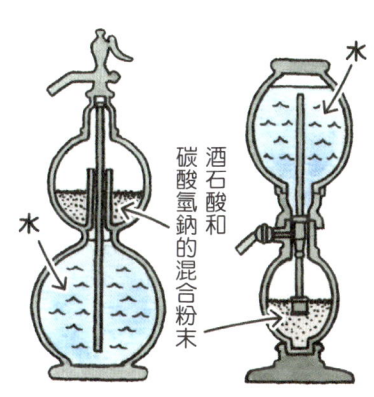

案件01／波宮祕聞 SCAN

水
酒石酸和碳酸氫鈉的混合粉末
水

SELTZOGENE　　GAZOGENE

哈洛德百貨1895年的型錄上可找到這兩種商品

蘇打水製造器
Gasogene

這款家用蘇打水製造器的造型類似咖啡虹吸壺，有兩顆玻璃球上下相連，其中一顆球裡裝著酒石酸和碳酸氫鈉的混合粉末，負責製造碳酸氣體，能夠與另一顆球裡的水合成碳酸水（蘇打水）。

為了防止氣體壓力撐破器具時玻璃飛濺，整臺裝置的表面罩著一層籐網或鐵網。

→參見P16【221B的配件小物們／蘇打水製造器】

想試試福爾摩斯的威士忌蘇打水

在《紅髮俱樂部》和〈單身貴族探案〉中，福爾摩斯和華生喝的威士忌蘇打水就是用這臺蘇打水製造器製作的吧！威士忌蘇打水不只是他們兩人自己喝，也用來招待蘇格蘭場的瓊斯（《四個人的簽名》）。

正典內只出現過兩次的蘇打水製造器，在書迷之間也很受歡迎，世界歷史最悠久的美國福爾摩斯書迷俱樂部「貝克街雜牌軍」會長就稱為「蘇打水製造器」。

當時的蘇打水製造器有兩種，影視作品中常見的是上圖左側的「SELTZOGENE」型。研究這種型為什麼較常出現也是一種樂趣。

「蘇打水製造器」在正典裡一共出現過兩次，分別是在〈波宮祕聞〉和〈藍寶石探案〉中。

〈波宮祕聞〉中，福爾摩斯沉默指著221B裡的蘇打水製造器和酒櫃（spirit case），表示歡迎許久不見的華生來訪。

〈藍寶石探案〉也是，福爾摩斯對時隔許久來到老巢的華生說：「蘇打水製造器和捲菸也在老地方。」

儘管出現的次數只有兩次，不過由這段對話可以窺見蘇打水製造器是理所當然地擺在221B的起居室裡。

085

看亮點 Check！ 〈波宮祕聞〉 讓我們稍微深入瞧一瞧！

名臺詞

"It is both, or none."

「要就我們兩人一起聽，不然就都不聽。」

> 您想跟我說的話，大可在這位先生面前直說無妨！

> 我寧可單獨與你密談……

> 我離開吧？沒關係！

抓住

這段臺詞表示福爾摩斯對華生的信賴！

真感動!!

DATA

走上221B起居室的階梯有 **17階**。

> 照理說看了幾百次……

> 因為你只是看到，沒有觀察。

← 不知道幾階的人

← 知道的人

各位答得出日常生活的場所（自己家、學校等）的階梯有幾階？

正直的福爾摩斯

> 我的委託人不願意你得知他代理人的真面目！

> 如果陛下能紆尊降貴敘述你的案子，我才能給你準確的意見。

> 我們兩人一起拍的照片。

揭穿

↑ 想要搶回來的醜聞把柄

即使面對一國之君也毫不退縮！這種態度值得學習！

2

案件01／波宮祕聞 SCAN

這次**華生**的任務

你的任務是，我一舉手，你就把火箭煙筒扔進屋裡大喊失火。

附雷管的火箭煙筒

名臺詞

"Then I am Your man."

「那我就是你的人了。」

這次是華生表明對福爾摩斯的絕對信賴！

積極表達自己樂意聽候差遣！

被逮捕也不介意？
理由自然夠充分！

理由充分的話我不介意。

再度**感動**！！

福爾摩斯得到的物品

■ 國王給予的搜查費用

福爾摩斯為了這次的搜查，雇用不少人，每個人出多少錢呢？

餘幣 300英鎊
紙鈔 700英鎊

■ 為了打探消息，易容在出租馬行幫忙時的報酬
→ 混合啤酒
↓
2便士 ← 兩菸斗的粗菸草

■ 艾德勒沒認出易容的福爾摩斯，給了他
我準備將它栓在錶鏈上做紀念。
1個索維林金幣
← 還有照片1張

"Good-night, Mister Sherlock Holmes."

「晚安，夏洛克·福爾摩斯先生。」

福爾摩斯（易容狀態）

從艾琳家回來時，路過的人對福爾摩斯打招呼……雖然是普通的問候，正典中對福爾摩斯說出這句臺詞的只有這個人！

Good-night, Mr. Sherlock Holmes!

※1英鎊＝1個索維林金幣（約新臺幣5416元），1便士（約新臺幣23元）

087

案件02

紅髮俱樂部

The Red-Headed League

【委託日】1890年10月9日（六）（↓參見P95）

【委託人】傑布斯·威爾森（當鋪老闆）

【委託內容】委託調查「紅髮俱樂部」爲何戲弄自己

【主要地點】倫敦／福利街教皇場7號等

2
案件02／紅髮俱樂部 REDH

Story
「紅髮俱樂部」為什麼解散了？

某天早上華生來到221B，正好遇到紅頭髮的傑布斯·威爾森先生上門找福爾摩斯，他商量的內容是「紅髮俱樂部」。所謂的「紅髮俱樂部」是只限紅髮男士加入的組織，會員只要到俱樂部辦公室抄寫《大英百科全書》，即可獲得1週4英鎊的薪資。

威爾森在8週前看到報紙上刊登的徵人廣告，去應徵之後成功被錄用，從此每天認真做著俱樂部的工作，但今天早上到辦公室一看，門卻緊閉著，只釘了一張紙板。聽完威爾森的描述，福爾摩斯約好會在兩天之內解決這個案子，便出門去調查。

221B

彼得·瓊斯 ←邀請／協助→ 夏洛克·福爾摩斯 ←來訪— 約翰·H·華生

蘇格蘭場的警察

當鋪

傑布斯·威爾森　　文生，史寶定
　　　　　　　　　　夥計

警告（夏洛克→彼得·瓊斯）

錄用／面試（威爾森↔道肯·羅斯）

伊士堪·霍浦金斯（已故）—施恩→ 道肯·羅斯 —租辦公室→ 建築物的房東

留下遺言要把遺產分贈給紅頭髮的人

領「紅髮俱樂部」的薪水

把4號房租給「紅髮俱樂部」

傑布斯・威爾森
Jabez Wilson
委託人

由這位客人外表特徵看來，他不過是位普通平凡的英國商人。

- 氣色紅潤
- 火紅色頭髮
- 老先生
- 弧形指南針形狀的胸針
- 身材矮胖
- 左手手肘靠在書桌上的地方有個光滑的補丁
- 中國古硬幣
- 粗厚的紅手指
- 不甚乾淨的黑色禮服大衣前排釦子沒扣
  →參見P92【冷】
- 略為寬鬆的灰色格子長褲

- 陷在肥厚眼皮裡的小眼睛
- 阿爾伯特銅錶鏈
  →參見P107【配件小物】
- 右手袖口有5英吋之多（約12.7公分）的地方閃閃發光
- 右手腕上面一點的地方有個魚圖案刺青
- 右手比左手大些

右手腕的魚刺青是中國特有的刺青。

福爾摩斯對委託人觀察的重點
- 曾做過一段勞力的工作。
- 愛吸鼻菸。
- 共濟會的會員。
  →參見P94【COLUMN】
- 去過中國。
- 最近寫了不少東西。

臃腫、自大、行動遲鈍。

當鋪老闆：以前在船上當木匠，現在在倫敦城附近的薩克斯堡廣場經營一家小當鋪。不愛出門，常常連續好幾週足不出戶。妻子已經過世，也沒有子女。

14歲的女孩
A girl of fourteen

威爾森的幫傭：僱來張羅三餐與整理打掃的工作。

案件02／紅髮俱樂部

文生・史寶定 Vincent Spaulding

- 前額有一塊白色色斑
- 年輕時一個吉普賽人幫他穿了耳洞
- 沒有鬍鬚
- 矮小、粗壯

威爾森的當鋪僱用的夥計：3個月前看到當鋪廣告上門應徵，只要求一半的薪水所以被錄用。有空就帶著相機到處拍照，並躲在店裡地下室沖洗照片。

> 其實不是真的很年輕，不過我看不太出他實際年齡已經過30歲。

> 我沒想到可以找到這麼伶俐又能幹的夥計，缺點是喜歡攝影。

Check Point
紅髮俱樂部 Red-Headed League

由美國賓州萊巴嫩一位已故紅髮百萬富翁伊士堪・霍浦金斯的遺志成立、專為紅髮男子存在的組織。

只有紅髮男子允許加入，會員只需要做些簡單的工作，就能夠一星期領4英鎊（約新臺幣21700元）的薪資。唯一條件是工作時間不准離開辦公室（生病等也無一例外），如果違反規定，就會失去會員權利。

道肯・羅斯 Duncan Ross

- 髮色比傑布斯・威爾森更紅
- 瘦小

「紅髮俱樂部」的面試官：自己也是「紅髮俱樂部」的會員，領已故的伊士堪・霍浦金斯施恩給予的年金。為俱樂部的一個空缺登報徵才，辦公室在福利街教皇場7號的4號房。

建築物的房東 The landlord

會計師：「紅髮俱樂部」辦公室的房東。自己也住在1樓，工作是會計師。

傑布斯・威爾森＝P90

彼得・瓊斯
Peter Jones the official police agent

蘇格蘭場的警察：過去也曾與福爾摩斯一起辦案，信任福爾摩斯。

雖然他的職業本領根本只有低能兒程度，不過人還不差。

還有個實在的長處，他像牛頭犬一樣的勇敢，跟大螯蝦一樣的頑強，一旦他抓到罪犯，怎樣也不會輕易鬆手。

光鮮亮麗的帽子

麥瑞華德
Merryweather

城鄉銀行的倫敦城分行董事：受福爾摩斯邀請來到221B。每週六晚上玩橋牌是他的興趣。

用手杖敲打銀行地面上排列整齊的石板，遭福爾摩斯訓斥。

面有愁容

高瘦

華麗到令人感到壓迫的雙排釦及膝大衣

大塊頭

> **冷** 雙排釦及膝大衣
> **frock coat**
> 男用的晨禮服，在18世紀末到19世紀後期原本是男士的常服，後來隨著西裝普及，才逐漸變成正式禮服。

警探與兩位警員
An inspector and two officers

蘇格蘭場的警察：瓊斯派了一名巡官和兩位警員負責前門。

092

2 案件02／紅髮俱樂部

實際存在的人物

帕布羅・德・薩拉沙泰
Pablo de Sarasate (1844-1908)

出生於西班牙潘普洛納的小提琴家、作曲家。很早就是名聞遐邇的音樂神童，12歲進入巴黎音樂學院，畢業後旅行世界各地演奏，其過人的技巧遠近馳名。代表作有《流浪者之歌》（1878年）等。

> 薩拉沙泰今天下午在聖詹姆士廳有表演，你的病人可否放你兩、三個小時的假？

福爾摩斯對於委託人威爾森的奇妙經驗抽了3管菸斗的菸、思考50分鐘後，邀請華生一起去薩拉沙泰的演奏會。

居斯塔夫・福樓拜
Gustave Flaubert (1821-1880)

出生於法國盧昂的小說家。據說是把現實主義文學提高至藝術範疇的作家。用心收集嚴謹的資料、現場調查，信條是作品要客觀描寫，排除作者的主觀。代表作是《包法利夫人》（1857年）等。

> 也許還是有點用處，就像居斯塔夫・福樓拜寫給喬治桑信中所說：「人本身並無價值，他所完成的工作才代表一切。」

喬治桑
George Sand (1804-1876)

出生於法國巴黎的作家。本名是阿芒蒂娜—露西爾—奧蘿爾・迪潘（Amantine-Aurore-Lucile Dupin）。曾經因為男裝打扮，以及為作曲家蕭邦和詩人繆塞的戀人而出名。晚年與福樓拜是至交。代表作《小法岱特》（1848年）等。

福爾摩斯在破案後，聽到華生對他說「你是人類的恩賜」時的回答。

開創「紅髮詭計」的作品

本篇〈紅髮俱樂部〉的委託人傑布斯·威爾森遇到猶如惡作劇或戲弄般不可思議的狀況，實則背後有重大的犯罪計畫正在進行著，威爾森卻不知不覺誤中了罪犯的奸計。

這個前所未有的詭計人氣相當高，因此此後陸續有各式各樣的作品仿效，稱為「紅髮詭計」，甚至柯南·道爾本人在《福爾摩斯探案全集》中也重複利用「紅髮詭計」。

不過，本作不管是威爾森平凡小市民角色與驚天大案之間的落差，或是國內紅髮男子齊聚一堂的華麗視覺感，都比那些作品更有魅力。

順便補充一點，柯南·道爾在1927年的《史全德雜誌》中親自推薦兩部最佳作品，第二名就是〈紅髮俱樂部〉。（第一名是〈花斑帶探案〉↓參見P164【COLUMN】）

「紅髮俱樂部已宣告解散。」

COLUMN
共濟會
Freemasonry

共濟會是指總會設在倫敦的國際博愛主義團體。1717年成立，起源據說是中世紀的石匠行業協會，原則上會員資格不受民族、階級、社會地位、宗教限制。

在正典中，除了本篇〈紅髮俱樂部〉的委託人威爾森之外，〈營造商探案〉的委託人麥克法蘭、〈退休顏料商探案〉的私家偵探帕卡《暗紅色研究》的被害人艾勞克·傑·楚博爾都戴著會員徽章。正典作者柯南·道爾也是共濟會的會員。

共濟會的標誌

2 〈紅髮俱樂部〉的事件始末

日期	時間	事件
1890年4月27日	早上	《晨報》上刊登「紅髮俱樂部」成員募集的廣告。
面試日 ?月?日(一)	11點	**傑布斯・威爾森**：和夥計史寶定一起去應徵「紅髮俱樂部」的職缺，前往福利街的事務所被錄用。
面試日第二天 ?月?日(二)	10點	**威爾森**：開始俱樂部的工作。工作時間週一～週六10點～14點，在辦公室抄寫《大英百科全書》(週六支付一週的薪資)。
委託日 10月9日(六※)	10點	**威爾森**：發現辦公室門上釘著「紅髮俱樂部解散」的通知。
	上午	**威爾森**：造訪221B委託調查。
		福爾摩斯：抽3根菸斗，思考約50分鐘。
	中午	**福爾摩斯和華生**：前往威爾森的當鋪，在店前與史寶定談話。
	下午	**福爾摩斯和華生**：午餐後，去聖詹姆士廳聽薩拉沙泰的演奏會。
	演奏會結束後	**福爾摩斯**：外出調查。 **華生**：回自己家。
	21點15分過後	**華生**：離開自己家。
	22點左右	**華生**：抵達221B。福爾摩斯替他介紹先抵達的蘇格蘭場瓊斯警探、銀行董事麥瑞華德。
	22點過後	**福爾摩斯和華生、瓊斯、麥瑞華德**：分乘兩輛馬車前往銀行。
	深夜	**福爾摩斯和華生、瓊斯、麥瑞華德**：埋伏在銀行的地下室。

※實際的「1890年10月9日」是「週四」，不過作品中的「1890年10月9日」寫為「週六」。本表格是根據作品中記載的時間製表。

〈紅髮俱樂部〉中登場的
妝點福爾摩斯世界的配件小物

拿破崙金幣 Napoléon

索維林金幣 Sovereign

20mm

金幣
Gold coin

拿破崙金幣 Napoléon
法國金幣。左圖上方是刻著拿破崙三世側臉的20法朗金幣。

索維林金幣 Sovereign
英國金幣。左圖下方是刻著維多利亞女王側臉的1英鎊金幣（年輕時的肖像）。

→參見P142【配件小物／英國貨幣】

拿破崙金幣

在〈紅髮俱樂部〉中，銀行地下室保管著3萬枚拿破崙金幣。銀行董事麥瑞華德說：「為了要鞏固我們銀行的財力資源，我們向法國銀行借了3萬法朗金幣。」一枚金幣的重量約6.4公克。考慮到箱子的重量，一箱（內含兩千枚）約15公斤重，總共有15箱，這個數量只靠兩個男人要全數搬出去，也沒有那麼困難。假如進了強盜，銀行可就慘了。提到拿破崙金幣，多數人會想起「拿破崙一世」，不過現行的投資界是以刻著「拿破崙三世」的20法朗金幣為主。

索維林金幣

維多利亞時代的英國流通著1英鎊的索維林金幣（約新臺幣5416元）與半英鎊的索維林金幣（約新臺幣2708元）這兩種金幣。福爾摩斯常用金幣支付酬勞。

索維林金幣在〈藍拓榴石探案〉中是用來在市場打探消息，在〈法蘭西斯‧卡法克小姐的失蹤〉中是危急場合用來打開棺材上蓋；半英鎊索維林金幣在〈暗紅色研究〉中是用來付給蘭斯警員，在〈波宮祕聞〉、〈巴斯克村獵犬〉是用來付給車夫酬勞。半英鎊索維林金幣換算成現在的新臺幣約2708元，所以由此可知福爾摩斯出手很大方。

小提琴
violin

16世紀初誕生於義大利北部，是西樂中最具代表性的弓弦樂器。

全長約60公分，琴身寬度約35公分。材質是木頭。

演奏方式是將樂器放在左肩，夾在頸窩，以左手指按琴弦，右手持弓擦過琴身上的4根弦。

約60cm

約35cm

福爾摩斯與小提琴

一提到福爾摩斯的嗜好，就會想到拉小提琴。

在第一部作品《暗紅色研究》中，早早就揭示福爾摩斯是小提琴好手。華生的說法是「他的小提琴拉得很好」且「不只會普通的曲子，還會很艱澀的曲子」，並且曾經應華生的要求演奏孟德爾頌等，令他深感佩服。但福爾摩斯似乎並不總是只演奏愉快的樂曲，偶而案件陷入瓶頸時，他會無意識的撥弄琴弦，弄得華生有時也會覺得不舒服。不過福爾摩斯會在這類「獨奏會」結束後，演奏華生喜歡的音樂，也算是補償他的高度耐性。由此可見福爾摩斯不是自私的人。

小提琴不僅是幫助福爾摩斯思考的工具，也可用來控制情緒，忘掉悲慘的天氣和故事（〈五枚橘籽〉），抑制煩躁（〈營造商探案〉），在案件進展不順利時的演奏會帶點陰鬱色彩（《暗紅色研究》）等。對福爾摩斯來說，小提琴或許是與華生一樣重要的夥伴。

順便補充一點，〈硬紙盒探案〉中曾提到福爾摩斯僅以55先令（約新臺幣14900元）就買到最愛的史特拉底瓦里小提琴。

看亮點 check!

〈紅髮俱樂部〉讓我們稍微深入瞧一瞧!

考察 日期的難處

故事早期1890年4月27日，正好兩個月前吧！

如果這段敘述正確的話，委託日應該是6月左右，但委託人威爾森：

「就是今天早上！」

紅髮俱樂部在1890年10月9日宣布解散。

THE RED-HEADED LEAGUE IS DISSOLVED October 9, 1890.

他這麼說，日期居然差了快4個月！

有說法認為這個問題是正典的原稿排版時，是不是搞混了4月（April）和8月（August）。這麼一想確實合理。

順便補充一點，故事中10月9日是「週六」，但實際調查月曆後，1890年10月9日是「週四」。令人不解的謎團有好多呢！

福利街擠滿了紅髮的人群。
傑布斯·威爾森。

吸引全國紅髮的人過來集合！

想必很壯觀吧！

「我沒機會吧！」「別擔心！」

委託人生氣

「要是除了嘲笑我以外，你們沒有其他事好做，那我可以去別的地方！」

「不，不，無論如何我都不願意錯過你這件案子！」

委託人的話似乎戳到他倆的笑點……有點太沒禮貌了！♪

呵呵　噗哧

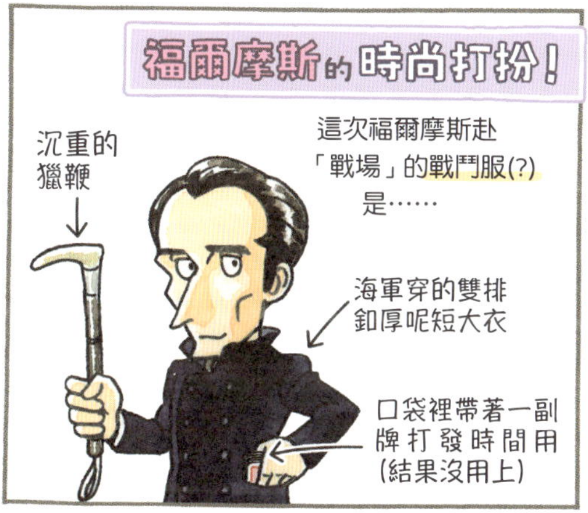

名臺詞

"It saved me from ennui, ——Alas!
I already feel it closing in upon me."

「這件事至少打發了我無聊的生活，哎呀！我感覺無聊又開始湧上來包圍我了。」

案件03

身分之謎

A Case of Identity

【委託日】？？？？年？月？日
【委託人】瑪莉・蘇特蘭（打字員）
【委託內容】請求協助尋找下落不明的未婚夫霍斯默・安吉爾
【主要地點】倫敦／貝克街221B等

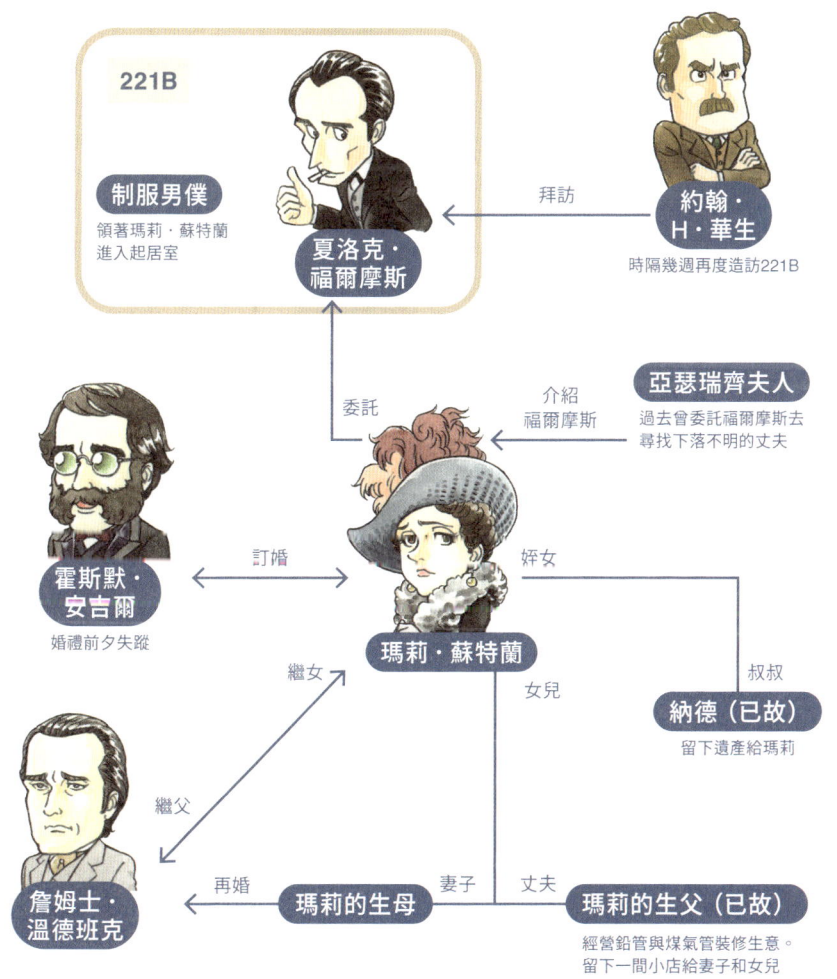

2

案件 03／身分之謎 IDEN

Story 婚禮前夕，新郎失蹤

打字員瑪莉・蘇特蘭心不在焉的來到221B。

她不顧繼父詹姆士・溫德班克反對她與人交往，趁著繼父去國外出差時，堅持去了舞會，在舞會上認識霍斯默・安吉爾先生，沒過多久對方就開口求婚。

瑪莉的母親也很滿意這個未來的女婿，他們決定趁著繼父不在時舉行婚禮，沒想到婚禮當天，新郎卻在駛往教堂的馬車上消失，從此下落不明。

221B

制服男僕 — 領著瑪莉・蘇特蘭進入起居室

夏洛克・福爾摩斯 ←拜訪— **約翰・H・華生**
時隔幾週再度造訪221B

亞瑟瑞齊夫人 —介紹福爾摩斯→
過去曾委託福爾摩斯去尋找下落不明的丈夫

委託↑

霍斯默・安吉爾 ←訂婚→ **瑪莉・蘇特蘭** —姪女—
婚禮前夕失蹤

繼女↗　　女兒↓　　叔叔↓

納德（已故）
留下遺產給瑪莉

詹姆士・溫德班克 ←繼父— 　再婚→ **瑪莉的生母** ←妻子　丈夫→ **瑪莉的生父（已故）**
經營鉛管與煤氣管裝修生意。留下一間小店給妻子和女兒

瑪莉・蘇特蘭
Mary Sutherland

委託人

打字員：與母親、繼父同住，做著打字員的工作（通常一天可以打上15到20頁，能力出眾）。住在康柏威爾里昂街31號。

- 插著一支大而捲曲的磚紅色羽毛
- 鼻翼兩端有凹痕
- 儘管她戴著奇特的帽子，有著茫然無知的臉孔，但我們的造訪者單純的心中有著某種高潔的氣質，令我們尊敬。
- 她有一頂藍灰色的寬邊草帽，以德文郡公爵夫人賣弄風情的時髦方式斜戴著。
- 近視
- 圓形黃金小耳墜
- 身材高大的女人
- 手套是灰色的，右手食指處有破洞
- 外衣是黑色的，鑲著黑色珠子
- 衣裳是棕色的（比咖啡色深一點）
- 領口和袖口上鑲有小紫絨邊
- 厚毛皮圍巾
- 左右鞋子兩隻腳不成雙，只有一隻鞋有裝飾花紋

Check Point
德文郡公爵夫人
Duchess of Devonshire

指的是第五代德文郡公爵第一任妻子喬治安娜・卡文迪許。湯瑪斯・庚斯博羅（1727～1788年）繪製的夫人肖像畫在1876年當時的拍賣會上賣出極高的金額後，遭到人稱「犯罪界拿破崙」的亞當・沃施竊走，引起軒然大波。

冷 長毛絨
Plush
絨織物的一種，長且柔軟的絨毛織物。

福爾摩斯看出對方是「打字員」的關鍵
- 手腕再往上一點的兩條紋路是打字員接觸桌子的地方，看上去十分明顯。
- 她臉上鼻梁兩邊都有夾鼻眼鏡留下的凹痕。
- 靴子只扣了一半就出門，可推論出她離家時非常匆忙。

納德（已故）
Ned

瑪莉・蘇特蘭的叔叔：住在紐西蘭的奧克蘭，留下面額2千5百英鎊（約新臺幣1350萬元）的紐西蘭公債，瑪莉每年會收到4.5%的利息，也就是112.5英鎊（約新臺幣61萬元）。

「我第一眼一定先看女人的袖子。男性則最好是看褲子的膝蓋部分。」

2 案件03／身分之謎 IDEN

霍斯默・安吉爾
Hosmer Angel

某家公司的出納：瑪莉的未婚夫。在李頓荷街的公司工作，卻沒有告訴瑪莉公司的名稱和地址，據說住在辦公室裡。在婚禮當天早上失蹤。

- 頭髮烏黑
- 頭頂微禿
- 他是個很害羞的人，不喜歡引起他人注意，非常靦腆，他對我太好、太親切了，不可能做出丟下我的事情。
- 著迷
- 說話聲音也很輕柔。
- 說起話來輕聲細語
- 我們在一星期之內舉行婚禮。
- 身高約5呎7吋高（約170公分）
- 為了保護脆弱的眼睛戴著淺色鏡片眼鏡
- 濃密黑色鬍鬚
- 童年時罹患過淋巴腺囊腫和扁桃腺炎，所以喉嚨很弱
- 膚色灰黃
- 阿爾伯特金錶鏈→參見P107【配件小物】
- 黑色背心
- 黑色絲面雙排釦及膝大衣→參見P92 冷
- 體格強壯
- 灰色蘇格蘭手織毛長褲
- 在第一次出門散步之後我們就訂婚了。他不喜歡引起他人注意，所以在傍晚時和我出門散步。
- 鬆緊靴
- 棕色綁腿→參見P90 冷

冷 鬆緊靴
elastic-sided boots
腳踝一帶使用伸縮材質的靴子，穿脫簡單又能夠支撐腳踝。

詹姆士・溫德班克
James Windibank

西屋及馬龐公司的推銷員：他上班的地點是范切契街的大型紅葡萄酒進口商。他的生父過世後不久，瑪莉的母親便與他再婚，年紀只比瑪莉大5歲又兩個月，也就是30歲方右。極度不喜歡瑪莉外出。

- 灰黃色膚色
- 鬍鬚剃得乾乾淨淨
- 機警敏銳的灰色眼睛
- 身體結實、中等身材
- 舉止溫和卻殷勤諂媚
- 有光澤的絲綢禮帽

瑪莉・蘇特蘭＝P102

103

制服男僕
the boy in buttons

221B的僕人：領著瑪莉‧蘇特蘭來到福爾摩斯他們所在的起居室。

...... 金釦

...... 黑色制服

瑪莉的母親
Mary Sutherland's mother

丈夫過世後，與小自己將近15歲的溫德班克再婚。

瑪莉的生父（已故）
Mary Sutherland's father

經營鉛管與煤氣管裝修生意：生前在陶頓漢漢場經營一家鉛管與煤氣管裝修店。
→參見P149 Point／水管工【Check】

哈帝
Hardy

瑪莉生父店裡的工頭：帶著瑪莉和瑪莉的母親去參加煤氣管裝修工人舞會。

實際存在的人物

哈菲茲
Hāfiz (1326左右-1390)

出生於伊朗南部設拉子的抒情詩人

哈菲茲的意思是「能背誦《可蘭經》的人」。波斯四大詩人之一，以抒情詩歌頌愛情、美酒、大自然之美，死後出版的《詩頌集》〈Divan〉據說影響到歌德的《西東詩集》。

荷瑞斯
Quintus Horatius Flaccus (西元前65～西元前8年)

出生於義大利南部韋諾薩的詩人

古羅馬最具代表性的詩人之一，藉由深刻的倫理性、高尚的格調、完美的技巧，影響西歐文學很長一段時間，其中又以《詩藝》直到近世都被視為是寫詩聖經。

波斯有句古老諺語：「拿走幼虎的人會有危險，奪走女性夢想的人也會有危險。」哈菲茲所知的道理與人情世故可比荷瑞斯少呢！

福爾摩斯在破案後，聽到華生問「那麼蘇特蘭小姐呢？」時這樣回答。

104

案件03／身分之謎 IDEN

一眼就能看穿對方的福爾摩斯

〈身分之謎〉的最大特色是，福爾摩斯只是聽完委託人的敘述，就看穿真相的超常破案表現。

若要說委託人離開後，福爾摩斯做了什麼，他就只是寫了兩封信而已，甚至沒有離開221B出門進行搜查，第二天就把事情解決了，辦案方式堪稱是「安樂椅神探」。

此外，本作也同樣能夠欣賞到「那個經典橋段」，也就是委託人瑪莉・蘇特蘭被福爾摩斯說中職業後的驚訝反應。這個「經典橋段」在前作〈紅髮俱樂部〉中也有出現。

本作雖然較晚刊登，但撰寫順序其實是〈身分之謎〉優先，所以在〈紅髮俱樂部〉開頭福爾摩斯才會提到「偵辦瑪莉・蘇特蘭小姐那件簡單小案件」（至於刊載順序為何會調換，有說法認為是柯南・道爾一次把兩份稿子一起送上，編輯因此弄錯順序）。因此按照撰寫順序看來，本作才算是最值得紀念的「福爾摩斯經典橋段」第一次登場的作品。

COLUMN

「福爾摩斯」時代的打字員
Typist in ⟨Holmes⟩ era

打字機是以手指敲擊按鍵，把文字打在紙張上的機械。1874年雷明頓商會使打字機變得普及，也替女性帶來打字員的行政工作，大力促成英國女性走入社會。

在此之前，這個時代的中產階級女性的職業，主要是幫傭等的管家工作，至於可稱得上專業的職業，頂多就只有家庭教師。〈身分之謎〉的瑪莉・蘇特蘭從事打字員的工作也足以養活自己，在當時可說是最潮的女性。

正典中，《巴斯克村獵犬》的勞柔・賴因斯也是打字員。

〈身分之謎〉的事件始末

時間	事件
1890年※ ？月？日	瑪莉・蘇特蘭的繼父溫德班克：去法國出差。
舞會當天 ？月？日	瑪莉：趁著繼父不在，去參加煤氣裝配工人的舞會，邂逅霍斯默・安吉爾。
舞會第二天	瑪莉：第二天安吉爾來訪。
？月？日	瑪莉：第一次與安吉爾兩人單獨去散步。回家後就訂婚了。
？月？日	瑪莉：第二次與安吉爾去散步。
？月？日～ ？月？日 （約一週）	溫德班克：結束法國出差回來。 瑪莉：繼父生氣，所以無法見安吉爾，不過每天會收到安吉爾的來信。 溫德班克：去法國出差。
？月？日	瑪莉：安吉爾來訪。 提議趁著繼父不在的這一週內結婚，母親也同意，並決定舉行婚禮的日期。
？月14日（五）早上	瑪莉：搭乘兩輛馬車前往教堂舉行婚禮，安吉爾沒在抵達的馬車上，眾人困惑。
？月15（六）	瑪莉：在《記事報》刊登了尋人啟事。
委託日 ？月？日	福爾摩斯與華生：在221B閒聊。 瑪莉：造訪221B委託調查。 福爾摩斯：寫信給溫德班克和他的公司。
委託日第二天	華生：回家。
快18點	華生：結束一天的工作，來到221B。
18點多	溫德班克：造訪221B。

※1890年＝正典中沒有提到具體的年分，不過在1890年的「紅髮俱樂部」案子發生期間，福爾摩斯曾經提到「還沒偵辦瑪莉・蘇特蘭小姐那件簡單小案件之前」，由此可推測〈身分之謎〉是1890年發生的事情。

2

案件03／身分之謎 IDEN

〈身分之謎〉中登場的
妝點福爾摩斯世界的配件小物

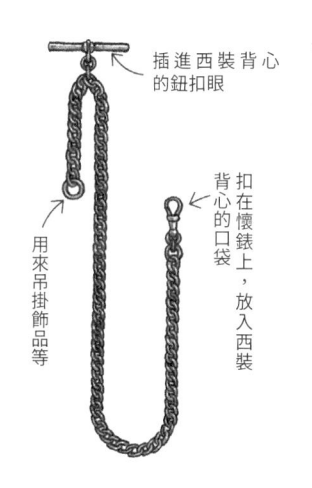

插進西裝背心的鈕扣眼

扣在懷錶上，放入西裝背心的口袋

用來吊掛飾品等

阿爾伯特錶鏈
Albert chain

懷錶專用的錶鏈。

阿爾伯特是指維多利亞女王（1837～1901）的丈夫阿爾伯特親王（Francis Albert Augustus Charles Emmanuel，1819～1861）。因阿爾伯特親王愛用而得名。在親王過世的1860年代之後，這種款式的懷錶鏈普及於市井百姓間。

英國紳士的愛好

維多利亞時代最受歡迎的阿爾伯特錶鏈，在正典中出現過3次。

在《暗紅色研究》中，艾勞克‧傑‧楚博爾的隨身物品中有個純金的阿爾伯特錶鏈；在〈紅髮俱樂部〉中，華生觀察到傑布斯‧威爾森的西裝背心露出黃銅製的阿爾伯特錶鏈。

〈身分之謎〉裡的登報尋人廣告中，失蹤的霍斯默‧安吉爾的特徵之一寫著「帶著阿爾伯特錶鏈」。

爾摩斯也把艾琳給的索維林金幣「掛在錶鏈上當作紀念」。

當時的紳士們經常在錶鏈上掛硬幣或印章等裝飾，費盡各種巧思，也有不少人會掛保險箱等的鑰匙。《金邊夾鼻眼鏡探案》的柯倫教授是書桌小櫥的鑰匙、〈第二血跡探案〉的崔勞利‧霍浦大臣是公文箱鑰匙、〈布魯士─巴丁登計畫探案〉的薛尼‧強森及〈福爾摩斯退場〉的波克先生是保險箱鑰匙、〈匍行者探案〉的普利斯伯瑞教授是木盒鑰匙。

由此可知錶鏈在這個時代是貼身配件。

〈紅髮俱樂部〉中的傑布斯‧威爾森在錶鏈上掛中國硬幣，不確定是否是阿爾伯特型，不過在〈波宮祕聞〉中福

看亮點 check! 〈身分之謎〉 讓我們稍微深入瞧一瞧！

名臺詞

"If we could fly out of that window hand in hand, hover over this great city."

「假如我們可以手牽手一同飛出那扇窗，盤旋在這大城市的上空——」

寫在故事開頭的福爾摩斯臺詞，雖然有點非現實……

接下來的臺詞是↓

輕輕掀開屋頂，探頭偷窺裡面正在發生的古怪事情，像是奇妙的巧合啊，

祕密的計畫啊、矛盾的對話啊、

讓人驚訝的

一連串事件啊，

這些事情一代一代地發生著，

最後導致誇張詭異的結果，這會使一開始就預料到結局的

陳腔濫調小說，變得索然無味失去銷路。

↑一點也不**非現實**！

←現實主義者

這次的關注配件！

荷蘭皇室送的（細節不清楚）**鑽石戒指**！

喜歡樸實無華簡居生活的福爾摩斯，手指上卻戴著鑽戒，是為了測試華生是否注意？

中間有一顆大紫水晶

〈波宮祕聞〉事件之後，國王送的紀念品是老舊的

黃金鼻菸盒！

2 案件 03／身分之謎 IDEN

本次的華生

被福爾摩斯稱讚？

才這麼想——

這件的稱讚？

不是我奉承啊，華生！你真是愈來愈厲害了！

這是無條件的稱讚？

沒錯，你是忽略了所有重要的東西！

重擊

福爾摩斯只是陳述事實，沒有半點惡意⋯⋯大概吧！

熱愛菸斗的福爾摩斯⋯

正在抽捲菸

在本作開頭的場景中

本作之外還有

〈波宮祕聞〉
〈最後一案〉
《巴斯克村獵犬》
〈空屋探案〉
〈獨行女騎者探案〉
〈金邊夾鼻眼鏡探案〉
〈垂死偵探探案〉

都可以看到抽捲菸的場景。大多是在稍微放鬆時會抽。

名臺詞

"Yes. It was the bisulphate of baryta."

「解決了，是硫酸氫氧化鋇。」

喂，你解決了嗎？

一整天都忙於化學實驗

愛睏

不是！那個謎案啊！

擔心案子狀況所以急忙趕來

福爾摩斯才聽完委託人的敘述，就已經在腦海中解決事件了！不過他的切換速度還真快！

109

案件 04 波士堪谷奇案
The Boscombe Valley Mystery

一天早上，我與妻子享用早餐時，收到一封電報。

福爾摩斯打來的。

今明兩天是否有空？

我看看

內容這樣說：

希望能陪同調查波士堪谷慘案。11點15分帕丁頓出發。

啊，不過病人……

你很想去吧？

請安斯圖特替你代班吧！

也是！多虧福爾摩斯我學到不少，包括認識妳♥

要是我不去就太忘恩負義了！

對！

只剩30分鐘了！

你就是很想去吧！

福爾摩斯！

華生！你太好了！能來一起，有個可以信賴的人，情況就大不相同了。

嗯嗯

寫寫

不久車廂裡就只有我們兩人和大量的報紙。

嘎噹叩咚

這是一件單純卻極難解決的案子。

咦？

福爾摩斯的話聽起來有點矛盾，但——

倫敦的報紙報導得並不詳細！

揉成一團

波士堪谷究竟有什麼謎團在等著我們呢？

【委託日】？？？？年6月3日
【委託人】雷斯垂德（警探）
【委託內容】希望協助調查查理士‧麥卡錫凶殺案
【主要地點】赫里福德郡波士堪谷等

110

2 案件04／波士堪奇案 BOSC

Story 在風光明媚的鄉下小鎮發生的凶殺案真相是？

波士堪谷發生一起凶殺案，被害人是幾年前從澳洲移居此地的查理士・麥卡錫，他的頭部遭到鈍器毆打。

嫌犯是他的兒子詹姆士。有人目擊他們父子兩人在案發前不久才有過激烈爭執。

儘管詹姆士很快就被逮捕，但他的青梅竹馬，也就是地主的女兒愛麗絲・杜勒堅稱他是清白，要求蘇格蘭場警探雷斯垂德重新調查。但是現場證據在在證明詹姆士有罪，雷斯垂德的調查也因此陷入瓶頸，轉而尋求福爾摩斯的協助。

於是福爾摩斯邀請華生一起，兩人搭乘火車前往波士堪谷。

221B 夏洛克・福爾摩斯 —電報→ 約翰・H 華生 ←建議他休假— 華生夫人
約翰・H 華生 —委託代診→ 安斯圖特

哈特里農場

雷斯垂德（蘇格蘭場的警探） ←委託— 愛麗絲・杜勒 ←青梅竹馬→ 詹姆士・麥卡錫

杜勒夫人（已故） —妻子／丈夫— 約翰・杜勒（女兒：愛麗絲）

威羅斯醫生 —看診→ 約翰・杜勒 —出租農場→ 查理士・麥卡錫

查理士・麥卡錫 —丈夫／妻子— 麥卡錫夫人（已故）
兒子：詹姆士・麥卡錫
約翰・柯布（管家）
女傭

摩倫太太 —母親／女兒— 培心・摩倫（莊園門房的女兒）

威廉・古德 —目擊→ 查理士・麥卡錫（目擊）

111

詹姆士・麥卡錫
James McCarthy

查理士・麥卡錫的獨生子：18歲。離家3天剛回來，拿了槍朝著波士堪湖畔走，就與父親起爭執，不久之後就發現父親的遺體，因此他被當成嫌犯逮捕。

- 他不是個很機敏的青年，外表看起來很英俊，我認為他的心智很健全可靠。
- 外表英俊
- 麥卡錫先生迫切希望我們兩人結婚，但詹姆士不希望現在就結婚。
- 要是他真的拒絕與像杜勒小姐那樣迷人的年輕女性結婚的話，我可不能認同他的眼光啊！
- 他心腸好到連一隻蒼蠅都不願意傷害。

嫌犯

查理士・麥卡錫
Charles McCarthy

哈特里農場的主人：20年前在澳洲認識約翰・杜勒。從澳洲回到英國後，免費租借約翰・杜勒在赫里福德郡波士堪谷的「哈特里農場」，並生活在這裡。遺體在波士堪湖畔被發現。

- 頭部被人用某種重且鈍的武器攻擊
- 情緒相當激動
- 似乎避免與鄰近的英國人家庭來往
- 父子都喜歡運動，常常出席附近舉辦的賽馬大會
- 他不是位很受歡迎的人，對人很冷漠，讓人不敢接近，不過就我所知他至今並無仇家。

被害人

詹姆士・麥卡錫＝頁面上方　　愛麗絲・杜勒＝P113

112

案件 04／波士堪谷奇案 BOSC

> 那是我這輩子見過最美麗動人的年輕女子之一。

愛麗絲・杜勒
Alice Turner

約翰・杜勒的獨生女：18歲。租給查理士・麥卡錫的「哈特里農場」的地主約翰・杜勒的獨生女。與詹姆士・麥卡錫是青梅竹馬，堅信詹姆士清白，要求蘇格蘭場的雷斯垂德警探釐清他的嫌疑。

Check Point
波士堪谷
The Boscombe Valley

「波士堪谷」位在赫里福德郡羅司鎮近郊。儘管赫里福德郡是實際存在，不過波士堪谷和波士堪湖皆是虛構的地名。

正典中有不少虛構的地名，《四個人的簽名》的坪清巷、〈波宮祕聞〉的蛇盤街、〈歪嘴的人〉的上史灣登巷、〈工程師拇指案〉的愛佛、《恐懼之谷》的佛米沙谷等。

根據正典提到的真實地名提示，想像虛構地點如果真的存在大概會在哪裡，也是一種樂趣。

約翰・杜勒
John Turner

大地主：在澳洲維多利亞州界積了一筆財富，幾年前返回英國，成為赫里福德郡波士堪谷境內最大的地主。妻子在年輕時就過世，只剩下獨生女愛麗絲。罹患糖尿病多年。

- 灰白的頭髮
- 深陷的皺紋
- 下垂的眉毛
- 臉色如槁木死灰
- 嘴唇和鼻孔周圍浮現紫藍色
- 雜亂的鬍鬚
- 異常大的手
- 年齡約60歲
- 異常大的腳

> 我看一眼就知道他患了不治之症。

培心・摩倫
Patience Moran

波士堪谷莊園門房的女兒：14歲。在波士堪谷附近的森林採花時，目睹麥卡錫父子在森林外的波士堪湖畔激烈爭執，害怕得逃回小屋。

摩倫太太
Mrs. Moran

培心・摩倫的母親：聽到女兒說目睹麥卡錫父子在波士堪湖畔爭執時，右手沾血的詹姆士正好上門來求助。

威廉・古德
William Crowder

獵場管理人：受僱於約翰・杜勒。目睹查理士・麥卡錫走向波士堪湖，不到5分鐘後就看到兒子詹姆士腋下夾著槍走過同一條路。

麥卡錫家的女傭
McCarthy's maid

把查理士・麥卡錫遇害時穿的靴子與兒子詹姆士的靴子拿給福爾摩斯看，隨後領著他前往「哈特里農場」的中庭。

約翰・柯布
John Cobb

麥卡錫家的管家：案發當天，與主人查理士・麥卡錫一起搭馬車往返羅司鎮。

旅社服務生
Hotel waiter

「赫里福德徽章」旅社的服務生：領著約翰・杜勒來到福爾摩斯等人留宿的房間。

2 案件04／波士堪奇案 BOSC

Check Point
華生夫人
Mrs. Watson

華生在《四個人的簽名》事件後幸福結婚了。在那之後，正典中只出現過兩次華生與夫人對話的場面。

在〈波士堪谷奇案〉中，夫人看到福爾摩斯發來的電報，就建議華生答應。在〈歪嘴的人〉中，晚上夫人和華生在一起放鬆時，老同學凱特‧衛特尼來訪，華生評說道：「事情總是這樣，親朋好友一有問題就來找我妻子，好像小鳥飛往燈塔一樣。」由此可見華生夫人的人品。

華生夫人
Mrs. Watson

華生收到福爾摩斯的邀請，猶豫著「還有病人」時，華生夫人勸他答應。

華生家的女傭
Watson's maid

早餐時送來福爾摩斯發來的電報。
→參見P173【Check Point／221B與華生家的幫傭】

雷斯垂德
Lestrade

委託人

蘇格蘭場的警察：收到愛麗絲‧杜勒請求澄清詹姆士嫌疑的要求卻陷入瓶頸，委託福爾摩斯協助搜查。去車站接抵達羅司鎮的福爾摩斯兩人，也準備了前往凶案現場的馬車，以及監獄會面的法院准令。
→參見P13【主要登場人物】
→參見P140【警察登場次數排名】

儘管他入境隨俗，穿上淺棕色風衣，打了皮革綁腿，我還是一眼就認出那是蘇格蘭場的雷斯垂德。

淺棕色風衣……

皮革綁腿……
→參見P190 冷

❄ **風衣**
duster coat
穿來遮擋灰塵用的薄長大衣外套。

實際存在的人物

喬治‧梅瑞狄斯
George Meredith (1828-1909)

出生於英格蘭普茲茅斯的作家兼詩人，以《利己主義者》（1879年）等作品諷刺維多利亞時代的上流知識階級，確立作家地位，也擔任出版社顧問幫忙挖掘新人等，在英國文壇十分活躍。以艱澀難懂的文體和作品風格為人所知，也影響到夏目漱石早期的作品。

要是你願意的話，現在我們來談喬治‧梅瑞狄斯，其他的事留待明天再說。

福爾摩斯回到旅社◆對華生說明案件狀況後，用這一句話改變話題。

◆ 譯註：日文原文說「福爾摩斯在『前往羅司鎮的火車上』對華生說明案件狀況後，這樣說著改變話題。」然而原著中是華生在旅社等著福爾摩斯回來，福爾摩斯回來坐下交代了自己的收穫之後說的。

鄉下郊外的事件魅力

〈波士堪谷奇案〉之前發表的5部作品，福爾摩斯等人活躍的舞臺只限倫敦，本作是福爾摩斯和華生第一次下鄉查案。

福爾摩斯先是與華生約在車站見面，在晃動的火車中討論案情，接著投宿旅社，漫步森林，匍匐在湖畔追查蛛絲馬跡等，皆使得本作與發生在倫敦的案件有著截然不同的雀躍感。

儘管旅遊氣氛愉快，這次的案件卻是短篇作品中第一樁凶殺案。很多人以為「懸疑小說」少不了「殺人」，但福爾摩斯在60篇正典中調查的凶殺案大約只占一半，其他是竊盜、詐騙、脅迫、失蹤等形形色色的案件。

就像這樣，案件種類豐富或許也是《福爾摩斯探案全集》的魅力之一。

鄉村小路的兩人

COLUMN

「福爾摩斯」時代的澳洲
Australia in 〈Holmes〉era

本作中登場的大地主約翰・杜勒在殖民地時代的澳洲累積財富後返回英國。

1860年代的澳洲是由英國殖民地的6個州構成，其中之一是維多利亞州，杜勒和被害人查理士・麥卡錫就是在此地相遇。澳洲東南部於1851年發現金礦，杜勒生存的時代正值淘金潮，除了英國之外，來自世界各地的移民也急速增加，人口在接下來的10年間邊增3倍。

直到50年後的1901年，澳洲脫離英國獨立。

116

〈波士堪谷奇案〉的事件始末

6月3日(日)	將近15點	**查理士‧麥卡錫**：離開家裡，走向波士堪湖。
	15點過後	**詹姆士‧麥卡錫**：衝進波士堪谷管理人小屋求助，告知父親查理士死在波士堪湖畔。
6月4日(二)		**詹姆士**：偵訊後定了他「蓄意謀殺」的罪名。
6月5日(三)		**詹姆士**：提交到羅司鎮巡迴裁判庭。
調查開始日 ?月?日	10點45分左右	**華生**：與夫人吃早餐時收到福爾摩斯的電報。
	11點15分	**福爾摩斯與華生**：從帕丁頓車站搭火車前往赫里福德郡。
	將近16點	**福爾摩斯與華生**：抵達羅司鎮。雷斯垂德在月臺接人。
		福爾摩斯與華生：與雷斯垂德一起搭馬車前往預訂的旅社。
		福爾摩斯：愛麗絲‧杜勒來訪。
		福爾摩斯：與雷斯垂德一起去監獄探望詹姆士。 **華生**：留在旅社。
	晚上很晚	**福爾摩斯**：返回旅社。
調查開始的第二天	9點	**福爾摩斯與華生**：與雷斯垂德一起前往「哈特里農場」、波士堪湖進行調查。
	中午左右	**福爾摩斯與華生**：在旅社吃午餐。
	下午	**福爾摩斯與華生**：在旅社房裡見愛麗絲的父親約翰‧杜勒。

〈波士堪谷奇案〉中登場的
妝點福爾摩斯世界的配件小物

放大鏡
Magnifying glass

在視覺上放大物體的裝置。發明的時期不清楚,但可以確定早在西元前就已經存在;古埃及和羅馬遺跡中也有發現水晶研磨成的透鏡。目前已知拿透鏡當放大鏡使用,是在2世紀左右的希臘天文學家托勒密的時代。

「透鏡」的英文名稱「lens」來源,是因為形狀類似小扁豆(lens culinaris)。

偵探的必備用品?

福爾摩斯進行搜查時不可或缺的工具就是「放大鏡」,也因此與獵鹿帽、菸斗同樣成為福爾摩斯最具代表性的配件,更是偵探的代名詞。

放大鏡在華生首次描述的《暗紅色研究》案發現場也很快就派上用場。後來福爾摩斯在《四個人的簽名》中用來觀察留在巴薩隆謬‧薛豆房裡的繩子和鞋印等,在〈紅髮俱樂部〉用來仔細調查銀行的地板,在〈波士堪谷奇案〉裡葡萄在地上調查湖畔留下的足跡,在〈松橋探案〉中用來謹慎查看橋的欄杆等,在幾處案發現場都曾經與福爾摩斯一同活躍。

仔細審視霍浦金斯警探拿來的線索記事本(〈黑彼得探案〉)、安吉爾打字的信(〈身分之謎〉)、亨利‧貝克的帽子(〈藍拓榴石探案〉)、莫提默醫生的狩獵棒(《巴斯克村獵犬》)等送來221B的證據時,也會派上用場。

放大鏡是正典約3分之1的作品裡都有出現的配件。

獵鹿帽
Deerstalker

獵帽的一種。

如名稱所示，就是獵鹿時戴的帽子。由於是狩獵專用，所以多半是用牢固的斜紋軟呢（tweed）等毛織品製作。

特徵是帽子後側也有帽簷，用來保護脖子，左右有禦寒用的護耳，不使用時可以往上掀，再以末端的綁繩固定在頭頂。

福爾摩斯的形象單品

獵鹿帽與菸斗、放大鏡同樣成為福爾摩斯的固定標誌，不過正典中連一次都不曾出現過「獵鹿帽」（deerstalker）這個字。

〈波士堪谷奇案〉中提到福爾摩斯下鄉調查時戴著「貼合頭型的布質帽」（close-fitting cloth cap），插畫家席德尼・佩吉特（Sidney paget，1860～1908）看到這段敘述後，替《史全德雜誌》的連載繪製插畫時，就替福爾摩斯戴上了獵鹿帽，以此為開端，此後這張插畫深刻影響到後世的插畫、舞台劇、影視作品，使得獵鹿帽成為福爾摩斯的代名詞。

佩吉特的女兒薇妮弗雷德曾經表示，獵鹿帽是佩吉特最愛的帽子款式。

柯南・道爾或許也很欣賞佩吉特的插畫吧！在〈波士堪谷奇案〉問世1年後寫下的〈銀斑駒〉中，他也讓福爾摩斯戴上類似獵鹿帽的「有耳遮的旅行帽」（ear-flapped travelling-cap）。

佩吉特的插畫中福爾摩斯戴著獵鹿帽的作品有7部，包括〈波士堪谷奇案〉、〈銀斑駒〉、〈空屋探案〉、〈小舞人探案〉、〈獨行女騎者探案〉、〈修院學校探案〉、〈黑彼得探案〉，都能瞧見福爾摩斯戴著獵鹿帽的英姿。

看亮點 check! 〈波士堪谷奇案〉 讓我們稍微深入瞧一瞧！

Who is 安斯圖特？

這位安斯圖特到底是誰？

認識的醫生？

可是瑪莉沒有稱呼他醫生……

順便補充一點，華生委託代診的對象，在其他故事中還有「隔壁的醫生」（〈證券交易所的職員〉）、傑克遜（〈駝者〉）。※ 或許安斯圖特和傑克遜都是在隔壁服務的醫生……

※〈證券交易所的職員〉和〈駝者〉均收錄在《回憶記》。↓參見P212【作品列表】

安斯圖特

當天臨時代班的當然也能夠輕易委託的人是？

> 安斯圖特會幫你把工作做好的。
> 哎呀！

Oh, Anstruther would do your work for you.

名臺詞

"It is really very good of you to come, Watson."

「華生，你能一同前往真是太好了。」

福爾摩斯對於朋友的感謝、稱讚，向來不吝於面對面直接說出口！這種正直坦率的個性令人欣賞！

> 有個可以完全信賴的人跟我一起，情況就大不相同了。
> 你去占個落的那兩個座位！
> 我去買車票！

本次的華生

隱藏的特殊技能 其一

阿富汗兵營的生活，讓我養成一個行動迅速、隨時可以動身的旅行者。

俐落♪ 迅速♪

臨時需要出門旅行，不到半個小時即可準備妥當！

福爾摩斯的時尚穿著！
旅行篇
貼合的布質帽
灰色旅行長斗篷
更突顯出他高瘦的身軀
華生

鬍子與窗戶的方程式
我很清楚知道，你臥室窗戶是開在右邊。
看你鬍子刮的狀態，愈往左臉頰刮得愈不徹底。
顯然左邊光線沒有右邊好。
粗糙
原來如此

本次的華生
其二
探視嫌犯的法院准令呢？
只有你跟我……
因此，華生獨自待在旅社。
當地的報紙
嗯嗯
後腦杓受傷！
晚點提醒福爾摩斯
被拋開了～
通俗小說

這次的毒舌段落
我想可能有線索，
可是你怎麼知道……
你到池塘裡去過了？想做什麼？
我沒時間聽你說這些！
到處都是你那些朝內拐的變形左腳腳印。
嘖
嘖
罵人時也爽快、毫不遲疑直言不諱！這就是福爾摩斯的風格！
哈，
要是我在他們像一群水牛那樣來池塘邊到處打滾前就先來看過，事情就簡單多了！
大步亂踩
哞～
大步亂踩
哞～
大步亂踩

案件05

五枚橘籽

The Five Orange Pips

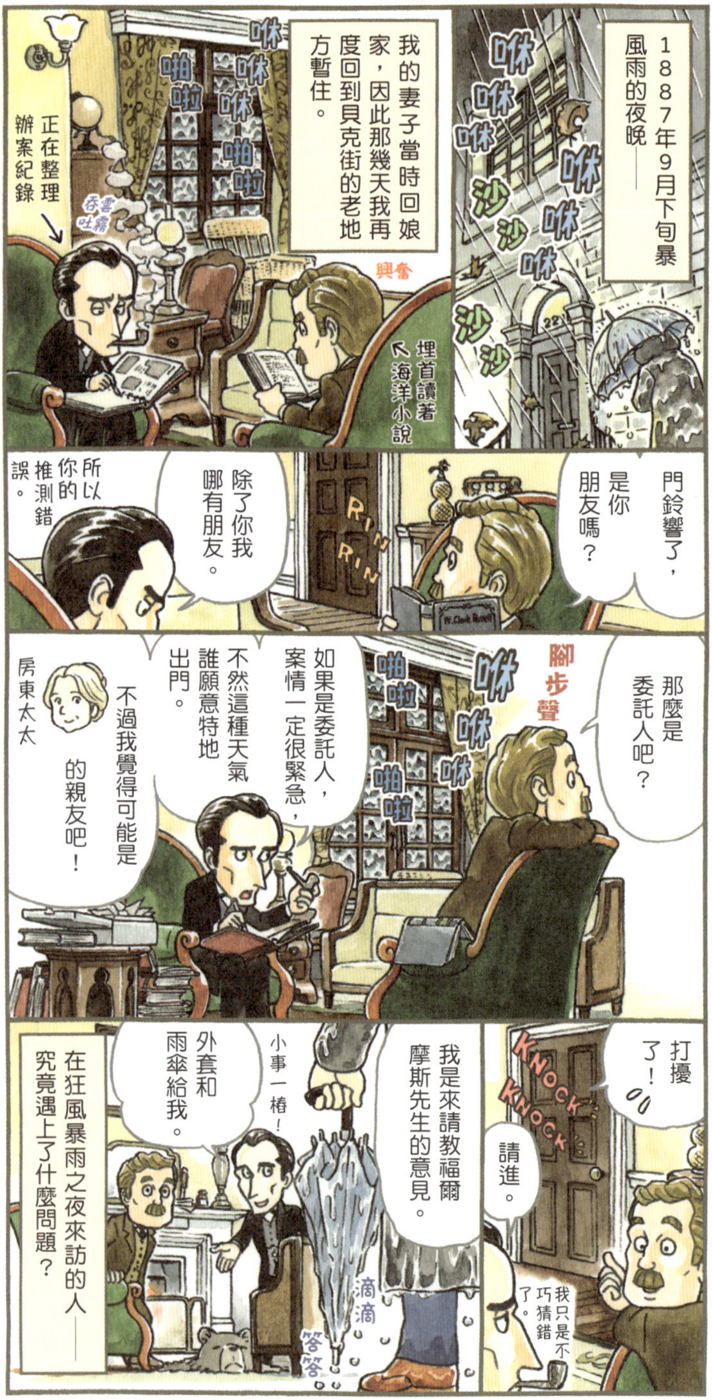

【委託日】1887年9月底

【委託人】約翰・歐本蕭（富豪）

【委託內容】請求查明伯父與父親為何離奇死亡並保護自己

【主要地點】薩西克斯郡霍司漢等

2
案件05／五枚橘籽 FIVE

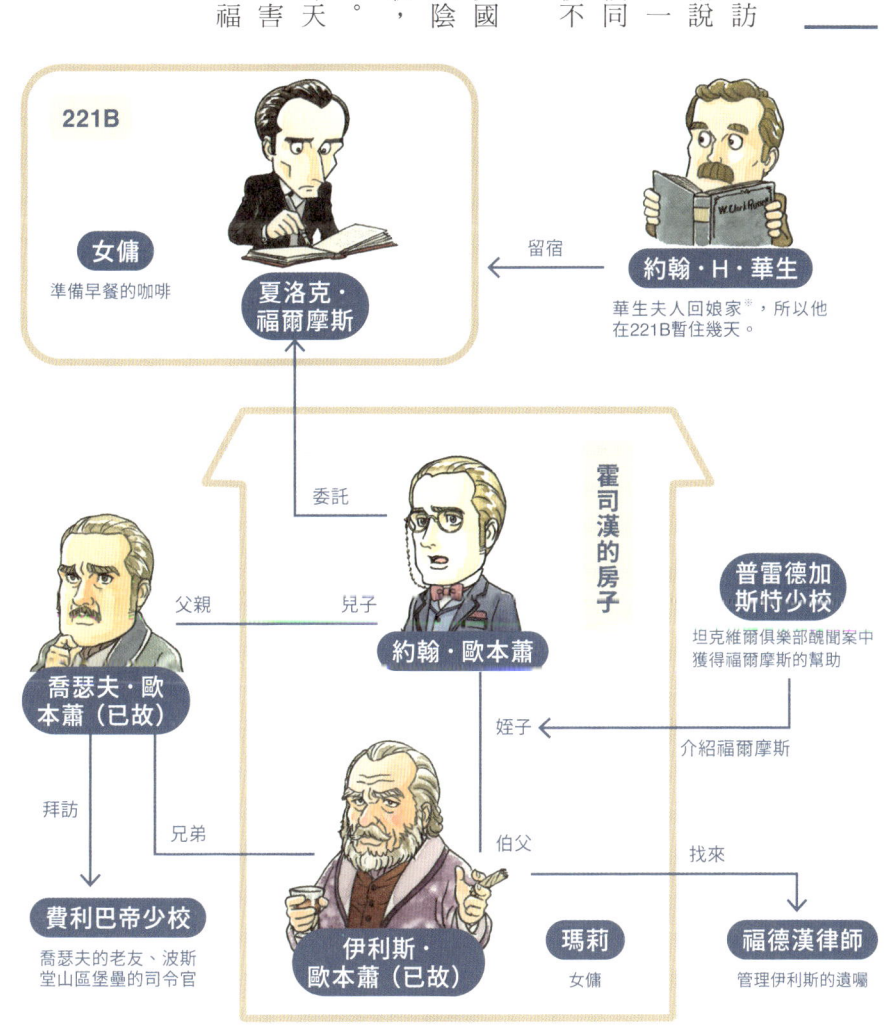

Story
招來死亡的「橘籽」

在狂風暴雨的夜晚造訪221B的約翰·歐本蕭說起自己伯父和父親的恐怖遭遇。一開始是伯父，隨後是父親，他們同樣在收到裝著5顆橘籽的信封後不久，就離奇死亡。

他懷疑事情與伯父曾經待在美國有關，兩人或許是捲入了某種陰謀，但後來也沒再發生什麼異狀，就這樣度過了2年8個月的時間。他原本就此放下心，沒想到昨天他突然也收到同樣的「橘籽」。害怕到不知如何是好的他只好找上福爾摩斯尋求幫助。

221B

- 女傭 — 準備早餐的咖啡
- 夏洛克·福爾摩斯
- 約翰·H·華生 — 華生夫人回娘家※，所以他在221B暫住幾天。（留宿 →）

霍司漢的房子

- 約翰·歐本蕭（委託 ↑）
- 喬瑟夫·歐本蕭（已故） — 父親
- 伊利斯·歐本蕭（已故） — 伯父
- 瑪莉 — 女傭
- 費利巴帝少校 — 喬瑟夫的老友、波斯堂山區堡壘的司令官（拜訪／兄弟）
- 普雷德加斯特少校 — 坦克維爾俱樂部醜聞案中獲得福爾摩斯的幫助（姪子／介紹福爾摩斯）
- 福德漢律師 — 管理伊利斯的遺囑（找來）

※＝參見P130【亮點check】＊1

123

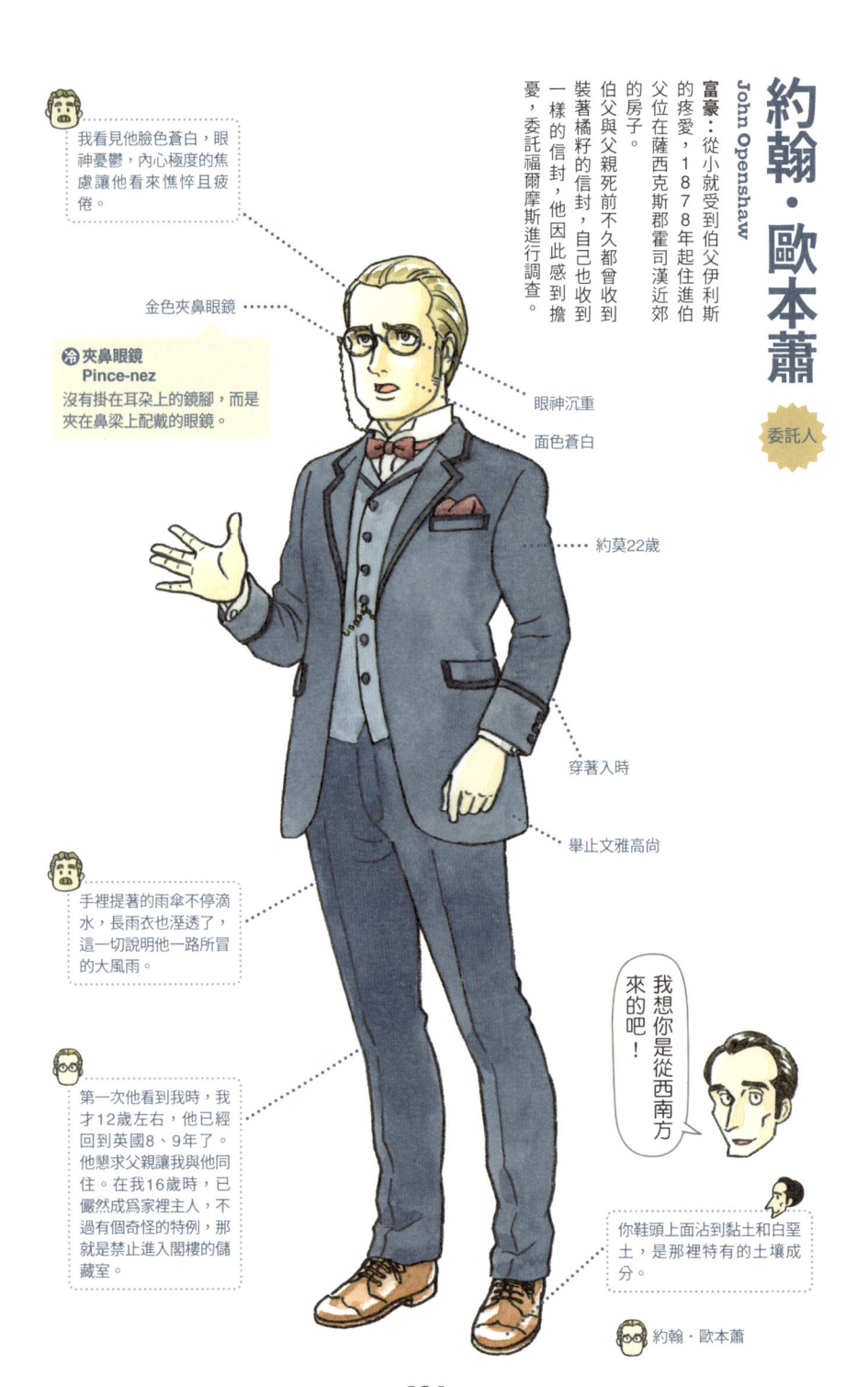

約翰・歐本蕭
John Openshaw

委託人

富豪：從小就受到伯父伊利斯的疼愛，1878年起住進伯父位在薩西克斯郡霍司漢近郊的房子。伯父與父親死前不久都曾收到裝著橘籽的信封，自己也收到一樣的信封，他因此感到擔憂，委託福爾摩斯進行調查。

- 我看見他臉色蒼白，眼神憂鬱，內心極度的焦慮讓他看來憔悴且疲倦。
- 金色夾鼻眼鏡

冷 夾鼻眼鏡 Pince-nez
沒有掛在耳朵上的鏡腳，而是夾在鼻梁上配戴的眼鏡。

- 眼神沉重
- 面色蒼白
- 約莫22歲
- 穿著入時
- 舉止文雅高尚

- 手裡提著的雨傘不停滴水，長雨衣也溼透了，這一切說明他一路所冒的大風雨。

- 第一次他看到我時，我才12歲左右，他已經回到英國8、9年了。他懇求父親讓我與他同住。在我16歲時，已儼然成為家裡主人，不過有個奇怪的特例，那就是禁止進入閣樓的儲藏室。

> 我想你是從西南方來的吧！

> 你鞋頭上面沾到黏土和白堊土，是那裡特有的土壤成分。

約翰・歐本蕭

124

2
案件05／五枚橘籽 FIVE

伊利斯·歐本蕭（已故）
Elias Openshaw

約翰·歐本蕭的伯父：個性奇特，不喜與人往來，也不踏進城裡，與親生兄弟也不想見面，但卻喜歡姪子約翰，1878年開始與約翰同住。

- 個性孤僻
- 老菸槍
- 愛喝白蘭地
- 脾氣暴躁，喜歡獨來獨往，不過他時常連續好幾個星期不出房門一步。

Profile
- 年輕時去了美國，在佛羅里達經營農場。
- 南北戰爭中加入南方陣營。
- 南北戰爭後，反對給予黑人公民權的政策，因而返回英國，在霍司漢近郊置產。
- 1883年5月2日夜裡在花園盡頭的池塘裡被人發現屍體。

瑪莉
Mary

伊利斯的女傭：替伊利斯房間的壁爐生火。

喬瑟夫·歐本蕭（已故）
Joseph Openshaw

- 個性固執

約翰·歐本蕭的父親：在康凡翠經營一家小工廠，在腳踏車發明的時期，擁有「歐本蕭耐磨輪胎」的專利，生意非常成功，之後他賣了專利，獲得大把財富退休。他在哥哥伊利斯過世後，搬進哥哥在霍司漢近郊的房子，1885年1月被人發現跌入白堊礦坑的深坑底昏迷不醒，就這樣斷氣。

福德漢律師
Mr. Fordham

伊利斯的律師：被伊利斯找來霍司漢，替他立下遺囑，將他的遺產留給約翰的父親喬瑟夫。

實際存在的人物

威廉・克拉克・羅素
William Clark Russell (1844-1911)

出生於美國紐約的作家，寫過許多海洋小說，其中又以《格羅夫納號的殘骸》(The Wreck of the Grosvenor, 1877) 最受喜愛，成為羅素的暢銷作。柯南・道爾據說也對羅素的海洋小說有很高的評價。

> 而我埋首讀著克拉克・羅素寫的有關海洋的精彩小說。

華生在委託人來訪之前，在221B的壁爐前讀著克拉克・羅素的海洋小說。

K・K・K
美國的祕密結社

正式名稱是三K黨 (Ku Klux Klan)。在南北戰爭過後組成的恐怖組織，目的是實現白人至上主義。以三角頭巾和白衣的打扮最有名。現在也仍有幾個分支組織在持續活動。

> 誰是這個K・K・K？為什麼他要不斷糾纏這一家可憐的人呢？

華生聽到福爾摩斯說：「危險性質是毫無疑問的了。」開口這樣問。

喬治・居維業
Georges Cuvier (1769-1832)

出生於法國蒙貝利亞爾的動物學家，藉由與現生生物比較，從化學碎片還原其整體形象等，奠定比較形態學與古生物學的基礎。

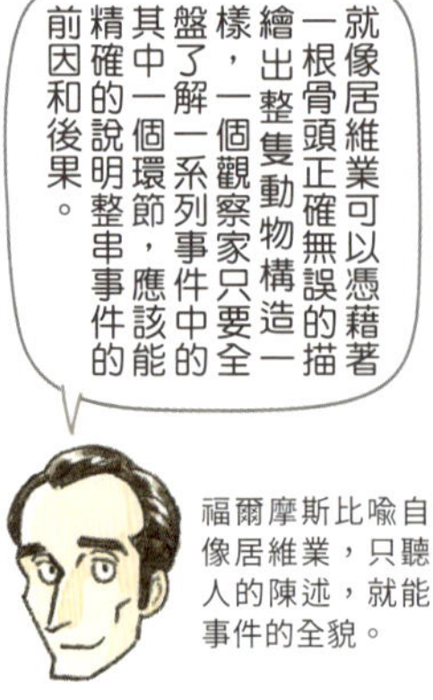

> 就像居維業可以憑藉著一根骨頭正確無誤的描繪出整隻動物構造一樣了，一個觀察家只要全盤了解一個系列事件中的一個環節，應該就能精確的說明整串事件的前因和後果。

福爾摩斯比喻自己就像居維業，只聽委託人的陳述，就能明白事件的全貌。

126

2 案件05／五枚橘籽 FIVE

延續到現代的歧視問題

只要收到裝著5顆橘籽的信封就會離奇死亡，這種詭異的落差反而令人印象深刻。

華生也在作品開頭提到「（這案件）沒有我好友（福爾摩斯）最重視的實際證據可以證實真相」，由此可知這是全系列最奇特的故事。

委託人約翰・歐本蕭的伯父伊利斯年輕時是南北戰爭中的南軍上校，與實際存在的祕密結社三K黨也有深刻的關係。從這部作品亦可窺見現實世界中存在的人種歧視等問題。本作中出現實際存在的歷史事件與組織，讓人感覺福爾摩斯的世界與自己世界相互連結。

裝著橘籽的信封

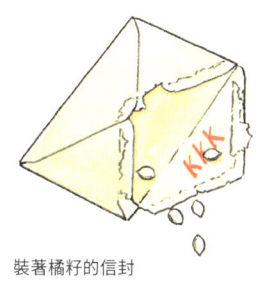

COLUMN

未詳述的案件
The Untold Stories

正典裡有些案子的「案名」和「概要」僅僅只是華生口頭提及，這些在書迷間稱為「未詳述的案件」。

正典記載著大約1百件沒有詳細描述的含糊案件。福爾摩斯在1891年的〈最後一案〉發生時提過「之前已處理上千樁案件」，由此可知正典介紹的60樁案件真的只是冰山一角。

「未詳述的案件」的樁樁件件只看案件名就讓人激動。真希望華生能夠多寫一些。

↓參見下一頁

《暗紅色研究》、《四個人的簽名》、《福爾摩斯辦案記》中「未詳述的案件」列表

長篇	《暗紅色研究》	雷斯垂德偵辦的偽鈔案
		衣著入時的年輕女子來訪
		頭髮灰白，衣著襤褸，貌似猶太小販的訪客來訪
		不修邊幅的老婦人來訪
		白髮老紳士來訪
		穿著棉製天鵝絨制服的鐵路工人來訪
長篇	《四個人的簽名》	法國偵探佛朗哥・維拉德來諮詢關於遺囑的案子
		西絲兒・佛瑞斯特太太的家庭糾紛（★）
		女子為了保險金毒殺3個小孩的案子（＊）
		安東尼・瓊斯負責的主教門珠寶案
《福爾摩斯辦案記》	〈波宮祕聞〉	崔波夫謀殺案（來自奧德薩的邀請）
		青柯馬理的亞特金森兄弟的離奇慘案（解決）
		荷蘭皇室必須謹慎處理的案子（解決）
		達靈頓頂替醜聞案
		安斯華滋城堡交易案
	〈紅髮俱樂部〉	──
	〈身分之謎〉	鄧達斯夫婦分居事件
		連華生都不能透露的荷蘭皇室案子（解決）
		瑪莉・蘇特蘭的委託，同時正在處理約10到12件叫人不特別感興趣的案子（當中只有馬爾那件案子較複雜）
		亞瑟瑞齊先生的失蹤案（★）
	〈波士堪谷奇案〉	──
	〈五枚橘籽〉	「帕洛朵律師事務所」案
		「業餘乞丐工會」案
		巴爾克型英國帆船蘇菲・安德森號失蹤案
		葛萊司・帕得森在蘇發島上的奇異探險
		康柏威爾中毒案
		普雷得加斯特少將的坦克維爾俱樂部醜聞（★）
		福爾摩斯失敗的案件（案件名稱不明，不過有3次敗給男人，1次敗給女人）
	〈歪嘴的人〉	──
	〈藍拓榴石探案〉	──
	〈花斑帶探案〉	費英泰西太太貓眼石頭飾案
	〈工程師拇指案〉	魏布頓上校的發瘋案
	〈單身貴族探案〉	拜克華得爾男爵的案子（★）（＊）
		格諾斯維諾廣場的家具貨車案
		斯堪地那維亞國王的案子
	〈綠玉冠探案〉	──
	〈紅櫸莊探案〉	──

（＊）＝不確定福爾摩斯涉入多少的案子
（★）＝介紹委託人來221B找福爾摩斯的案子

2 〈五枚橘籽〉的事件始末

	伊利斯・歐本蕭	喬瑟夫・歐本蕭
?年	年輕時移民美國,在佛羅里達州成為成功的農場主人。	在康凡翠經營一家小工廠,擁有「歐本蕭耐磨輪胎」的專利,生意非常成功。
1861年	南北戰爭爆發。加入南軍參戰。	
1865年	南北戰爭結束。回到佛羅里達。	
1869年or 1870年左右	返回英國,在薩西克斯郡霍司漢附近購置房產。	
1878年	讓喬瑟夫的兒子,也就是姪子約翰搬來同住。	
1883年3月10日	收到從印度寄來裝著5顆橘籽的信封,變得驚慌失措。	
5月2日	屍體在花園角落的池塘中被發現。	
?月?日		繼承伊利斯的所有財產。
1884年初左右		與兒子約翰一起住在伊利斯的房子。
1885年1月4日		收到從蘇格蘭寄來、裝有橘籽的信封。
1月7日		離家去探望老朋友費利巴帝少校,並前往法瑞翰。
1月9日		從法瑞翰回來途中,摔落白堊礦坑死亡。
?月?日	約翰・歐本蕭:繼承遺產,繼續住在伯父家。	
委託日前一天 1887年9月?日	約翰:收到倫敦東區郵戳的信封,裝著5顆橘籽。	
委託日 9月?日	約翰:來到221B諮詢。 福爾摩斯要求他立刻回家,把伯父的盒子放在花園的日晷上。	
委託日 第二天 9月?日	早餐 左右	福爾摩斯與華生:看到早報的報導很驚訝。 福爾摩斯:外出調查。
	將近 22點	福爾摩斯:返家。

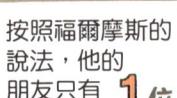

看 亮點 check！ 〈五枚橘籽〉 讓我們稍微深入樂瞧一瞧！

DATA
按照福爾摩斯的說法，他的朋友只有 **1** 位。

這意思是「目前還有密切往來的朋友」吧！

我的朋友只有你。

本次的華生

我的妻子回娘家(*1)作客，因此那幾天我再度回到貝克街的老地方暫住。

還以為他是放下工作來度假，沒想到……

他有好好從221B到自家診所去上班！

第二天一整天我都忙著探看病人！

可是他的妻子不是父母雙亡嗎？會不會是指「如母親般敬愛的人」(西絲兒·佛瑞斯特太太)？

參見P57【西絲兒·佛瑞斯特太太】

*1＝在《史全德雜誌》連載與《辦案記》的初版中均寫「母親」(mother)，後來改成「阿姨」(aunt)。

DATA
福爾摩斯失敗次數 **4** 回。(*2)

你從沒失敗過……

我失敗過4次

1女次人 3男次人

跟你成功的數量相比，那倒是你成功的比例比較高。

*2＝在〈五顆橘籽〉之前的統計。

名臺詞

"You must act, man, or you are lost."

「你得行動啊，老弟，不然你就真的輸了。」

對自認了無生機的委託人大喝！

除了振作起來，沒有其他可以救得了你！

不要浪費時間在絕望上了！

平常冷冰冰的福爾摩斯也有這樣一面！

← 簡直像熱血教練？

很沮喪的時候……

華生，這件事嚴重傷害了我的自尊心。

這樣想的確很狹隘，但我的自尊心嚴重受損了。

這太痛了……

我們沉默不語的坐了幾分鐘，我從未看過福爾摩斯這樣沮喪、心煩意亂。

名臺詞

"No; I shall be my own police."

「不，我自己來當警察。」

面對犯罪，福爾摩斯比平常更有鬥志！

當我把網結好時，就可以來捕捉蒼蠅了，不過還得先結好網。

罵警察也罵得比平常更凶……雖然平常也是這樣啦！

餓壞了，我忘記吃東西了，搜查了一整天，將近晚上10點了才回來。從早餐之後就什麼都沒有吃。

自負、熱血、失意，以及充滿鬥志——這次的福爾摩斯情緒起伏莫名劇烈。

大口吃　狂灌　大口咬

熊熊燃燒

案件 06 歪嘴的人
The Man with the Twisted Lip

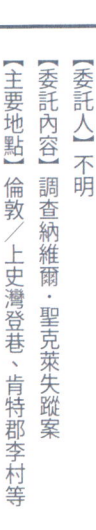

1889年6月一個很晚的晚上，妻子的朋友凱特·衛特尼衝進我家。

我真的很擔心他！

她的丈夫因為鴉片中毒成為我的患者。

我丈夫艾沙·衛特尼已經兩天沒回家，

我前往他沉溺的那條鴉片館找找。

等我一下。

天啊～華生，是你？！

今天是星期三吧？

不是客人？

照五了

衛特尼先生！回家吧！你的夫人正擔心的等著你呢！

我去找經理過來。

我要回去！不過必須先把錢付清、

顫抖

顫抖

!

走過去，然後再回頭過來看我！

小聲說

拉住

抬臉

!!!

福爾摩斯？你為什麼在這種地方？

再度抬臉

撥亂

而且變臉好快！

在意想不到的地方遇見意想不到的人——這到底是怎麼一回事？

盡量壓低聲音，我聽力很好。

【委託日】1889年6月15日（委託日不明）
【委託人】不明
【委託內容】調查納維爾·聖克萊失蹤案
【主要地點】倫敦／上史灣登巷、肯特郡李村等

2

案件06／歪嘴的人 TWIS

Story 一位紳士在乞丐窩離奇失蹤

福爾摩斯調查住在肯特郡李村的維納爾·聖克萊失蹤案。

最後看到維納爾·聖克萊夫人表示，她因有事去倫敦，偶然經過一條巷子聽到一聲叫喊，她抬頭一看，就看到丈夫在3樓◆窗戶一臉害怕的揮手，旋即被拉回房內，從窗口消失。

受驚的夫人找來正在附近巡邏的警察闖進建築，房裡卻只有名叫修·伯恩的歪嘴乞丐，沒有找到丈夫納維爾的身影。

他從那天之後就失蹤了。

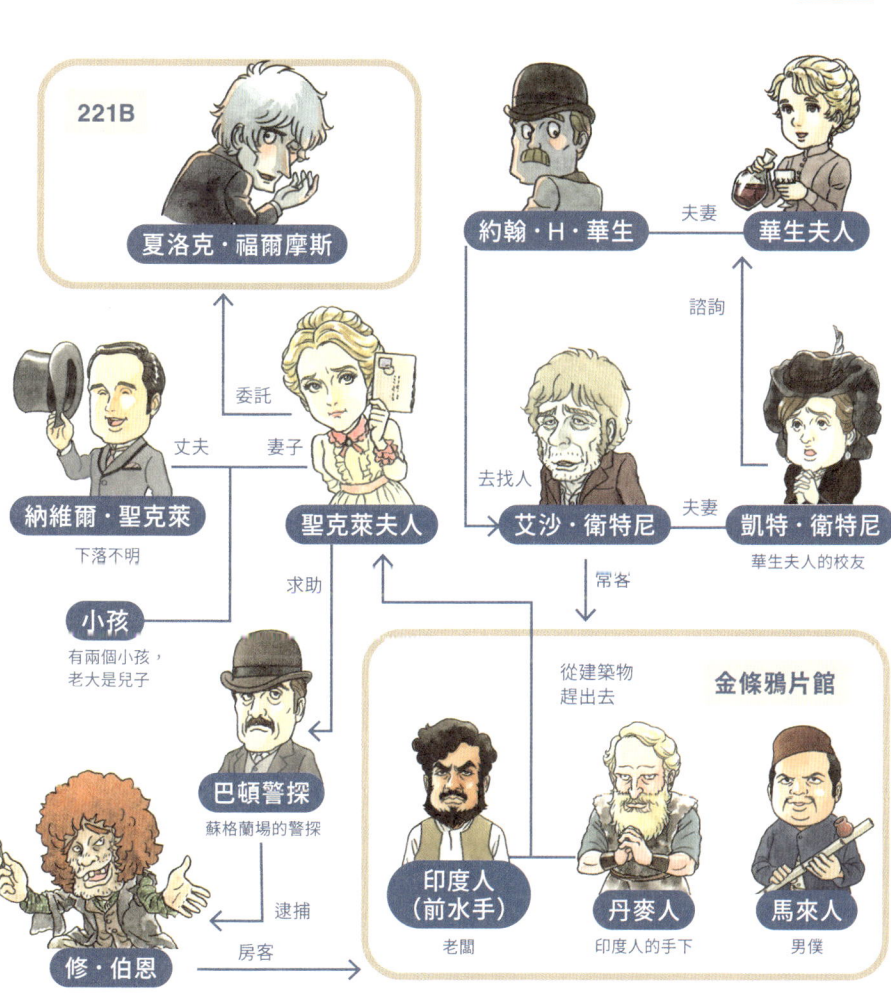

◆譯註：臉譜版中文版寫2樓，日文寫3樓，原文為「the second floor of the Bar of Gold」，因為這背景是英國，所以應該是「3樓」才對。

221B
夏洛克·福爾摩斯

約翰·H·華生 —夫妻— 華生夫人

委託 ↑ ↑ 諮詢

納維爾·聖克萊 —丈夫— 妻子— 聖克萊夫人
下落不明

去找人 → 艾沙·衛特尼 —夫妻— 凱特·衛特尼
華生夫人的校友

小孩
有兩個小孩，老大是兒子

求助 ↓

巴頓警探
蘇格蘭場的警探

常客 ↓

金條鴉片館

從建築物趕出去

印度人（前水手）老闆 — 丹麥人 印度人的手下 — 馬來人 男僕

逮捕 ← 修·伯恩 — 房客 →

133

修・伯恩

Hugh Boone

嫌犯

乞丐：睡在金條鴉片館◆3樓的職業乞丐，經常出現在市區行乞，假裝賣火柴企圖騙過警察。以針線街為「辦公室」，頭腦靈活，能夠機靈回話，所以路人不討厭他，也使他能夠賺得盆滿缽滿。

- 這些特徵讓他在一群乞丐間分外顯眼。
- 頭腦很靈活
- 一頭橘黃色的亂髮
- 一雙敏銳的黑眼睛
- 牛頭犬似的下巴
- 油膩皮帽子
- 臉黑得跟焊鍋匠一樣
- 疤痕一收縮時，上嘴唇外圍邊緣就會隨之往外翻翹
- 中等身材，強壯有力，身材結實
- 腳不好但不是不能行走

Check Point

修・伯恩的收入
Earn of Hugh Boone

為了沉河，從「金條」窗戶扔出去的聖克萊先生外套裡，裝滿修・伯恩的收入，其數量有421枚1便士硬幣，270枚半便士硬幣。假如這是他一整天的收入，總金額就是556便士（約新臺幣13500元）。〈紅髮俱樂部〉的傑布斯・威爾森在「紅髮俱樂部」的薪資是一星期4英鎊，因此換算下來是一天160便士（約新臺幣3610元）；〈身分之謎〉的瑪莉・蘇特蘭打字工作薪資是一天20頁40便士（約新臺幣900元）。由此可知修・伯恩的收入是多麼的非比尋常。

順便補充一點，421枚1便士加上270枚半便士的重量約為5.5公斤（1便士是9.4公克／枚，半便士是5.67公克／枚）。有了這個重量就足以把外套沉入河底。
→參見 P142【配件小物／英國的貨幣】

> 我不止一次注意過他，對他在短時間之內能得到的收入大感驚訝。

◆ 譯註：立村版和好讀版中文都沒有譯出「金條」和地址。原著原文：There he was to be found, she was sure of it, at the 'Bar of Gold', in Upper Swandam Lane.

2

案件06／歪嘴的人

TWIS

聖克萊夫人
Mrs. St. Clair

納維爾・聖克萊的妻子：進城去佛萊斯諾街辦完事回程經過上史灣登巷，看到丈夫的身影出現在「金條」3樓窗邊，從此丈夫下落不明。

福爾摩斯調查丈夫行蹤期間，她空出「香柏居」私宅的兩個房間供他使用。

- 金髮
- 嬌小
- 脖子和手腕部分鑲有少許粉紅色絨毛的裝飾
- 薄絲質料的平紋細布衣裳
- 她背光站著，清晰描繪出身體曲線。

❄ 平紋細布
muslin

毛織品的一種。精紡羊毛（羊毛的長纖維成直線狀拉長至平行再捻成的線）以平織的方式製成的輕薄柔軟布料。

聖克萊夫妻的孩子們
St. Clair's children

聖克萊夫婦的兩個小孩。

- 皮膚光滑
- 黑髮
- 相貌堂堂

Check Point
小孩的年齡
Age of Children

聖克萊夫婦於1887年結婚，案子發生在1889年，由此推測約好買積木的兒子是老大且不到兩歲，亦即老么仍在襁褓中（不確定性別）。

納維爾・聖克萊
Neville St. Clair

聖克萊夫人的丈夫：過著節制生活，是個好丈夫，也是位慈愛的父親，所有認識他的人都喜歡他。他在父親任教的學校受過良好教育，年輕起就旅行各地，也當過舞臺劇演員。失蹤當天早上，跟年幼的兒子約好要買一盒積木回家。

馬僮
A stable-boy

聖克萊家的僕役：負責照顧福爾摩斯與華生搭來的馬車馬匹。

Profile
- 37歲
- 1884年5月買下肯特郡李村的「香柏居」居住。
- 1887年與當地釀酒商的女兒結婚，生下兩個小孩。
- 沒有固定工作，但投資了幾家公司，他通常每天早上進城（倫敦），傍晚搭乘同一時間的火車回家。
- 負債88英鎊又10先令（約新臺幣48萬元），但是在市鄉銀行有220英鎊（約新臺幣120萬元）的存款。

135

印度流氓（前水手）
The Lascar

金條鴉片館的老闆：店位在倫敦塔橋東面、泰晤士河北岸那排高大的卸貨碼頭後方的上史灣登巷。

乞丐修‧伯恩住在3樓。

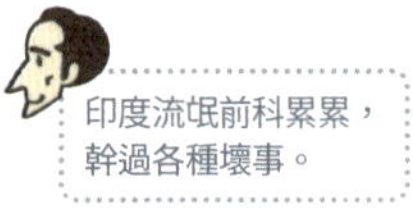

> 印度流氓前科累累，幹過各種壞事。

Check Point
「金條」
The Bar of Gold

虛構的鴉片館，設定是位在倫敦城東郊、倫敦塔橋東面、泰晤士河北岸那排高大卸貨碼頭後方的上史灣登巷裡。

上史灣登巷也是虛構的巷弄，一般認為這條路可能的所在位置，是當時的比林斯蓋特海鮮市場內，因此「金條」會不會其實是位在倫敦塔橋的西面？泰晤士河的南岸？諸如此類的疑問也成為研究探討的對象之一。

丹麥打手
A Dane

印度人（前水手）的手下：與印度人一起趕走擔心丈夫跑來的聖克萊夫人。

> 那裡是整個河岸區最航髒的殺人窟。

馬來服務生
A malay

金條鴉片館的僕人：以為進來找艾沙‧衛特尼的華生是客人，拿著一支菸管和一次量的鴉片跑向他。

黃皮膚

約翰
John

福爾摩斯雇用的馬夫：在金條鴉片館附近等著，借給福爾摩斯高大的輕型雙輪馬車（單馬二輪馬車），收取半克朗（約新臺幣677元）。

2 案件06／歪嘴的人 TWIS

華生夫人
Mrs.Watson

約翰・H・華生的妻子：以葡萄酒兌水安撫登門慌亂求助的凱特・衛特尼。

> 事情總是這樣，親朋好友一有問題就來找我妻子，好像小鳥飛往燈塔一樣。

凱特・衛特尼
Kate Whitney

華生夫人的老同學：經常為了丈夫艾沙的事情找華生夫婦商量。

- 頭罩黑紗
- 個性膽怯
- 深色衣裳

艾沙・衛特尼
Isa Whitney

華生的患者：已故的神學博士暨聖喬治神學院校長伊利斯・衛特尼的弟弟。大學時代受到德昆西的鴉片體驗影響，輕率嘗試後上癮，成為鴉片的奴隸多年。【實際存在的人物／湯瑪士・德昆西 →參見P138】

- 蓬頭垢面
- 臉色蒼白憔悴

> 一位風度翩翩的紳士現在只剩下一個軀殼。

> 他正處於虛脫的狀態，每一條神經似乎都在顫抖。

巡邏中的警員
Constables

與巴頓警探一起趕往鴉片館搜尋。

巴頓警探
Inspector Barton

蘇格蘭場的警察：巡邏途中遇到聖克萊夫人報案，急忙趕往鴉片館。與兩名警員徹底搜尋屋內，逮捕在場的乞丐修・伯恩。

137

包爾街警察局站崗的警察
The two constables at the door

朝抵達警局的福爾摩斯與華生行禮致意，立刻領著兩人進去局內。

布萊德史翠特警探
Inspector Bradstreet

蘇格蘭場的警察：福爾摩斯來到拘禁修・伯恩的包爾街警局時正在值班。服勤27年的資深警察。

→參見P140【COLUMN／警察登場次數排名】

→參見P173【Check Point／布萊德史翠特警探】

- 頭戴有帽簷的帽子
- 細繩飾釦的上衣
- 高大
- 體格結實

鴉片館的客人
A tall, thin old man

華生去金條鴉片館尋找艾沙・衛特尼時在鴉片館遇到的老人。

- 高高瘦瘦，步履蹣跚的老人
- 無神的表情
- 癟嘴
- 駝背

> 嘲笑著我詫異模樣的不是別人，正是夏洛克・福爾摩斯。 ——福爾摩斯

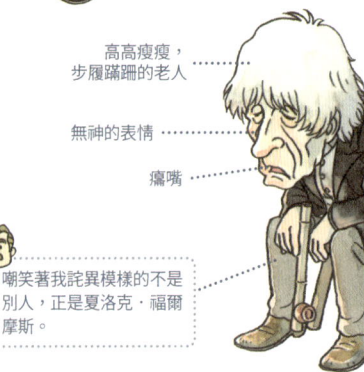

實際存在的人物

湯瑪士・德昆西
Thomas De Quincey (1785-1859)

出生於英國曼徹斯特的隨筆作家、評論家

寫下自身放浪生活與鴉片上癮經過等的自傳作品《一位英國鴉片吸食者的告白》（1822年）最有名。另外《從藝術的角度看謀殺》（1827年）也成為江戶川亂步等日本推理作家眼中出色的犯罪論文先驅。

> 他的菸癮是因大學時代讀了德昆西描寫幻想與知覺的著述後很想嘗試，於是吸食沾過鴉片酊的菸草。

華生對於自己的病患艾沙・衛特尼之所以染上鴉片惡習這樣說。

2 案件06／歪嘴的人 TWIS

以倫敦為巢穴的另一張面孔

〈歪嘴的人〉故事是由華生前往鴉片館找尋自己的病患兼朋友開始，於此同時，華生巧遇在鴉片館臥底調查的福爾摩斯，從他口中聽說企業家納維爾·聖克萊下落不明，乞丐修·伯恩被當成殺人嫌犯逮捕。這個修·伯恩不是普通的乞丐，他光是行乞就賺得比一般上班族還要多，是個值得驚嘆的角色。

另外，本作寫到人們當時受到法律尚未禁止的鴉片館和鴉片影響，變得陰沉又不健康的模樣，這部分也令人印象深刻，可以說倫敦都會區的繁華背後隱藏著不為人知的另一張面容。

這個鴉片館和乞丐伯恩的登場也在告訴我們，凡事都有光看表面無從得知的意外一面。

修·伯恩每天的收入超過2英鎊！

COLUMN

維多利亞時代與鴉片
Victorian era & Opium

鴉片是以罌粟果實為材料的毒品之一，當時在英國是當作止痛藥、解酒藥、精力湯等萬用藥使用，一般人拿處方箋等很容易就能買到。

到了19世紀過後，愈來愈多人頻繁使用，人們也開始認識鴉片的強烈副作用，但還是有很多人依賴鴉片緩和疼痛的止痛功效，直到1920年危險藥品法制定之前仍然普遍使用。

因此當時有許多人都像本作的艾沙·衛特尼一樣對鴉片上癮。

罌粟花

139

COLUMN
警察登場次數排名

在正典的60篇作品中，重複登場的警察意想不到的少之又少，只有雷斯垂德、葛里格森、霍浦金斯、布萊德史翠特這4位。《福爾摩斯探案全集》中出現過許多令人印象深刻的警探，包括《四個人的簽名》的安東尼·瓊斯、〈紅髮俱樂部〉的彼得·瓊斯、〈退場記〉〈紫藤居探案〉的麥唐納斯、〈恐懼之谷〉的貝恩等，但除了前面提到的4位之外，其他幾位都只在作品中出現過一次。

登場次數獨占鰲頭的就是在12篇作品中出現過的雷斯垂德！而且與起先視為對手的葛里格森的差距甚大。儘管如此，葛里格森在眾人之中仍是排名第二，看來在處女作《暗紅色研究》登場的警察（而且是委託人！）容易讓人印象深刻。

第一名　12篇作品（+2篇）G‧雷斯垂德　→參見P13、P34、P115、P183

長篇	《暗紅色研究》、《巴斯克村獵犬》 （在《四個人的簽名》的對話中出現）
辦案記	〈波士堪谷奇案〉、〈單身貴族探案〉
歸來記	〈空屋探案〉、〈營造商探案〉、〈查爾斯‧奧卡斯塔‧麥維頓探案〉、〈六尊拿破崙塑像探案〉、〈第二血跡探案〉
退場記	〈硬紙盒探案〉、〈布魯士—巴丁登計畫探案〉、〈法蘭西斯‧卡法克斯小姐的失蹤〉
檔案簿	（出現在〈三名同姓之人探案〉的對話中）

第二名　4篇作品（+1篇）陶拜斯‧葛里格森　→參見P34

長篇	《暗紅色研究》 （在《四個人的簽名》的對話中出現）
回憶記	〈希臘語譯員〉
退場記	〈紫藤居探案〉、〈赤環黨探案〉

第三名　3篇作品（+1篇）史丹利‧霍浦金斯

歸來記	〈黑彼得探案〉、〈金邊夾鼻眼鏡探案〉、〈格蘭居探案〉 （在〈失蹤的中後衛探案〉的對話中出現）

第四名　2篇作品（+1篇）布萊德史翠特　→參見P138、P173

辦案記	〈歪嘴的人〉、〈工程師拇指案〉 （在〈藍拓榴石探案〉的新聞報導中出現）

140

〈歪嘴的人〉的事件始末

1884年5月		納維爾・聖克萊：買下肯特郡李村的大豪宅「香柏居」，開始在此生活。
1887年		納維爾：與當地釀酒商的女兒結婚。
1889年6月15日(一)	早上	納維爾：比平常更早前往倫敦工作。
	下午	聖克萊夫人：進城（倫敦）去領小包裹。
	16點35分左右	聖克萊夫人：目睹丈夫納維爾從「金條」鴉片館3樓窗戶探出頭，連忙找來警察進入屋內，卻沒有找到丈夫，丈夫就此失蹤。
		警察：逮捕住在「金條」3樓的乞丐修・伯恩。
6月19日(五)※		聖克萊夫人：收到丈夫納維爾的來信。
	晚上很晚	華生夫人：與華生在家時，朋友凱特・衛特尼來訪。
	23點左右	華生：抵達「金條」。找到艾沙，把他送上馬車讓他回家。在此處遇到福爾摩斯。
6月20日(六)	天未亮	福爾摩斯：帶著華生駕駛馬車前往「香柏居」，向聖克萊夫人報告失蹤案調查狀況。 福爾摩斯與華生：留宿在「香柏居」。 福爾摩斯：整夜在推理沒睡。
	即將4點25分	華生：因福爾摩斯的叫聲醒來。
	清晨	福爾摩斯和華生：前往關押伯恩的包爾街警局。

※ 實際的「1889年6月19日」是「週三」，不過作品中的「1889年6月19日」寫為「週五」。
本表格是根據作品中記載的時間製表。

〈歪嘴的人〉中登場的
點綴福爾摩斯世界的配件小物

英國的貨幣
Currency

從貨幣推測當時的生活

英國的貨幣單位在1971年統一成英鎊和便士之前種類很多，包括幾尼、索維林、先令、便士等，再加上同時使用12進位法與20進位法，所以十分複雜。福爾摩斯時代的英國流通著金幣、銀幣、銅幣等形形色色的硬幣，正典中也經常出現。

法尋（銅幣）

這是流通於1961年之前，也是幣值最小的英國硬幣。

便士（銅幣）

現在仍在使用的英國最古老硬幣。Pence是Penny的複數。

半便士的硬幣
1便士的硬幣

先令（銀幣）

流通到1971年為止。

正典中只在〈綠玉冠探案〉出現過一次，場景是霍爾德對兒子說：「你休想讓我再給你1法尋！」也就是臺灣常說的：「連一毛都不會給你！」

部〉的威爾森買的墨水是一瓶1便士（約新臺幣23元）。《四個人的簽名》的瑪莉收到的信封是一綑6便士（約新臺幣135元）。〈波宮祕聞〉中，福爾摩斯替人照顧馬匹的酬勞是混合啤酒和2便士（約新臺幣45元）。〈藍拓榴石探案〉中，貝克為了分得耶誕節的鵝，每週支付幾便士。

〈歪嘴的人〉的乞丐修・伯恩乞討收入是將近7百枚1便士和半便士硬幣（約新臺幣12400元）。〈紅髮俱樂部〉到的軍隊薪資是一天11先令又6便士（約新臺幣3115元）。在《暗紅色研究》中，華生收

142

維多利亞時代的主要英國硬幣

銅幣	1法尋 farthing	1/4便士（約新臺幣6元）	
	半便士 half penny	1/2便士（約新臺幣11元）	
	1便士 penny	1/12先令（約新臺幣23元）	
銀幣	2便士 twopence	2便士（約新臺幣45元）	
	3便士 threepence	3便士（約新臺幣68元）	
	6便士 sixpence	6便士＝1/2先令（約新臺幣135元）	
	1先令 shilling	12便士＝1/20英鎊（約新臺幣270元）	
	1弗羅林 florin	2先令＝1/10英鎊（約新臺幣542元）	
	半克朗 half crown	2先令6便士（約新臺幣677元）	
	克朗 crown	5先令（約新臺幣1354元）	
金幣	半索維林 half sovereign	10先令＝1/2英鎊（約新臺幣2708元）	
	1索維林 sovereign	20先令＝1英鎊（約新臺幣5416元）	
	1畿尼 guinea※	21先令（約新臺幣5687元）	
—	1英鎊 pound sterling	240便士＝20先令（約新臺幣5416元）	

※畿尼是1831年之前鑄造，1817年英國政府回收，因此福爾摩斯時代已經沒有通用。但回收後，在醫生、律師、土地買賣等場合，仍然習慣使用畿尼交易。用畿尼支付比索維林多1先令，所以感覺像是加了小費。

半克朗（銀幣）

流通到1971年。

在《暗紅色研究》、《四個人的簽名》中，福爾摩斯付給貝克街雜牌軍的跑腿費是每人1先令（約新臺幣270元）；《四個人的簽名》中貝克街雜牌軍的12人份車票錢是3先令又6便士（約新臺幣948元）。〈藍拓榴石探案〉的鵝進貨價是24隻7先令又6便士（約新臺幣2030元），賣價是12先令（約新臺幣3250元）。〈單身貴族探案〉中的高級旅館房間住宿費是8先令（約新臺幣2166元）。

在〈歪嘴的人〉中，福爾摩斯給馬夫約翰半克朗（約新臺幣677元）租下馬車。在〈波宮祕聞〉中，波希米亞國王的信紙是一網不低於半克朗（約新臺幣677元）的高級品。

■克朗（銀幣）

流通到1917年為止。
正典裡沒有出現克朗的硬幣。

■索維林（金幣）

取代畿尼流通的硬幣。

↓參見P96【配件小物／金幣】

143

看亮點 check! 〈歪嘴的人〉 讓我們稍微深入瞧一瞧！

考察 日期 的問題

「今天週三嗎？」
「週五了！」

儘管華生是這麼說，但1889年6月19日這天在月曆上其實是週三！弄錯的不是鴉片癮君子的艾沙・衛特尼，反而是華生？

Who is 詹姆士？

「告訴我們發生什麼事，」
「要不要我讓詹姆士先去睡？」

大家都知道，華生的名字是「約翰・H・華生」！那麼這句話提到的「詹姆士」到底是誰呢？

一般認為這裡是作者柯南・道爾「筆誤」，也成為多數福爾摩斯迷※研究的重點。其中又以懸疑作家桃樂西・L・榭爾絲（1893～1957）提出的「華生的中間名『H』是不是在蘇格蘭暱稱『James』的『漢米許』（Hamish）？」這個說法最合理，也獲得最多支持。

※福爾摩斯迷（Sherlockian）：指熱烈喜愛並研究《福爾摩斯探案全集》的人。熱愛福爾摩斯系列的人們組成的團體，在世界各地共有超過300個。

名臺詞

"Oh, a trusty comrade is always of use."

「哎呀，你是我信賴的夥伴，永遠有需要你幫助之處，」

「何況你還忠實記錄我每個案件，這個忙幫得可大了。」

「如果我能幫上忙的話。」

一有機會，福爾摩斯就會開口表達對華生的信任！由此可知他很感謝華生擔任案件記錄者！雖然他也經常挑剔華生寫的內容⋯⋯

福爾摩斯的時尚確認！
長袍篇

在聖克萊夫婦的「香柏居」

本次的華生 天賦之才！篇

福爾摩斯也認同華生的才能！

名臺詞

"I think, Watson, that you are now standing in the presence of one of the most absolute fools in Europe."

「華生，你現在可站在歐洲最笨的傻瓜面前！」

案件07

藍拓榴石探案

The Adventure of the Blue Carbuncle

【委託日】？？？？年12月25日

【委託人】彼得森（門衛）

【委託內容】在門衛彼得森撿到的肥鵝體內，發現失竊的「藍拓榴石」

【主要地點】倫敦／古奇街、柯芬園市場等

2

案件07／藍拓榴石探案
BLUE

Story

與肥鵝有關的耶誕節懸疑故事

華生在耶誕節兩天後的早上來到221B時，福爾摩斯正熱衷於觀察一頂二手帽子。

聽說是門衛彼得森在耶誕節一大清早幫助一名遇上莽漢找碴的男子，男子卻慌亂扔下帽子和肥鵝逃走。

於是彼得森將這些失物送到221B，帽子留給福爾摩斯，肥鵝則在腐敗前帶回家大快朵頤。豈料福爾摩斯才剛展露一手帽子推理，彼得森就匆匆忙忙趕來，在他掌心是一顆從鵝的嗉囊中取出的閃耀藍色寶石。

221B

哈德森夫人 — 準備晚餐

夏洛克·福爾摩斯 ← **約翰·H·華生** 耶誕節的第三天早上來到221B賀節

亨利·貝克 ← 送來撿到的肥鵝和帽子 — **彼得森** 幫助趕跑莽漢

布萊德史翠特警探 → 逮捕 → **約翰·霍納** 水管工 ↓ 修理

瑪姬·歐筱特 兄妹或姊弟＊

常客 ↓

溫帝蓋特 亞發客樣老闆 ← 批發 — **柏金瑞吉** 鵝的批發商 ← 鵝的供應者 — 瑪姬·歐筱特

四海大旅店

摩卡伯爵夫人「藍拓榴石」的擁有者

凱薩玲·卡賽克 伯爵夫人的女傭

詹姆士·賴德 旅館的總管

＊＝參見P151【瑪姬·歐筱特】

亨利・貝克
Henry Baker

「亞發客棧」的常客：門衛彼得森拿給福爾摩斯的帽子和肥鵝的失主。

❄ 蘇格蘭帽
Scotch bonnet
蘇格蘭的傳統帽子。材質是細織羊毛，沒有帽簷，帽頂有毛球。

- 蘇格蘭男帽
- 頭極大
- 一張看似聰明的寬臉上寬下窄
- 鼻子和雙頰有點紅
- 蓄有灰棕色的尖鬍子
- 駝背
- 大衣的釦子一直扣到下顎
- 細長的手腕由袖中伸出，沒看見袖口或襯衫
- 褪色的黑色雙排釦及膝大衣
  → 參見P92 ❄
- 高個頭的人

福爾摩斯的「帽子推理」
- 智力頗高
  →帽子的立體容積大
- 目前境遇不佳
  →帽子是3年前的高級品，以後就再也沒換過帽子
- 過去深謀遠慮，但現在已大不如前
  →為了防止被風吹掉而特別訂做扣帽環，現在鬆緊帶已斷了卻沒換新
- 妻子不再愛他
  →帽子上積滿灰塵卻無人刷過
- 仍存有一些自尊
  →以墨水塗抹掩蓋氈料上的污漬
- 習慣坐著，不常活動身體
  →（帽子）內側的溼跡肯定可以證明戴帽的人出汗出得厲害，因此他的身體狀況不可能很好
- 有灰頭髮，而且最近幾天才剪過，用的是萊姆味髮霜
  →髮屑沾在帽子內側
- 屋子裡沒裝煤氣
  →身上有多個燃燒蠟燭的脂油污漬

鼻子和雙頰有點紅，伸出的手有些許顫抖，這使我想起了福爾摩斯推理他酗酒。

他身體這麼差，恐怕跟酗酒有關。

2 案件07／藍拓榴石探案 BLUE

彼得森 Peterson

門衛：耶誕節的清晨，途經陶頓漢場街，幫助遭莽漢襲擊的男子，撿到男子掉落的肥鵝和帽子，因為不清楚對方的住處，於是把肥鵝和帽子送到221B的福爾摩斯手邊。

Check Point
門衛　Commissionaire

本作的門衛和《暗紅色研究》的信差，皆是出自「退伍軍人服務隊」，此組織是愛德華・華特上尉（Sir. Edward Walter，1823～1904）於1859年創立，專門僱用克里米亞戰爭（1853～1856）的傷兵。

工作內容包括負責遞送信件和包裹的「信差」，工作時需要穿著制服，很值得信賴。另外也擔任導覽、醫院照護等各種正職或日薪兼職的工作。

正典中登場的「退伍軍人服務隊」成員共有4人，除了本作〈藍拓榴石探案〉的彼得森之外，還有《暗紅色研究》中替葛里格森送信到221B的信差、〈海軍協約〉中躲在外交部辦公室的譚吉太太，以及〈藍寶石探案〉中在福爾摩斯臺詞中出現的目擊者。

第二分局的布萊德史翠特警探提出的證詞
霍納發狂的掙扎並強烈的抗議他是無罪的。犯人有竊盜前科，推事拒絕立即處理這罪案，但將他提交給巡迴裁判庭。霍納在整個過程中顯得十分激動，最終昏倒被抬出法庭。

約翰・霍納 John Horner　嫌犯

水管工：12月22日接到四海大旅店的委託，修繕摩卡伯爵夫人留宿房間的壁爐鐵欄柵。後來伯爵夫人首飾盒的「藍拓榴石」失竊，被當成竊盜嫌犯逮捕。

Check Point
水管工　Plumber

安裝煤氣管、自來水管等工作的工人。

正典有4部作品裡都有水管工出現。除了本作〈藍拓榴石探案〉的約翰・霍納之外，還有〈身分之謎〉的瑪莉・蘇特蘭父親生前經營鉛管與煤氣管裝修生意，瑪莉遇到霍斯默・安吉爾也是在煤氣管裝修工人圈子的舞會上。在〈查爾斯・奧卡斯塔・麥維頓探案〉中，福爾摩斯假扮成炙手可熱的水管工拜訪麥維頓家。在〈駝者〉中，華生也曾找來水管工修理家裡的煤氣管。

布萊德史翠特警探＝P138、P173

149

摩卡伯爵夫人
Countess of Morcar

藍拓榴石的擁有者：留宿在四海大旅店時，原本放在首飾盒裡的藍拓榴石失竊。嫌犯雖然被逮捕，但寶石的下落不明，因此懸賞1千英鎊（約新臺幣545萬元）的獎金。

由此可知它價值2萬英鎊（約新臺幣1億9千萬元）以上！

藍拓榴石懸賞1千英鎊絕對不及它市價的20分之1。

Check Point
藍拓榴石
The blue carbuncle

摩卡伯爵夫人擁有的虛構寶石，大小是40格林（grain，約2.6公克）。

在中國南部的廈門河畔發現還不到20年。儘管它具有拓榴石的每一種特性，卻是藍色而不是一般拓榴石（石榴石）的紅色，因此被視為是獨一無二的珍貴寶石。這顆寶石已經引起兩件謀殺、一次潑硫酸、一樁自殺事件，以及幾次竊盜案。

凱薩玲・卡賽克
Catherine Cusack

伯爵夫人的女傭：聽到旅館總管詹姆士・賴德寶石失竊的叫聲而衝進房間。

鼠臉

詹姆士・賴德
James Ryder

旅館的總管：找來約翰・霍納修理壁爐，卻在霍納離開後，發現摩卡伯爵夫人的藍拓榴石不見了。

案件 07／藍拓榴石探案 **BLUE**

溫帝蓋特 Windigate
亞發客棧的老闆：開在布魯斯柏瑞區大英博物館附近的小酒館。這一年為店裡的常客成立「肥鵝俱樂部」。

- 面色紅潤
- 白圍裙

今年，那位叫溫帝蓋特的好心店主發起了一個肥鵝俱樂部，我們參加的人每週只要付極少幾便士，就可以在耶誕節得到一隻肥鵝。

瑪姬‧歐筱特 Maggie Oakshott
詹姆士‧賴德的姊妹＊：已婚。住在布萊克斯頓路117-249號的蛋和家禽供應者。把要給詹姆士過耶誕節的鵝與其他鵝一開飼養。

＊＝原文中詹姆士喊瑪姬「sister」，但不確定是姊姊或妹妹。

柏金瑞吉 Breckinridge
在柯芬園市場，生意興隆柏金瑞吉鵝店的老闆：攤位

- 態度冷漠
- 眼神銳利
- 邊髭
- 體育報

比爾 Bill
柏金瑞吉鵝店的男僕：聽從柏金瑞吉的話，拿來寫著收購肥鵝紀錄的薄小帳本和封面滿是油污的大帳本。

🔵 **體育報 Pink 'Un**
正式名稱是《The Sporting Times》，主要是報導賽馬，印在粉紅色紙上故稱為「The Pink 'Un」。

莫茲利 Maudsley
剛在潘頓村服過刑。目前出獄住在凱本。

當你看到一個人有那樣的鬍子，而且口袋中露出體育報時，你總可以用打賭的方式引他入甕！

亨利‧貝克＝P148

解謎就是最好的禮物

〈藍拓榴石探案〉刊登在耶誕假期上市的《史全德雜誌》1892年1月號。

耶誕節的清晨，福爾摩斯收到有人送來的失物肥鵝，從鵝的體內發現一顆藍色寶石，案子就從這樣有點童話風格的意外開始。

福爾摩斯根據與肥鵝一起來的帽子推測失主特徵的推理內容十分精彩，與華生一起追蹤肥鵝與寶石線索的過程也很生動有趣，是一部適合耶誕節氣氛的歡樂作品。這次的故事與平常不同，沒有委託人，而是福爾摩斯兩人主動抽絲剝繭，而這也成了本作的特色。

對於熱愛動腦的福爾摩斯來說，這個解謎過程應該就是最棒的耶誕禮物吧！

在「亞發客棧」乾杯的兩人

COLUMN

英國傳統耶誕大餐
Traditional English Christmas Menu

一提到英國的耶誕大餐，多數人最先浮現腦海的或許都是「烤火雞」吧？事實上在中世紀的英國，一般老百姓吃的是「烤全鵝」，而貴族除了鵝之外，還吃天鵝和孔雀（驚）。

火雞是墨西哥的阿茲提克人馴養成為家禽的鳥類，16世紀由西班牙人帶進歐洲，在1525年傳入英國。

（參考文獻：《耶誕節觀察》扶桑社刊）

直到19世紀中期之後，「火雞是耶誕大餐的經典菜色」的印象才開始深植人心，據說是受到狄更斯的《耶誕頌歌》影響。

〈藍拓榴石探案〉的事件始末

案件 07／藍拓榴石探案 BLUE

日期	時間	事件
12月22日		**摩卡伯爵夫人**：住在四海大旅店，藍拓榴石失竊。 **水管工約翰・霍納**：因偷竊寶石的嫌疑被逮捕。
12月25日	4點左右	**彼得森**： 回家途中在古奇街遇到爭執，撿到鵝和帽子。
12月27日	早上	**彼得森**：把鵝和帽子送到福爾摩斯手上。
	清晨	**彼得森**：收下福爾摩斯給的鵝帶回家。
		華生：去探訪病人途中，順路來到221B。
	早上	**彼得森**： 把鵝帶回家後發現體內有寶石，連忙跑來221B。 **福爾摩斯**： 委託彼得森去各家晚報上刊登廣告尋找帽子失主，以及去買一隻新的鵝。 **華生**：繼續去探訪病人。
	18點30分過後	**華生**： 結束看診，再度回到221B。 在門口遇到看了晚報廣告來訪的亨利・貝克。
		福爾摩斯：向貝克打聽鵝的購買處。
	19點左右	**福爾摩斯與華生**：外出打聽消息。 前往貝克買鵝的亞發客棧，向老闆探聽鵝的供應商。
		福爾摩斯與華生：向柯芬園市場的柏金瑞吉鵝店打聽鵝的來源。
		福爾摩斯與華生：在柏金瑞吉鵝店前遇到熱切打聽鵝消息的男人。
		福爾摩斯與華生：與男人一起返回221B。

在〈藍拓榴石探案〉中登場的
妝點福爾摩斯世界的配件小物

阿爾斯特大衣
Ulster coat

這是一款短斗篷長大衣，因為使用愛爾蘭阿爾斯特產的材料製作而得名。

福爾摩斯在維多利亞時代後期穿的阿爾斯特大衣附有短斗篷，然隨著時代改變，現在的阿爾斯特大衣已經沒有短斗篷。

考慮到手臂活動方便，因此斗篷的長度只到手肘附近。

福爾摩斯最經典的打扮？

大眾最熟悉的福爾摩斯穿著，就是短斗篷長大衣。關於短斗篷長大衣，在正典的《暗紅色研究》、〈藍拓榴石探案〉這兩部作品中有清楚寫出福爾摩斯穿著「阿爾斯特大衣」，〈藍拓榴石探案〉的席德尼．佩吉特插畫中也可看到身穿阿爾斯特大衣的福爾摩斯。由插畫來看，〈歪嘴的人〉、〈花斑帶探案〉、〈工程師拇指案〉的福爾摩斯疑似也穿著阿爾斯特大衣。

然而在影視作品中，福爾摩斯多半是穿著「因弗尼斯大衣」（Inverness Cape Coat），大眾對福爾摩斯的外套的印象也是因弗尼斯大衣，不過正典中卻不曾出現過因弗尼斯大衣這個字眼。

因弗尼斯大衣起源於蘇格蘭的因弗尼斯，外型與阿爾斯特大衣相似，兩者最大的差別是斗篷的長度，因弗尼斯大衣的斗篷與衣袖齊長（因弗尼斯大衣還有無袖的款式，兩者均經常出現在影視作品中）。

順便補充一點，佩吉特插畫中的福爾摩斯不曾同時穿戴阿爾斯特大衣與「獵鹿帽」。至於這兩種服飾成為福爾摩斯的固定造型，據說是源自1939年的電影，電影中貝錫．羅斯本（Philip St. John Basil Rathbone）扮演的福爾摩斯角色深獲好評。

154

2
案件07／藍拓榴石探案 BLUE

英國的報紙
Newspaper

英國在1855年廢除「印花稅」之後，報紙得以用低廉的價格發行，因此在19世紀後期迅速普及。

在印花稅廢除前的1851年，全英國共有563種報紙，到了印花稅廢除後的1867年已經增加到1294種報紙，而1895年時已有2304種報紙發行。（參考文獻：《英國報紙物語》日本時報刊行）

這個時代最先進的資訊工具

如同福爾摩斯在〈六尊拿破崙塑像探案〉中提到「如果你知道如何去使用它，華生，那報紙會是一個最有價值的工具」。報紙在福爾摩斯的諸多案件中都十分活躍，60篇正典故事約有一半都是福爾摩斯利用報紙辦案或取得某些資訊。

而且福爾摩斯與華生也經常看報，華生讀過的報導通常也對福爾摩斯有幫助。福爾摩斯只要有空就會認真剪報做紀錄，在工作方面也會派上用場。〈五枚橘籽〉、〈布魯士—巴丁登計畫探案〉、〈環黨探案〉、〈墨氏家族的成人禮〉中都曾經出現福爾摩斯整理剪報的場景。他家裡的報紙不只擺在起居室和自己的房間，還堆滿家裡的雜物間（出自〈六尊拿破崙塑像探案〉）。

福爾摩斯也經常使用報紙的廣告欄。《暗紅色研究》、〈藍拓榴石探案〉是為了取得資訊刊登廣告。〈三名同姓之人探案〉中建議約翰．葛萊德在報紙上刊登廣告。〈紅髮俱樂部〉的俱樂部成員招募、〈松橋探案〉的尼爾．吉布森徵求家庭教師、《四個人的簽名》的莫斯坦上尉和〈身分之謎〉的霍斯默．安吉爾的尋人啟示也是利用報紙廣告欄。透過故事都可以感受到，這個時代是如何的依賴報紙。

155

看亮點 check! 〈藍拓榴石探案〉 讓我們稍微探入瞧一瞧！

福爾摩斯的時尚確認！
其①關於長袍

福爾摩斯穿著紫色便袍正懶散靠在沙發裡。（華生）

- 菸斗架
- 一堆又皺又亂的早報

本次的華生

華生來到福爾摩斯家祝賀耶誕，沒想到⋯⋯似乎正在探訪病人，百忙之中辛苦了。

「那我繼續去看診。」
「傍晚再過來。」
「對6點半吧？♪」
→想要知道這件事情的結果。

221B的耶誕大餐！

「晚餐是7點，應該會有一隻山鷸！」

福爾摩斯這樣對華生說。→（想像圖）

――然而兩人卻跳過晚餐，跑去查案！

「我建議將晚餐改成便餐，趁熱繼續追蹤這條線索。」
「你餓了嗎？」「並不餓。」

準備了晚餐卻沒有趁熱吃，可憐的哈德森夫人⋯⋯

156

2 案件07／藍拓榴石探案 BLUE

注意！福爾摩斯的打探消息技巧！

你敢打賭？
我跟你賭一個金幣
很好，你看這裡！
絕不可能，我不信！
很可惜，是城裡養的！
我賭5英鎊這是鄉下飼養的鵝。
嘿嘿
哼

體育報：一看出對方喜歡賭博，他就以「打賭」的方式成功誘導對方說出鵝的採購資訊！
福爾摩斯的心理技巧，十分精彩！

福爾摩斯的時尚確認！其②跟華生一樣

脖子繫著領巾（發源於克羅埃西亞的一種領帶）
阿爾斯特大衣（→參見P154）

話說回來，「藍拓榴石」的懸賞獎金1千英鎊（約新臺幣545萬元）是誰拿到了？

果然還是發現寶石的彼得森夫婦吧？

※1英鎊（約新臺幣5416元）

假如沒有遇到莽漢襲擊，藏在肥鵝體內的藍拓榴石應該會是亨利・貝克的夫人發現才是。希望他們夫妻也有好運氣……

名臺詞

"My name is Sherlock Holmes. It is my business to know what other people don't know."

「我的名字是福爾摩斯，我的工作就是想法子知道別人不知道的事。」

不愧是福爾摩斯！就連自我介紹也充滿自信！

你是誰？
你怎麼會知道這件事的？

157

案件 08 花斑帶探案

The Adventure of the Speckled Band

【委託日】1883年4月初
【委託人】海倫·史東納（富豪）
【委託內容】姊姊離奇死亡時出現的怪異現象自己也遇上了，感覺有危險，因此上門諮詢
【主要地點】舍瑞郡史都克摩倫

1883年4月初，一睜眼就看到福爾摩斯站在我床邊。

很抱歉叫醒你，華生。

這也算連鎖反應吧！

哈德森夫人被敲門聲叫醒，我就……

她報復到我身上，才7點15分。

什麼事？失火？

唔嗯

沒失火！

一個顧客，好像是一位年輕女士。

這麼早來，肯定有非同小可的原因吧！

如果這是一個精彩的案子，我相信你會希望從頭就參與。

謝了，我不會因為任何原因錯過它。

早安，女士，我是福爾摩斯。

這是我的搭檔華生醫生。

請坐到火邊，我看到妳在發抖。

不是因為冷使我發抖，是害怕。

啪嗒 啪嗒 啪嗒

在晨光中發抖的美麗委託人，口中所說的害怕究竟是？

2 案件08／花斑帶探案 SPEC

Story
在祖傳的老房子裡 響起的神祕哨聲

某天早上，名叫海倫・史東納的女士十分慌亂的來到221B。

海倫和雙胞胎姊姊茱麗亞的父親在他們小時候就過世，母親也在8年前過世，姊妹倆由母親後來的再婚對象羅列特醫生，帶回自己的領地舍瑞郡的老房子生活。

然而兩年前，即將出嫁的茱麗亞卻在連續幾天聽到詭異口哨聲，留下一句奇怪的「是那帶子！那花斑帶！」就莫名其妙死去。然後昨晚，與茱麗亞同樣即將出嫁的海倫，突然也聽到那個恐怖的口哨聲。

福爾摩斯對害怕的委託人保證會立刻趕去史都克摩倫。

221B
- 哈德森夫人（一大早被海倫・史東納吵醒）→ 叫起床 → 夏洛克・福爾摩斯 → 叫起床 → 約翰・H・華生

費英泰西太太（過去因為貓眼石頭飾的案件找上福爾摩斯幫助）
- 介紹福爾摩斯 → 海倫・史東納
- 委託 → （福爾摩斯）

海倫・史東納
- 姊妹（雙胞胎）→ 茱麗亞・史東納（已故）
- 訂婚 → 波西・阿米特基

史東納夫人（已故）
- 母親 ← 海倫／茱麗亞
- 父親 → 史東納少將（已故）
- 再婚 → 甘士比・羅列特
- 姊妹 → 韓諾瑞亞・魏斯費

甘士比・羅列特
- 丟進小溪 → 當地的鐵匠
- 允許他們在自己的領地紮營 → 吉普賽人

159

海倫・史東納
Helen Stoner

委託人

富豪：兩年前雙胞胎姊姊離奇死亡後，現在與繼父羅列特兩人住在一起，不久之後將與名叫波西・阿米特基的年輕人結婚，昨晚卻突然聽到茱麗亞死前幾天聽見的詭異口哨聲，因此害怕得找上福爾摩斯求助。

- 身形像30歲的婦人，但她的頭髮已提前灰白。
- 厚面罩
- 頭髮已經開始白
- 眼神像是被追獵的野獸般不安而恐懼
- 臉上沒一絲血色
- 黑衣

> 如果年輕女士早晨這個時間敲門把人由床上叫起，我相信必定有迫在眉睫的事需要傳達。

> 妳是今早坐火車來的。

Profile
- 父親是孟加拉炮兵團的史東納少將，年紀輕輕便離世。
- 母親很有錢，與羅列特醫生在印度相識後再婚。她一年有不下於1千英鎊（約新臺幣545萬元）的收入，再婚後歸羅列特醫生管理。母親回到英國後不久便過世，死於8年前發生在克魯的火車意外。
- 雙胞胎姊姊茱麗亞在兩年前留下一句莫名其妙的「花斑帶」後驟逝。
- 母親的妹妹韓諾瑞亞・魏斯費住在哈洛附近，偶爾會拜訪。
- 一個月之前，認識多年的好友波西・阿米特基開口求婚。

福爾摩斯的委託人觀察重點
- 握在左手套裡的回程車票。
- 一大清早就啟程，而且抵達車站前曾坐雙輪小馬車在泥濘的路上走了頗長一段路。
- 外套的左手臂至少有7處濺了泥漿。
- 除了雙輪小馬車外，沒有其他種類的車輛會讓泥漿如此濺起，而且只有當妳坐車夫左手邊時才會這樣。

2
案件08／花斑帶探案
SPEC

甘士比・羅列特
Dr. Grimesby Roylott

前醫生◆：與繼女海倫・史東納同住在舍瑞郡的史都克摩倫邸，不滿海倫向福爾摩斯求助，闖進221B威脅福爾摩斯。

- 黑色高帽
- 深陷而發出憤怒目光的雙眼
- 高薄而無肉的鼻子使他看起來像是一隻凶猛的猛禽
- 棕色的大手
- 足以把221B的撥火棒折彎的臂力
- 一張大臉布滿了皺紋而顯得憔悴，已被太陽烤成焦黃
- 非常非常高，以至於他的帽子都要碰到門楣
- 雙排釦及膝大衣 →參見P92冷
- 他的裝束很奇怪，是半專業人士半農人的混合。
- 高綁腿靴子 →參見P190冷參照

> 父親是一個狂暴的人，也許他根本不知道自己的力氣有多大。

Profile
- 舍瑞郡史都克摩倫有名的羅列特家族最後一個後裔。
- 有段時期曾是全英國最富有的家族之一，但4個繼承人放蕩荒淫的個性，終於在19世紀初將家產敗光。甘士比・羅列特想要改變貧窮貴族的窘境，向親戚借了一筆錢取得醫學學位。
- 去了印度高科達，成為成功的醫生。
- 由於小偷侵入他印度的住宅，他一怒之下打死一名當地土生土長的男僕，被關了很長一段時間。
- 牢獄生活使他變成脾氣陰鬱而沮喪的人。他帶著家人回到英國，住到史都克摩倫的祖傳老房子去。
- 與海倫的母親史東納夫人在印度相識、結婚。

◆譯註：日文原文一直寫「博士」，但其實英文原著是寫「British doctor」（medical degree），是醫生不是博士。中文版也是寫「醫生」。

161

茱麗亞・史東納（已故）
Julia Stoner

海倫・史東納的雙胞胎姊姊：享年30歲。兩年前的耶誕節在阿姨家認識半退役的海軍少校，後來訂了婚。就在婚禮前兩個禮拜，留下一句神祕的「花斑帶」就死去。

像現在的我

我姊姊死時才30歲，但她的頭髮就像我一樣已經開始白了。

當地的鐵匠
Local blacksmith

被羅列特醫生抓起來擲過矮欄杆丟進小溪。海倫只能給他自己身邊所能找到的所有金錢，才避免又一次的四處宣揚。

波西・阿米特基
Percy Armitage

海倫・史東納的未婚夫：與海倫是認識多年的好友，一個月前向海倫求婚。是雷丁附近昆水鎮的阿米特基先生的次子。

馬夫
The trap driver

福爾摩斯與華生在賴漢德車站的小旅店僱用的馬夫。兩人搭著輕便小馬車前往史都克摩倫邸。宅邸距離賴漢德車站4、5哩路（約6.4～8公里）。

海倫・史東納＝P160

2
案件08／花斑帶探案 SPEC

吉普賽人 Gypsies

羅列特對這些吉普賽人意外友善，允許他們在自己的領地上紮營，也會受邀去他們的帳篷，有時還跟著他們出去流浪幾個禮拜。

狒狒 A baboon

印度豹 A cheetah

羅列特對印度的動物也非常熱愛，他把印度朋友送給他的印度豹和狒狒放養在莊園的土地上。

牠們可以自由的在他的土地上奔跑，村人對這些動物和牠們主人的害怕不相上下。

COLUMN

正典中的奇妙動物們
Strange animals

正典中不僅有狗、馬、貓等常見的動物，也出現過有點特別的動物們。

除了在本作〈花斑帶探案〉中登場的狒狒和印度豹之外，〈駝者〉裡的亨利·伍德帶著一隻名叫泰迪的獴和眼鏡蛇，〈蒙面房客探案〉裡的馬戲團有一隻叫「撒哈拉之王」的北非獅子。

此外，《四個人的簽名》登場的名犬突比的飼主、標本師舒曼老先生，除了43隻狗（驚），還養了獾、白鼬、無足蜥蜴（蛇蜥）※等，華生按照福爾摩斯的指示去借狗時，差點挨舒曼先生一頓揍。◆

※蛇蜥（slow-worm）是棲息在歐洲到非洲西北部一帶沒有四肢的蜥蜴。

◆譯註：這裡日文原本寫「差點被扔毒蛇」，這句話是出自福爾摩斯正典的日文版翻譯錯誤，誤把英文正典「I have a wiper in this bag」的「wiper」當成「viper」（毒蛇）。故這裡按照英文正典「wiper」和中文版「棍子」改譯成「挨揍」。

令人好奇的同居時期

多數人對於福爾摩斯與華生的印象都是「一起住在221B號公寓」,不過本作〈花斑帶探案〉之前的7篇短篇作品,都是以華生婚後的故事,所以或是以華生造訪221B,或是以華生與夫人在家放鬆的場景開頭。

華生結婚固然是好事,但他與福爾摩斯之間似乎也有了些距離,感覺有些寂寞。

但是在這篇〈花斑帶探案〉中,卻沒有半分距離感。本作是距離華生結婚很久之前、與福爾摩斯同住時期的故事,這個時期,華生尚未建立自己的家庭、自立門戶,兩人對於案件投入百分之百精力的姿態,感覺好青春。

另外,本作的客座來賓也相當具有魅力,包括美麗又脆弱的委託人海倫・史東納,以及同時具備出色智商與怪力肉體的羅列特醫生。

羅列特醫生闖進221B與福爾摩斯對峙的一幕,更是全系列中數一數二值得津津樂道的場面。

COLUMN

柯南・道爾自選12部最佳作品
The best 12 that Doyle chose

《史全德雜誌》在1927年1月號上舉辦一場票選活動,猜猜「柯南・道爾自選12部最佳作品」有哪些,這場活動的結果在6月號公布,答對最多的讀者,可獲得柯南・道爾的簽名自傳及獎金1百英鎊(約新臺幣54萬元)。

1 〈花斑帶探案〉
2 〈紅髮俱樂部〉
3 〈小舞人探案〉
4 〈最後一案〉
5 〈波宮祕聞〉
6 〈空屋探案〉
7 〈五枚橘籽〉
8 〈第二血跡探案〉
9 〈魔鬼的腳探案〉
10 〈修院學校探案〉
11 〈墨氏家族的成人禮〉
12 〈瑞蓋特村之謎〉

〈花斑帶探案〉的事件始末

時間		事件
1853年左右		**海倫・史東納**：住在印度直到兩歲時，母親與甘士比・羅列特醫生再婚。
1875年左右		**海倫**：回到英國不久，母親死於火車意外。與繼父羅列特醫生、雙胞胎姊姊茱麗亞一起搬回舍瑞郡的祖屋。
1881年4月左右		**茱麗亞**：婚禮的兩個禮拜前離奇死亡。
1883年3月左右		**海倫**：與波西・阿米特基訂婚。
委託日的前兩天		**海倫**：臥室進行整修工作，因此搬到茱麗亞的房間住。
委託日的前一天	半夜	**海倫**：聽到茱麗亞死前聽見的口哨聲，覺得害怕。
委託日 1883年 4月初	清晨	**海倫**：來到221B。 **福爾摩斯**：被哈德森夫人叫醒。
	7點15分	**華生**：被福爾摩斯叫醒。
	早上	**海倫**：與福爾摩斯、華生見面並委託調查後回家。 **羅列特**：海倫剛離開就出現在221B，威脅一番後離去。
		福爾摩斯：早餐後，外出調查。
	將近13點	**福爾摩斯**：回家。
	下午	**福爾摩斯與華生**：搭火車去史都克摩倫邸進行調查。
	晚上	**福爾摩斯與華生**：待在能清楚看到史都克摩倫邸的酒店裡伺機而動。
	23點	**福爾摩斯與華生**：看到海倫從史都克摩倫邸窗戶打的燈光信號後，進入茱麗亞的臥室。
委託日第二天	黎明	**福爾摩斯與華生**：在全然的黑暗中等待著。
	3點30分左右	**福爾摩斯與華生**：聽到微弱的聲響，福爾摩斯做出反應。
	早上	**福爾摩斯與華生**：把海倫送到哈洛的阿姨家。
委託日第三天		**福爾摩斯與華生**：搭火車回倫敦。

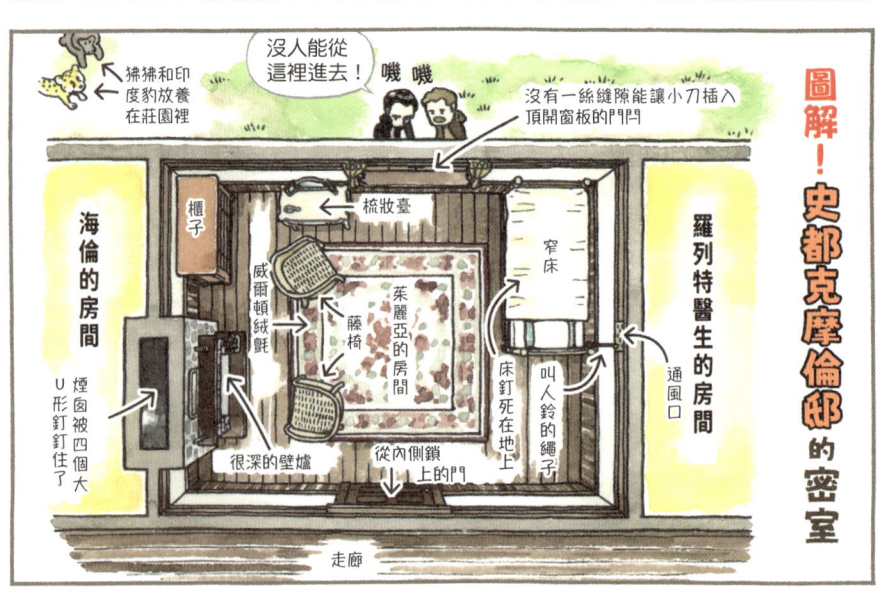

看亮點 check! 〈花斑帶探案〉 讓我們稍微深入瞧一瞧！

名場面

羅列特醫生登場！

福爾摩斯系列中數一數二的大反派羅列特醫生登場！

愛管閒事！多嘴的人！蘇格蘭場跳出來的小玩偶！

Holmes!
Holmes!!
Holmes!!!

鐵製的撥火棒

福爾摩斯從容**微笑面對**挑釁！

究竟哪來的自信？因為會有強烈的過堂風。

你逗樂了我，出去時記得帶上門，

福爾摩斯的隱藏的能力

假如他留下來，我會讓他看看我的臂力並不比他差。

天才頭腦加上這種臂力！簡直是**超級英雄**！

拉直了

圖解！史都克摩倫邸的密室

獅獅和印度豹放養在莊園裡

沒人能從這裡進去！

沒有一絲縫隙能讓小刀插入頂開窗板的門閂

櫃子
梳妝臺
窄床

海倫的房間
威爾頓絨氈
藤椅
茱麗亞的房間
羅列特醫生的房間
通風口

煙囪被四個大U形釘釘住了
很深的壁爐
床釘死在地上
從內側鎖上的門
叫人鈴的繩子

走廊

166

名臺詞
"Your presence might be invaluable."
「你在場可能是無價的。」
"Then I shall certainly come."
「那我非去不可。」

本次的華生
裝備篇
你能順便將你的左輪手槍藏進衣袋裡，我會十分感激。
一支愛利2號是對付能將撥火棒折彎的人的最佳武器。
「愛利」(Eley)不是手槍廠牌，是子彈製造商。
別忘記帶牙刷！

名場面
系列中數一數二緊張的場面！
別睡著了，我們是生是死取決於此。
竊竊私語
我要怎樣才會忘掉如此恐怖的守夜呢？
點頭
吞口水
悄悄

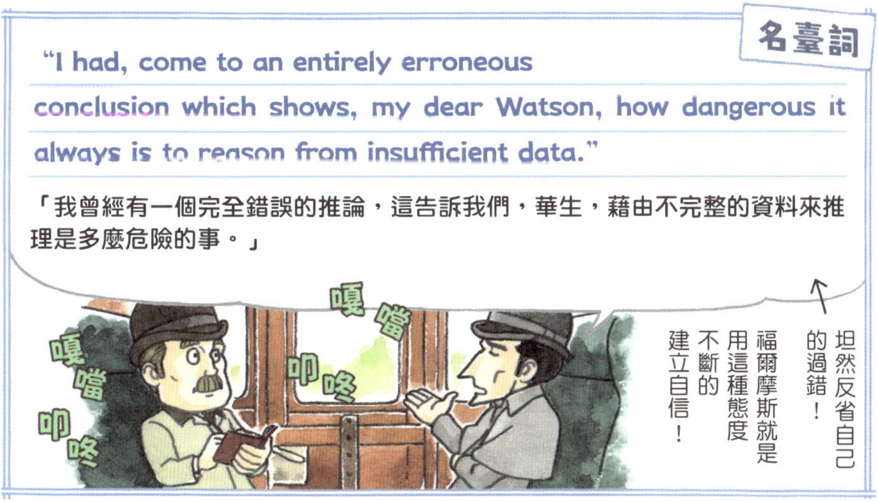
名臺詞
"I had, come to an entirely erroneous conclusion which shows, my dear Watson, how dangerous it always is to reason from insufficient data."
「我曾經有一個完全錯誤的推論，這告訴我們，華生，藉由不完整的資料來推理是多麼危險的事。」
坦然反省自己的過錯！福爾摩斯就是用這種態度不斷的建立自信！
嘎噹
叩咚
嘎噹
叩咚

案件 09

工程師拇指案

The Adventure of the Engineer's Thumb

【委託日】1889年?月?日／夏天
【委託人】維克・韓舍利（水力發動機械工程師）
【委託內容】因奇怪的工作失去自己的拇指，希望解開真相
【主要地點】波克郡愛佛鎮

2
案件09／工程師拇指案
ENGR

Story 年輕工程師收到的可怕酬勞

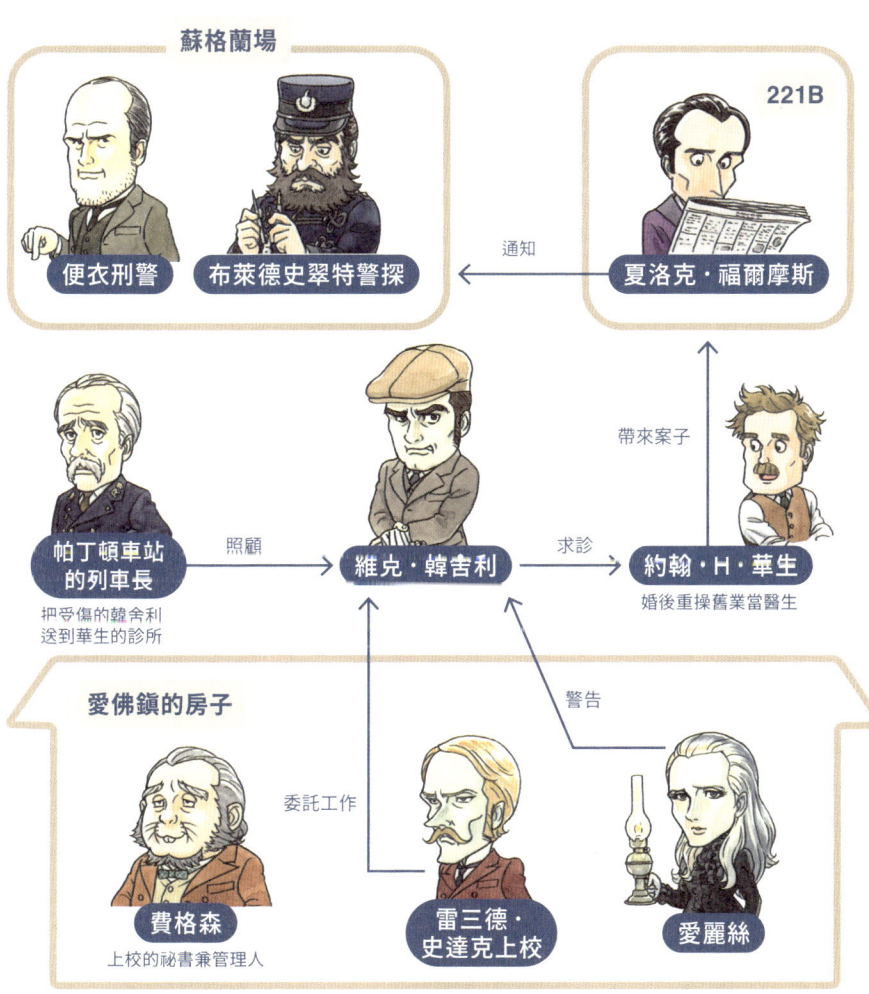

某天早上，斷了拇指的水力發動機械工程師維克·韓舍利被送到華生的診所。

他接到自稱史達克上校的男人委託修理挖掘用的水壓機，並答應支付高額的酬金，於是前一天晚上搭乘很晚的火車前往上校的房子，但他對堅持嚴守祕密的上校充滿懷疑，等到他實際看過機械，揭穿上校的謊言，上校卻動了殺心。韓舍利儘管在過程中失去一根拇指，還是成功逃回了倫敦，他在帕丁頓車站列車長的幫助下，來到華生的診所接受治療。

華生從韓舍利的狀況查覺到情況不對勁，力勸他去找福爾摩斯商量。

蘇格蘭場
- 便衣刑警
- 布萊德史翠特警探

221B
- 夏洛克·福爾摩斯
  - 通知 → 布萊德史翠特警探

- 帕丁頓車站的列車長
  - 把受傷的韓舍利送到華生的診所
  - 照顧 → 維克·韓舍利
- 維克·韓舍利
  - 求診 → 約翰·H·華生（婚後重操舊業當醫生）
  - 帶來案子 → 夏洛克·福爾摩斯

愛佛鎮的房子
- 費格森（上校的祕書兼管理人）
- 雷三德·史達克上校
  - 委託工作 → 維克·韓舍利
- 愛麗絲
  - 警告 → 維克·韓舍利

169

維克・韓舍利

Victor Hatherley

水力發動機械工程師：事件以他接下50畿尼金幣（約新臺幣28萬元）的高額委託，協助檢修水壓機開始，最後以他失去拇指收場。

委託人

- 布帽
- 臉色十分蒼白
- 五官散發男子氣概
- 簡單的混色花呢西裝
- 不超過25歲
- 一手的拇指連根斷了

華生的診斷
- 他的一隻手用手帕包紮著，上面血跡斑斑。
- 本該是拇指的位置只剩下一片可怕血淋淋的海綿切面，看來拇指被砍斷或連根扯斷。

韓舍利辦公室的辦事員

Clerk

維克・韓舍利正要下班時，辦事員拿著史達克上校的名片進來。

Profile
- 在格林威治一家叫范能及馬舍森的有名公司見習7年。
- 兩年前見習期滿，正好父親去世，我得到了一筆錢，決定自己開業，於是在維多利亞街16A號4樓弄了一間辦公室。
- 開業兩年只有3個諮詢案件和1個簡單的小工程。
- 每天從早上9點到下午4點就坐在小辦公室裡，開業兩年的總收入是27英鎊10先令（約新臺幣15萬元）。
- 獨自住在倫敦。

2

案件09／工程師拇指案 `ENGR`

雷三德・史達克上校
Colonel Lysander Stark

陸軍上校：波克郡愛佛鎮房子的水壓機故障，因此以前所未有的高額酬勞委託維克・韓舍利進行檢查。

- 灰色眼睛
- 尖鼻子
- 尖下巴
- 十分瘦
- 目光炯炯
- 雙頰的皮膚緊繃著他突起的顴骨
- 比一般中等身材略高一點
- 穿得很普通但很乾淨
- 但這瘦似乎是他與生俱來的，並不是有病。
- 腳步敏捷

費格森
Mr. Ferguson

史達克上校的祕書兼管理人：史達克上校在愛佛鎮屋子裡的男性。與上校一起看著韓舍利檢查水壓機。

- 雙下巴
- 由他所說不多的話中，我可聽出他應該是我的同胞（英國人）。
- 陰沉的人
- 矮
- 類似金吉拉兔的鬍鬚
- 胖

愛麗絲
Elise

史達克上校在愛佛鎮屋子裡的女性。喊上校「費茲」。

- 長得相當秀麗。她說了幾句外國話，聽口氣像是在問上校問題。
- 英文不太流利…
- 料子很好的黑色衣裳

❄ 金吉拉兔
Chinchilla rabbit

原產法國的兔形目兔科動物，有體重約3公斤的小型兔，也有約6.5公斤的大型兔。與齧齒目的絨鼠（俗稱龍貓）有著類似的黑白毛色。

維克・韓舍利＝P170

171

愛佛車站的車站人員
Porter

韓舍利搭著最後一班火車抵達愛佛站時,月臺上只有這位帶著一盞油燈的車站人員(行李搬運員)。第二天早上也是同一人值班。

愛佛車站的站長
Station-master

福爾摩斯一行人抵達愛佛站時,告訴他們從車站就能看到的火災詳情。

帕丁頓車站的列車長
The Guard

華生醫好了他纏身已久的痛苦痼疾,所以不厭其煩的宣傳華生的醫術,並介紹病人來看診。受傷的韓舍利也是這位列車長送到華生的診所。

Check Point
愛佛車站
Eyford Station

　　水力發動機械工程師維克・韓舍利接下工作委託,前往波克郡愛佛鎮,文中寫到這個小鎮距離雷丁不到7哩（11.2公里）,接近牛津郡的邊界。正典中經常出現虛構的地名,而這個愛佛鎮也是其中之一。

　　雷丁則是實際存在的地方,位在倫敦以西約60公里處,從帕丁頓車站搭車約1小時可到,這裡更是知名的轉運站,從這裡可以轉搭多條鐵路前往其他地方。

　　根據正典中的描述,從帕丁頓車站搭火車到雷丁轉乘,最後一班車可在11點過後抵達愛佛站。按照書中的「距離雷丁不到7哩」、「只有車站的北方沒有坡地」、「在車站大約3哩外有一個警察局」等敘述找出可能的參考地點,也是研究福爾摩斯的樂趣之一。

Check Point
221B與華生家的幫傭
Maid

提到照料福爾摩斯與華生生活起居的人，一般多半會想到哈德森夫人，不過221B和華生家裡都有雇請女傭。

關於華生家的女傭，〈波宮祕聞〉提到一位笨手笨腳的瑪莉簡；〈波士堪谷奇案〉中把電報交給華生、〈工程師拇指案〉中一大清早把華生叫醒、〈空屋探案〉中通知華生有客人的人，也都是女傭。

至於221B的女傭出現的場合，則包括在《暗紅色研究》中接待客人，在〈五枚橘籽〉中準備咖啡，在〈布魯士—巴丁登計畫探案〉中把電報交給福爾摩斯。

華生家的女傭
Watson's maid

早上快7點時敲門把華生叫醒。

布萊德史翠特警探
Inspector Bradstreet

蘇格蘭場的警察：與福爾摩斯、華生、韓舍利一起前往案發現場。

↓參見P140【COLUMN／警察登場次數排名】

便衣刑警
A Plain-clothes man

蘇格蘭場的警察：與福爾摩斯、華生、韓舍利一起前往案發現場。

Check Point
布萊德史翠特警探
Inspector Bradstreet

布萊德史翠特警探是正典中曾經出現多次的警察之一。

除了本作〈工程師拇指案〉之外，在〈歪嘴的人〉中，福爾摩斯與華生來到包爾街警察局時他正在值班，在〈藍拓榴石探案〉是出現在報紙的報導裡，總共出現過3次，而且全都是《辦案記》的作品。

→參見P140【COLUMN／警察登場次數排名】

華生委託的事件

〈工程師拇指案〉是華生帶著案子找上福爾摩斯的少見設定。

水力發動機械工程師維克．韓舍利的拇指斷了，被送到華生的診所急救。

透過本作可得知華生的診所在帕丁頓車站附近，以及他治療患者的樣子等，是整個系列裡少數能夠窺見華生行醫模樣的作品。

本作的主角以失去拇指的狀態登場，故事相當刺激，出現了極瘦又古怪的史達克上校、黑夜昏暗房子裡的神祕美女、兔臉男人，諸如此類，充滿童話故事般詭異的魅力，然而這部作品遲遲沒有影視化，實在可惜。

福爾摩斯此次出場的畫面略少，不過在前往案發現場的火車上，與被害人韓舍利及同行警察們圍著地圖推測犯罪現場的「開會」段落，也是全系列數一數二令人印象深刻的場面。

COLUMN

221B的早餐
breakfast in 221B

作品中不時會出現福爾摩斯與華生的早餐場景，不過鮮少提及料理名稱，就連在本作〈工程師拇指案〉出現最經典的培根蛋，也只在本作〈黑彼得探案〉出現。炒蛋在〈黑彼得探案〉出現過1回；火腿蛋出現的兩次是在《四個人的簽名》、〈海軍協約〉；水煮蛋在〈松橋探案〉、〈退休顏料商探案〉共出現過兩次；《暗紅色研究》中華生拿著吃蛋的湯匙，所以也把這篇算進「水煮蛋」，這樣蛋料理的作品就有7篇。除此之外提到的早餐只剩下〈海軍協約〉的咖哩雞。

真可惜華生對於哈德森夫人準備的料理沒有更進一步多加著墨。

174

2 〈工程師拇指案〉的事件始末

案件09／工程師拇指案 ENGR

委託日前一天	傍晚	**維克・韓舍利**：雷三德・史達克上校出現在倫敦辦公室委託工作，並開出慷慨的酬勞。
	23點過後	**韓舍利**：應上校的要求，來到波克郡的愛佛車站。
	午夜12點過後	**韓舍利**：與來接人的上校坐上馬車，抵達上校的房子。
委託日 1889年夏天	三更半夜	**韓舍利**：領他到一間房裡待著，突然出現的神祕女子警告他快離開，他不聽。
		韓舍利：檢查屋裡的水壓機，並告訴上校應該修理的位置。
		韓舍利：被上校攻擊，試圖從3樓窗戶逃走，卻被砍斷一整根拇指，摔下窗戶暈了過去。
	接近黎明	**韓舍利**：醒來發現自己在愛佛車站附近。
	6點過後	**韓舍利**：抵達帕丁頓車站。
	將近7點	**韓舍利**：帕丁頓車站的列車長扶著他去華生的診所。 **華生**：被女傭叫醒。
		華生：治好韓舍利後，建議他找福爾摩斯商量。
		華生・韓舍利：抵達221B，與福爾摩斯一起吃早餐。
	早餐後	**韓舍利**：把事情的來龍去脈告訴福爾摩斯。
		福爾摩斯、華生與韓舍利：連同蘇格蘭場的布萊德史翠特警探、便服刑警一起搭火車前往愛佛。

175

看亮點 check! 〈工程師拇指案〉讓我們稍微深入瞧一瞧!

本次的華生 工作資訊

- 診所地點在帕丁頓車站附近
- 診所也兼自己家
- 患者穩定增加
- 熟識的患者,也就是列車長,熱心地介紹患者

「新的患者!」
「我帶他進去了」

DATA

華生介紹給福爾摩斯的案子有 **2件**。

「韓舍利的拇指案」及「魏布頓上校的發瘋案」。
↑本作
口頭提到的案子

「嗯」
寫寫

221B的早餐 1889年某個夏天

RASHERS AND EGGS!!

福爾摩斯平靜溫和的接待我們,並且叫了新煎的培根及蛋。

福爾摩斯的習慣

一邊讀著《泰晤士報》的人事廣告欄,一邊抽著他的餐前菸

走來走去

前一天抽剩、置放於壁爐架上小心焙乾的菸渣,回收再利用菸草!

他很懂得**節約**!

176

案件09／工程師拇指案 ENGR

名場面

在火車上推理案發現場位置的一行人

- 我說是**南方**，因為那裡較荒涼。
- 我選**西方**，那邊有好幾個小村落。
- 我說是**北方**，因為馬車沒有爬過坡。
- 我說是**東方**。

眾人的意見完全分歧！福爾摩斯選哪裡呢？

答案請見小說！

福爾摩斯由書架上取下一本厚重的剪貼簿，裡面貼滿他的剪報資料。

「這裡有一則廣告，你們會有興趣的，大約1年前這則廣告出現在所有的報紙上。」

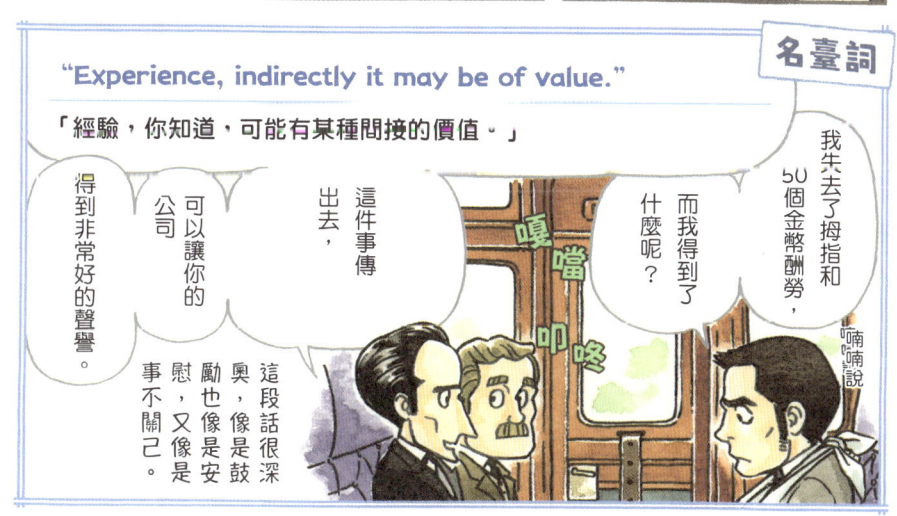

「了不起的記憶力！以及這種記錄能力！」

名臺詞

"Experience, indirectly it may be of value."

「經驗，你知道，可能有某種間接的價值。」

我失去了拇指和50個金幣酬勞，喃喃說

而我得到了什麼呢？

這件事傳出去，可以讓你的公司得到非常好的聲譽。

這段話很深奧，像是鼓勵也像是安慰，又像是事不關己。

嘎噹叩咚

案件 10

單身貴族探案

The Adventure of the Noble Bachelor

【委託日】1887年10月?日（五）（↓參見P185）

【委託人】羅伯・聖席蒙勳爵（貴族）

【委託內容】希望協尋婚禮一結束就失蹤的新娘海蒂・陶倫

【主要地點】倫敦／蘭開斯特門等

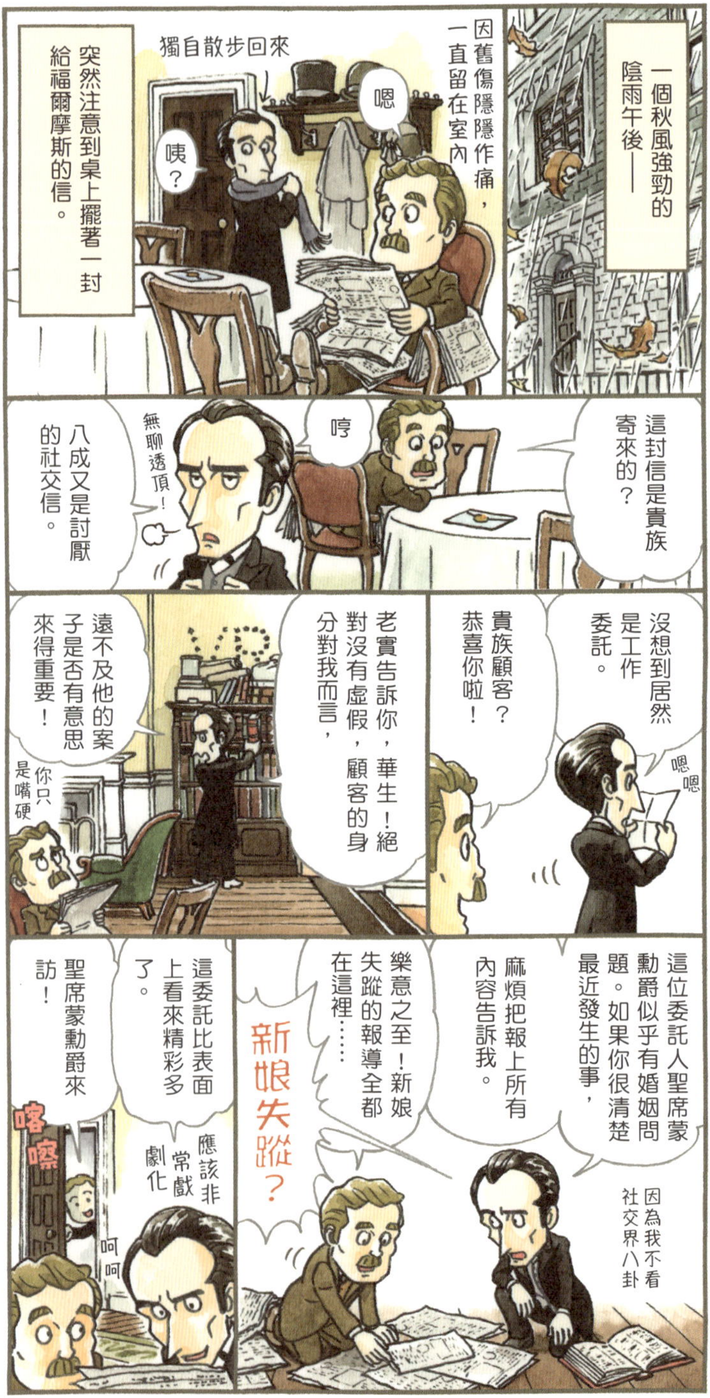

2
案件10／單身貴族探案 NOBL

Story

失蹤的新大陸新娘

英國為數不多的貴族羅伯・聖席蒙勳爵造訪221B。他在3天前的早上剛舉行婚禮，婚禮一結束，新娘就消失無蹤。這位新娘是美國百萬富翁的獨生女海蒂・陶倫。兩人是1年前在舊金山相識，後來在倫敦重逢，進而交往、結婚。

婚禮儀式是在倫敦的教堂舉行，受邀到場的只有少數極親近的親友，儀式結束後所有人前往另一處舉行婚宴早餐會，用餐途中新娘突感不適離席，就這樣下落不明。聽完聖席蒙勳爵的說明後，福爾摩斯旋即開口說：「我已經破案了。」

221B

雷斯垂德 ── 來訪 → **夏洛克・福爾摩斯**　**約翰・H・華生**
蘇格蘭場的警察　　　　　　　　　　　　　　　　　把報紙上的八卦報導
負責偵辦海蒂・　　　　　　　　　　　　　　　　　唸給福爾摩斯聽
陶倫的失蹤案

制服男僕　領著聖席蒙勳爵
　　　　　　到起居室

↓ 委託

阿羅索斯・陶倫
加州◆百萬富翁
　　　　　　│父親

拜克華得爾勳爵
完全信賴福爾摩斯的
思考判斷

　介紹福爾摩斯
　　　↓

羅伯・聖席蒙勳爵 ←結婚→ **海蒂・陶倫**
　　　　　　　　　　　　　　　│女兒

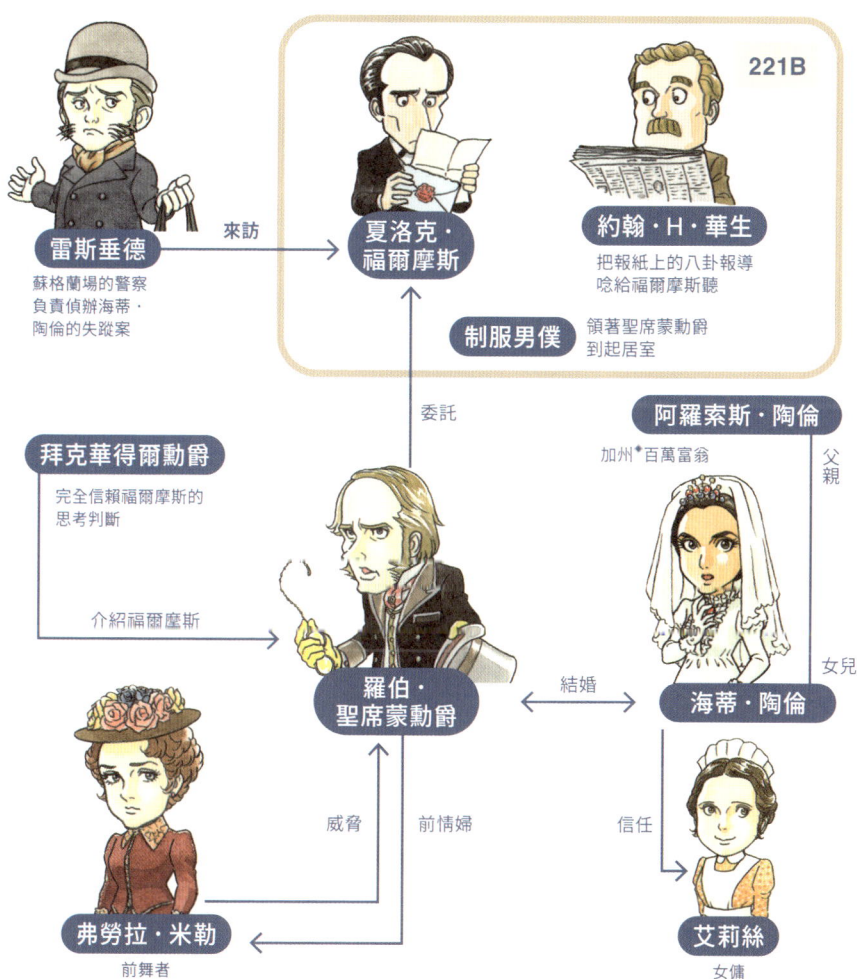

↑威脅　前情婦→　　　信任↓

弗勞拉・米勒　　　　　　　　　**艾莉絲**
前舞者　　　　　　　　　　　　　女傭

◆譯註：加利福尼亞到這個時代已經成為加州，所以這裡譯為加州。

羅伯・聖席蒙勳爵
Lord Robert Walsingham de Vere St.Simon

委託人

- 整體外表卻給人一種與年紀不合的印象。嘴角略帶急躁。
- 頭頂髮量稀疏
- 頭髮邊緣夾雜著白髮
- 臉色蒼白
- 相貌和藹可親且有教養
- 鼻高
- 高領
- 習慣甩動金邊夾鼻眼鏡的眼鏡鍊 →參見P124冷
- 動作敏捷
- 黃色手套
- 帽簷高捲的帽子
- 黑色雙排釦及膝大衣 →參見P92冷
- 白色背心
- 走路時有些駝背，膝蓋也微彎
- 淺色綁腿 →參見P190冷
- 黑漆皮鞋

貴族：1年前旅行舊金山時認識海蒂・陶倫，後來在倫敦訂婚。3天前舉行了結婚儀式，新娘卻在儀式後的婚宴早餐前離席並就此下落不明。走投無路的勳爵只好上門委託福爾摩斯進行調查。

Profile
- 1846年出生（41歲）
- 包莫諾公爵的次子
- 盾形家徽的底色為藍色，上方有3個鐵蒺藜（俗稱雞爪釘或拒馬釘），中央是一道寬黑帶橫過。
- 金雀花王朝的直系血親，母系是都鐸王朝。
- 他的父親，就是那位公爵，曾是外交大臣。他自己在上一任內閣期間出任殖民部次長。
- 現在公爵家的財產只剩下樺樹地的一點小產業。

> 衣著奢華講究到近乎反感。

2 案件10／單身貴族探案 **NOBL**

海蒂・陶倫
Hatty Doran

她決定任何事都極其快速且果斷，對已決定的事情做起來不畏懼或退縮。

- 新娘頭冠
- 光澤的黑髮
- 大而漆黑的眼睛
- 甜美的嘴型

聖席蒙勳爵的新娘：美國加州舊金山百萬富翁阿羅索斯・陶倫的獨生女。婚禮儀式結束後，在婚宴早餐會舉行到一半時離席消失，從此下落不明。

- 嫁妝遠超過六位數
- 絲質結婚禮服

她狂野且任性，不受任何傳統禮教約束，像火山那樣暴躁易怒。

阿羅索斯・陶倫
Aloysius Doran

海蒂・陶倫的父親：被譽為太平洋彼岸最有錢的人。住在舊金山。幾年前還身無分文，後來挖到金礦致富。在倫敦蘭開斯特門買下一間附家具的房子，婚禮儀式後的婚宴早餐會就在那裡舉行。

在聖喬治教堂舉行的婚禮到場來賓名單

- 阿羅索斯・陶倫（新娘的父親）
- 包莫諾公爵夫人（新郎的母親）
- 拜克華得爾勳爵
- 尤斯特斯勳爵（新郎的弟弟）
- 克拉娃・聖席蒙小姐（新郎的妹妹）
- 愛莉西亞・威丁頓女士
- 共6人

※但教堂是開放的，一般人也可在場觀禮。

決定結婚的關鍵 →

另一方面，我相信她能做英勇的自我犧牲，而唾棄任何不名譽之事。

臉紅

- 白緞鞋

聖席蒙勳爵＝P180

艾莉絲
Alice

海蒂・陶倫的女傭：與海蒂一起從加州來到英國，是她的心腹女傭。

> 在美國他們認為這事沒什麼大不了。

她跟她的女主人之間太不拘禮節了。

弗勞拉・米勒
Flora Millar

以前是阿里格諾的芭蕾舞伶：聖席蒙勳爵多年來關係親密的朋友，得知勳爵要結婚，馬上寄來可怕的信件，在婚宴早餐會當天也在陶倫先生的屋子門口辱罵威脅，硬要闖進去。

她是個可愛的小東西，但是她性子急躁且太愛慕我了。

法蘭西斯・海・摩頓
Francis Hay Moulton

美國人：走遍蒙大拿、亞利桑那、新墨西哥尋找礦脈，報上卻報導他在某處礦場營地遇上阿帕契族印地安人攻擊死亡的消息。

- 相貌聰明
- 黝黑
- 矮小健壯
- 行為舉止十分靈敏

2

案件10／單身貴族探案 [NOBL]

食品店的人與年輕人
A confectioner's man and a youth

把豪華晚餐（4隻山鷸、1隻野雞、1個鵝肝醬餡派、幾瓶陳年好酒）送到221B。

> 擺出這些佳餚美食之後，兩位訪客彷彿《天方夜譚》裡的精靈一樣消失了。是以福爾摩斯離開後，我根本沒有時間孤單寂寞。

制服男僕
page-boy

221B的下人：領著造訪221B的聖席蒙勳爵進入起居室。

雷斯垂德
Lestrade

蘇格蘭場的警察：負責偵辦海蒂·陶倫失蹤案，推論海蒂被弗勞拉·米勒騙走。在海德公園的人工湖附近找到海蒂留下的物品，因此在湖裡打撈屍體。
→參見P13【主要登場人物】
→參見P140【COLUMN／警察登場次數排名】

領巾

黑色帆布袋

短水手外衣

帆布袋裝著
・絲質新娘禮服
・白緞鞋
・新娘頭冠
・面紗
・結婚戒指

實際存在的人物

亨利・大衛・梭羅
Henry David Thoreau (1817-1862)

出生於美國麻薩諸塞州的思想家、隨筆作家

主張自然主義，記錄自己在華爾登湖畔自給自足生活的《湖濱散記》（1854年）帶給後世莫大的影響，也被視為是環保觀念的先驅。

> 間接證據有時是很令人信服的，套句美國作家梭羅的話：「就像在牛奶裡發現了一條鱒魚。」

福爾摩斯引用梭羅的話，來形容偵訊結果完全證實自己當前的推測。

象徵「衰退」與「崛起」的兩人

本作〈單身貴族探案〉的聖席蒙勳爵雖是貴族，但窮困到幾乎不剩多少家產，也就是所謂的「沒落貴族」。

儘管在這樣的處境下，聖席蒙勳爵仍舊認為貴族與眾不同，態度顯得高高在上，沒想到卻遇到了原本就不在乎身分地位的福爾摩斯，反倒顯得勳爵的態度滑稽到令人同情。即使身上穿著錦衣華服，走路等的姿態卻有著年紀不合的衰老，這樣的角色設定似乎也象徵著「英國貴族的衰退」。

反觀聖席蒙勳爵的未婚妻海蒂·陶倫，這位金礦王千金是在礦山林野間長大的頑皮姑娘，彷佛在象徵著「美國」這個年輕國家的氣勢。兩個角色的對比著實精彩。

至於配角的表現，蘇格蘭場的雷斯垂德是第三次登場。他辦案時錯誤百出，落得被福爾摩斯無情打臉的下場，似乎已成為固定的橋段。

雷斯垂德在自己額上敲了3下，嚴肅的搖了搖頭，便匆匆離去。

COLUMN

蛇型湖（九曲湖）
Serpentine

蛇型湖是一座人工堰塞湖，位在倫敦市中心西敏寺區占地廣大的「海德公園」（Hyde Park）內，1730年應英王喬治二世的妻子卡洛琳王后（Caroline of Ansbach，1683～1737）的要求，攔下韋斯本河建造。名稱是來自於湖的形狀猶如「蛇」（serpent）般蜿蜒，因此稱「蛇型湖」或「九曲湖」。

此處目前也是人氣觀光景點，不過在福爾摩斯系列中，只在〈單身貴族探案〉中出現過一次。因為公園管理員在湖畔發現海蒂·陶倫的新娘禮服等物品，雷斯垂德認為此湖與案件有關，因此在湖中打撈，卻被福爾摩斯嘲笑。

184

〈單身貴族探案〉的事件始末

1886年		聖席蒙勳爵：在舊金山認識海蒂・陶倫
1887年※		聖席蒙勳爵：在倫敦社交季與海蒂重逢，進而訂婚。
10月※?日 (二)	早上	聖席蒙勳爵：在聖喬治教堂與海蒂舉行婚禮。 隨後眾人轉往陶倫家宅邸參加婚宴早餐會，才坐下來十分鐘新娘就離席，從此消失。
委託日 10月?日 (五)	下午	華生：因舊傷疼痛，留在221B休息，看完所有報紙。 福爾摩斯：散步回來，看到桌上放著聖席蒙勳爵的來信。
	15點	福爾摩斯：與華生一起瀏覽報紙上關於聖席蒙勳爵新娘失蹤案的報導。
	16點	聖席蒙勳爵：造訪221B委託調查。
		雷斯垂德：在聖席蒙勳爵離開後來到221B，帶來在蛇型湖發現海蒂的新娘禮服，以及10月4日的旅館帳單等給福爾摩斯看。
	17點過後	福爾摩斯：外出調查。 華生：待在221B。
	將近18點左右	華生：驚訝看著突然出現在221B的送餐人員放下晚餐又離開。
	將近21點	福爾摩斯：回到221B。 聖席蒙勳爵：被福爾摩斯找來221B。

※＝原著裡沒有寫出具體的年月，既然福爾摩斯提到1846年出生的聖席蒙勳爵「今年41歲」，再加上找到的旅館帳單日期是「10月4日」，本書推測本作的案子發生在1887年10月。

185

看亮點 check! 〈單身貴族探案〉讓我們稍微探入瞧一瞧!

福爾摩斯的工作態度?

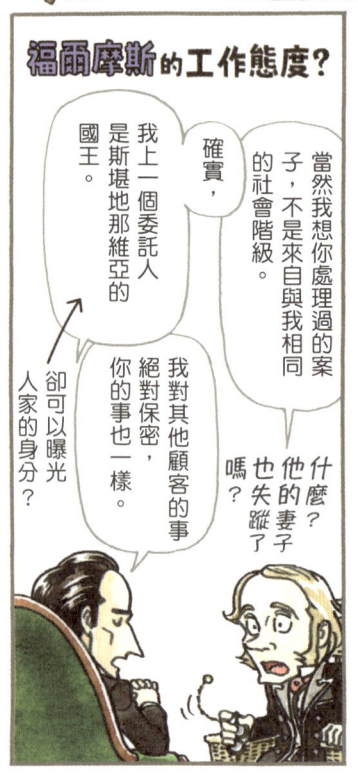

當然我想你處理過的案子,不是來自與我相同的社會階級。

確實,我上一個委託人是斯堪地那維亞的國王。

卻可以曝光人家的身分?

我對其他顧客的事絕對保密,你的事也一樣。

什麼?他的妻子也失蹤了嗎?

本次的華生 — 舊傷之謎

那天我一直留在室內,因為我由英阿戰役帶回來的紀念品,也就是留在我肢體裡的子彈所在之處隱隱作痛。

我現在痛的是哪裡呢?

《暗紅色研究》提到是「肩膀」,《四個人的簽名》提到是「腿」。結果華生受傷的位置反倒成了本系列最大的謎團?

痛這裡?
痛這裡?
痛這裡?
痛這裡?

為了打發時間看完的一大堆報紙

名臺詞

"I have solved it."
「我已經解決了。」

福爾摩斯與委託人初次見面,最後就落下這句話!還沒著手調查就已經如此確定,不愧是他!

這是什麼意思?

我說我已經破案了。

那我妻子人在哪裡?!

那些細枝末節,我很快就會告訴你。

新娘的下落在他看來只是細枝末節……

186

2 案件10／單身貴族探案 NOBL

雷斯垂德 第三次登場！

我在海德公園的蛇型湖裡打撈新娘的屍體。

哈哈！你要不要也打撈一下特法加廣場的噴水池呢？

找到新娘屍體的機率也一樣多。

接下來還有——

我猜你已經知道一切事情的真相了吧！

啥？

很好，這東西非常重要，你做得好！

對吧對吧

福爾摩斯這次也狠狠戲弄了雷斯垂德一番！

你看錯面了！

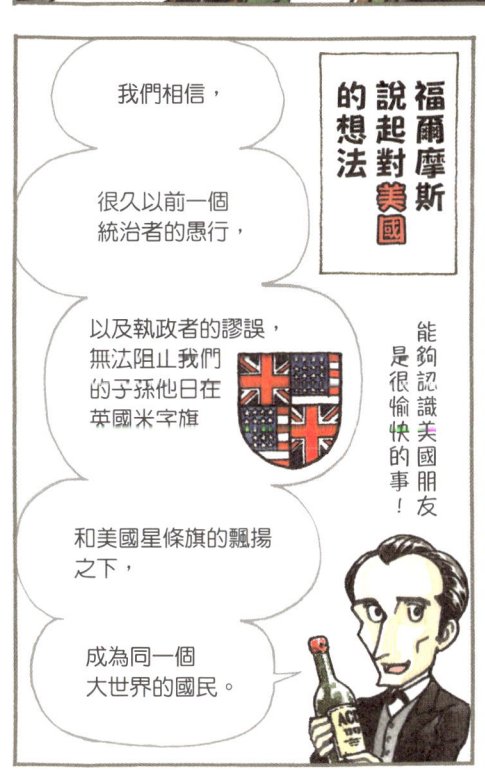

221B的豪華晚宴！

→ 兩對冷山鷸

野雞

→ 鵝肝醬餡派

→ 陳年好酒

本案的相關人士集結在此吃晚餐！

福爾摩斯是個貼心的人！

福爾摩斯說起對美國的想法

我們相信，

很久以前一個統治者的愚行，

以及執政者的謬誤，無法阻止我們的子孫他日在英國米字旗

能夠認識美國朋友是很愉快的事！

和美國星條旗的飄揚之下，

成為同一個大世界的國民。

案件11

綠玉冠探案

The Adventure of the Beryl Coronet

【委託日】？？？？年2月？日（五）
【委託人】亞歷山大．何德爾（銀行家）
【委託內容】希望協助找回「綠玉冠」消失的3顆綠寶石
【主要地點】倫敦郊外西南方／史翠森等

2
案件11／綠玉冠探案 **BERY**

Story
崇高客戶留下的抵押品

倫敦市區第二大私人銀行的資深合夥人亞歷山大・何德爾出現在221B，看起來像是失去理智了。

他說，昨天一位家喻戶曉、地位崇高的客戶為了借5萬英鎊，將「綠玉冠」抵押給他，他就把綠玉冠鎖在家裡衣帽間的大櫃子裡，沒想到他半夜醒來卻看到兒子亞瑟正在扳扯王冠。

亞歷山大連忙上前查看，發現綠玉冠上的3顆綠寶石不見了，儘管他立即報警抓住兒子，兒子卻矢口否認犯案且不肯再開口。

亞歷山大一籌莫展，只好上門委託福爾摩斯進行調查。

- 喬治・潘維爾爵士
- 夏洛克・福爾摩斯 — 約翰・H・華生 （221B）
- 亞瑟・何德爾
- 亞歷山大・何德爾
- 瑪莉・何德爾（亞歷山大亡兄的女兒）
- 何德爾夫人（已故）
- 露西・包爾（女傭助手）
- 崇高的客戶
- 法蘭西斯・包士柏（送蔬菜的蔬果商）

關係：
- 喬治・潘維爾爵士 — 朋友 → 亞歷山大
- 喬治 — 警探／建議他找福爾摩斯幫忙 → 亞歷山大
- 亞歷山大 — 委託 → 福爾摩斯
- 亞歷山大 — 叔叔／姪女 — 瑪莉
- 亞瑟 — 兒子 — 亞歷山大
- 何德爾夫人 — 妻子／丈夫 — 亞歷山大
- 崇高的客戶 — 融資 → 亞歷山大
- 法蘭西斯・包士柏 — 拜訪 → 露西・包爾

費爾班克邸

亞歷山大・何德爾
Alexander Holder

何德爾及史迪文森銀行的資深合夥人：倫敦市第二大私人銀行的資深合夥人。收下「崇高的客戶」的國寶「綠玉冠」當作抵押品，借出5萬英鎊（約新臺幣2億7千4百萬元）。住在史翠森的「費爾班克邸」。

委託人

> 有一個瘋子走了過來……

> （看到那人古怪的走路方式）他的家人讓他這樣單獨出來，真是可悲。

- 相貌堂堂
- 不是睡得很沉的人
- 50歲左右
- 高大
- 倫敦的紳士
- 發亮的帽子
- 身材魁梧
- 暗色但樣式奢華的衣著
- 黑色雙排釦及膝大衣 →參見P92❄
- 剪裁合身的珠灰色長褲
- 近棕色的綁腿

❄ 綁腿 gaiter
覆蓋在長褲褲腳和小腿部分的保護用外罩，材質是布或皮革，用來防止走路時褲子摩擦。另外還有細長布條纏繞的類型，以及用鈕扣或鉤子等固定的類型。

190

2

案件11／綠玉冠探案　BERY

亞瑟・何德爾
Arthur Holder
嫌犯

亞歷山大的獨生子：年少不更事時，曾加入一個貴族俱樂部，沉溺於牌戲並浪費金錢在賭馬上，一次又一次預支零用金還債。父親亞歷山大將王冠帶回家保管的第二天半夜兩點左右，被父親目睹他拿著王冠，最後遭警察帶走。

> 我心愛的妻子去世之後，我以為這個世界只剩他一個人值得我愛了，所以我從沒拒絕過他的要求。大家都說我寵壞了他。

> 我希望他能繼承我的事業，但他狂野、任性，老實說我不能信任他經手大筆的金錢。

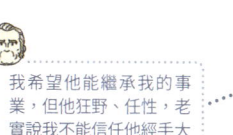

瑪莉・何德爾
Mary Holder

亞歷山大的姪女：24歲。5年前父親過世，由父親的弟弟亞歷山大收養。

- 深色的眉毛
- 深色的眼睛
- 深色的頭髮
- 比中等身材略高一些
- 很瘦

大部分時間待在家裡，不喜歡外出應酬，生性嫻靜。

> 她是我家的陽光。

> 她甜蜜、可愛、嬌美，是個極好的經理人才和管家，而且仍然保有女性的親切、嫻靜與嬌柔，是我最得力的助手。

> 我兒子兩次向她求婚，但她都拒絕了。

亞歷山大・何德爾＝P190

喬治・潘維爾爵士
Sir George Burnwell

亞瑟的朋友：年紀比亞瑟稍大，帶壞了亞瑟，害他染上惡習。

- 有時眼神中會透露出不可信任的神色
- 儀表俊美
- 能說善道
- 十分世故練達

> 我發現連我自己也難以抗拒這位迷人的爵士，不過我深信他是個不可信任的人。我那善於洞察人性的小瑪莉也這麼認為。

露西・包爾
Lucy Parr

何德爾家的女傭助手：才來幫傭幾個月，但她有出色的資歷，而且做事令人滿意。

- 很漂亮的女孩

> 她吸引了不少追求者，這些人偶而會逗留附近不去，這是我能找到她唯一的缺點。但她是個標準的好女孩。

3名女傭
Three maid-servants

在何德爾家工作多年，忠誠絕對不容置疑。住在宅子裡。

法蘭西斯・包士柏
Francis Prosper

替何德爾家送蔬菜的蔬果商：案發當晚，檢查後門的瑪莉正好撞見他與露西見面。

- 有隻木腿

僮僕
Page

何德爾家的下人，不住在宅子裡。

馬夫
Groom

何德爾家的下人，不住在宅子裡。

2 案件11／綠玉冠探案 BERY

Check Point
崇高的客戶
Illustrious client

有資格帶出「王國最貴重的寶物之一」的國寶級王冠,而且是「全英國最高貴、地位最崇高」的人,他到底是誰?

當時符合這些形容的人,書迷猜測有可能是威爾斯王子,也就是英國皇太子亞伯特·愛德華（Albert Edward, 1841〜1910,即後來的英王愛德華7世）,不然就是他的長子亞伯特·維克特王子（Albert Victor, 1864〜1892）。

擁有全英國最高貴、地位最崇高名字的人
The person who have one of the highest, noblest, most exalted names in England

急需借用5萬英鎊（約新臺幣2億7千4百萬元）,於是將國寶「綠玉冠」抵押給「何德爾及史迪文森銀行」,並約好4天後的週一再來親自取回抵押品。

摩洛哥方形黑皮箱

看到遞來的名片,我嚇了一大跳,這份榮幸令我不勝惶恐。

警探和警員
The Inspector and a constable

在亞歷山大報警後趕到「費爾班克邸」,逮捕亞瑟。

無業遊民
Common loafer

福爾摩斯

結束在「費爾班克邸」的調查後,福爾摩斯易容去進行其他搜查。

紅領巾

襤褸的大衣

維妙維肖!

幾分鐘就打扮好,很快!

破爛的舊靴子

193

所謂的國寶中的國寶

直接出現在本作篇名中的「綠玉冠」（The Beryl Coronet），就是故事中提到的「國寶中的國寶」。某位「崇高的客戶」把這頂王冠抵押給大銀行家亞歷山大·何德爾。何德爾卻認為自己家裡上鎖的櫃子比銀行保險箱更安全，也不知道是銀行的安全系統不值得信賴，還是亞歷山大太過驚慌，實際上王冠掉了3顆綠寶石時，他的手足無措反應，不僅僅是非比尋常了。或許這人原本就是不擅長應付突發狀況。

至於與綠寶石一同被扭斷的王冠部分，最後雖然也憑藉著福爾摩斯的活躍找了回來，但客戶留下這頂國寶王冠時曾說：「要是它有任何意外，一定會引起社會的軒然大波，損壞了任何一部分與遺失一樣嚴重，世界上沒有其他的綠寶石可以與這些相媲美。」這麼一想，即使王冠的一部分曾被扯下，但只要寶石毫髮無損，那位崇高的客戶就會接受嗎？收回王冠時不會產生什麼糾紛嗎？這些問題都令人十分好奇。

綠柱石（Beryl，又稱綠寶石）含有鈹的六方柱形礦物。

COLUMN

經濟重心倫敦市
City of London

又稱為「倫敦金融城」或「倫敦城」，與倫敦的其他行政區截然不同，這裡是獨立的自治城市，由倫敦市警察管轄，不歸瞎稱為「蘇格蘭場」以外的大倫敦地區）所管的倫敦警察廳（轄區是倫敦市以外的大倫敦地區）所管。

位在倫敦中央的倫敦市自古以來就是經濟重心，發展至今，銀行、保險公司、辦公大樓等林立，英格蘭銀行、聖保羅大教堂、內殿律師學院（〈波宮祕聞〉）的戈弗瑞·諾頓在這裡）等也在此處。

另外，〈紅髮俱樂部〉威爾森的當舖、〈身分之謎〉瑪莉的繼父溫德班克服務的公司、〈綠玉冠探案〉何德爾的銀行等，也都在倫敦市內。

2 〈綠玉冠探案〉的事件始末

日期	時間	事件
委託日前一天 ？月？日 （四）	早上	**亞歷山大・何德爾**：「崇高的客戶」來到銀行，以國寶「綠玉冠」抵押借了5萬英鎊。
	傍晚	**亞歷山大**：把抵押的王冠帶回家，收進衣帽間的大櫃子裡鎖上。
	晚餐後	**亞歷山大**：把家裡有珍貴王冠一事告訴亞瑟和瑪莉。
	就寢前	**亞歷山大**：確定衣帽間大櫃子的王冠還安全，然後再次鎖上。
委託日 2月？日 （五）	2點左右	**亞歷山大**：聽到聲音醒來去隔壁的房間查看，很驚訝看到亞瑟拿著王冠站在那裡。王冠掉了3顆綠寶石。 **亞瑟**：只否認偷王冠就不再開口。
	早上	**亞歷山大**：報警逮捕亞瑟。 **亞歷山大**：造訪221B委託調查。 **福爾摩斯與華生**：與亞歷山大一起調查宅第。 **福爾摩斯**：仔細調查宅第內外。
	15點左右	**福爾摩斯與華生**：回到221B。 **福爾摩斯**：易容成流浪漢出門。
	下午	**福爾摩斯**：華生剛喝完下午茶，他路過回家一趟，換成平常的衣服又立刻出門。
	深夜	**華生**：福爾摩斯遲遲沒有回來，先回房休息。
委託日第二天 2月？日 （六）	9點過後	**華生**：下樓吃早餐時看到福爾摩斯已經到家且吃完早餐。 **亞歷山大**：二訪221B。
委託日第三天 2月？日 （一）	早上	「崇高的客戶」來銀行取回王冠的日子。

195

看亮點 check! 〈綠玉冠探案〉 讓我們稍微深入瞧一瞧!

銀行家亞歷山大把抵押的國寶帶回家鎖在衣帽間的櫃子裡。

> 隨便什麼老鑰匙都能打開那個大櫃子。

兒子亞瑟提醒→

> 兒子常常胡說八道，因此我也沒特別在意他說的。

父親亞歷山大事後這樣說……
想送這位父親一句話：「相信你的兒子吧！♪」

想像圖! 綠柱石的王冠!
英國最貴重的寶物之一!

上面鑲著39顆巨大的綠寶石！→

這頂王冠的黃金雕鏤是無價的，價值預估不低於10萬英鎊！

> 損壞了任何一部分皆與遺失一樣嚴重，世界上沒有其他的綠寶石可以與這些相媲美。

福爾摩斯 vs 王冠!

福爾摩斯對自己的力氣很自豪，在〈花斑帶探案〉也證明過，但他扳王冠的行徑堪稱**大膽！**就算有部分損壞，國寶仍是國寶！

> 我卻再怎麼扳也弄不斷它……

汗流浹背

> 儘管我的指力很少有人能及，

唔唔

2
案件 11／綠玉冠探案

BERY

本次的華生
待在221B待命

福爾摩斯外出查案時，華生獨自看家。

「我只是路過進來一下，」
「我馬上還要出去。」
「事情辦得如何？」

有點孤單？

急急出門
一拋

福爾摩斯的便當

圓片麵包
牛肉片

把自己做的**三明治**收進口袋！

沒包裝直接放？
易容狀態？

這次的收支列表

支出

買下喬治爵士的舊鞋 
6先令

買回王冠的一部分 
3000英鎊

收入

亞歷山大支付的支票 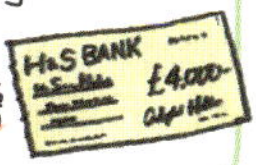
4000英鎊

所以福爾摩斯的淨利（酬勞）
999英鎊14先令

※1英鎊=20先令（約新臺幣5416元）

名臺詞

"That when you have excluded the impossible, whatever remains, however improbable, must be the truth."

「當你把所有不可能的除去，剩下的不管多麼不可思議，必然就是真相。」

這是我的一句老格言。

「老格言」是多老？好像是從福爾摩斯小學時開始。

福爾摩斯在《四個人的簽名》也對華生說過好幾次同樣的座右銘！

197

案件 12

紅櫸莊探案

The Adventure of the Copper Beeches

【委託日】????年?月?日／寒冷的早春

【委託人】斐奧麗特・亨特（家庭教師）

【委託內容】對於雇主羅凱瑟給的古怪指示感到不安，想要諮詢意見

【主要地點】漢普郡溫徹斯特等

2 案件12／紅櫸莊探案 COPP

Story

棕栗髮家庭教師覺得古怪的僱用條件

一個早春的清晨，家庭教師斐奧麗特・亨特來到221B，請教是否該接下「紅櫸莊」的家庭教師工作。

紅櫸莊的家庭主人羅凱瑟樂意支付遠高過行情的薪資，於此同時他也提出了許多古怪的條件，其中又以「把長髮剪短」這個要求最讓斐奧麗特詫異，她先是拒絕了，旋即羅凱瑟提議給她更高的酬勞。

儘管斐奧麗特對於對方的要求心生困惑，考慮到經濟狀況仍舊決定答應，得到福爾摩斯一句「如果發現任何懷疑或危險，一通電報就可以把我叫去幫助妳」的保證後，她就隻身前往「紅櫸莊」。

- 斐奧麗特・亨特 —委託→ 夏洛克・福爾摩斯、約翰・H・華生（221B）
- 斐奧麗特・亨特 ←僱用— 傑佛諾・羅凱瑟
- 亡妻（已故）—妻子/丈夫— 傑佛諾・羅凱瑟
- 亡妻 —女兒→ 愛麗絲・羅凱瑟（生活在美國費城）
- 傑佛諾・羅凱瑟 —丈夫/妻子— 羅凱瑟夫人
- 傑佛諾・羅凱瑟 —寵物狗→ 卡羅
- 羅凱瑟夫人 —兒子— 愛德華・羅凱瑟
- 陶勒（僕人）—照顧→ 卡羅
- 陶勒 —丈夫/妻子— 陶勒太太（僕人）
- 傅勒：從路上窺探著紅櫸莊

（紅櫸莊）

斐奧麗特・亨特
Violet Hunter

家庭教師：原本在史班斯・孟諾上校家做了5年的家庭教師，兩個月前上校帶著孩子前往新斯科夏的海利費克斯赴任，因此失業。沒有父母也沒有親戚。

依賴人

- 雀斑有如鳥蛋殼上的斑點
- 頭髮長得相當濃密，而且帶有一種不尋常的棕栗色光澤，一直被人認為相當美麗
- 舉止機靈
- 穿著樸實但整潔

斐奧麗特・亨特的家庭教師面試

上一個職位在史班斯・孟諾上校家的薪資是一個月4英鎊（約新臺幣21700元）。
↓
傑佛諾・羅凱瑟最後答應支付一年120英鎊（約新臺幣65萬元），也就是一個月10英鎊（約新臺幣5萬4千元），居然是之前的2.5倍！

條件是——
- 把頭髮剪短
- 穿上傑佛諾準備的鐵青色（electric blue）衣服
- 坐在傑佛諾指定的位置

> 她的面容開朗明亮，舉止機靈，想必是個為人處事都很有主見的女子。我可以看出福爾摩斯對這位新顧客的態度及言詞很有好感。

> 我承認我不會樂意自己的姊妹去應徵這份工作。

2

案件12／紅櫸莊探案 COPP

傑佛諾・羅凱瑟
Jephro Rucastle

尋找家庭教師的紳士：住在漢普郡的「紅櫸莊」。只看一眼就對亨特很滿意，儘管提出了「剪短髮」、「穿上準備的衣服」等古怪條件，但願意付一年120英鎊（約新臺幣65萬元）的高額酬勞。

- 臉上帶著愉悅的微笑
- 笑到兩眼剩下兩條發光的縫隙
- 戴著一副夾鼻眼鏡 →參見P124冷
- 白嫩臉
- 肥厚的下巴一層層疊在喉頭上
- 異常肥胖

> 對我來說，我似乎從來沒有碰過這麼一位和善且周到的男士。

羅凱瑟夫人
Mrs. Rucastle

傑佛諾・羅凱瑟的續弦：7年前與傑佛諾結婚，兩人生了一個叫愛德華的兒子了。

- 淺灰色的眼睛
- 沉默
- 眼睛永遠輪流停在丈夫和小兒子兩人身上
- 面色蒼白

> 比她丈夫年輕很多，不會超過30歲。

> 這個女人她也有著不可知的哀傷，她常常迷失於沉思之中，臉上有著十分悲苦的表情。

> 很容易看出她真心熱愛著她的丈夫和小兒子。

斐奧麗特・亨特＝P200

201

愛德華・羅凱瑟
Edward Rucastle

羅凱瑟夫妻的兒子：6歲的小調皮蛋。愛抓老鼠、小鳥和小昆蟲。

- 異常大的頭
- 個子比他的年齡要小

> 我從來沒碰見過這麼一個完全被寵壞且頑劣的小鬼。

> 如果你能看他用拖鞋打蟑螂，在你還沒來得及眨眼前已經打死3隻了！

> 唯一的消遣似乎就是對比他弱小的東西施加凌虐。

愛麗絲・羅凱瑟
Alice Rucastle

傑佛諾・羅凱瑟的女兒：傑佛諾與前妻的女兒。傑佛諾告訴亨特這個女兒厭惡她的繼母，所以離開家裡，現在住在美國費城。

> 那女兒不可能小於20歲，我很能想像她與她父親的年輕妻子相處，一定很不自在。

傅勒
Mr. Fowler

神祕男子：從路上看著「紅櫸莊」的情況。

- 灰色西裝
- 鬍鬚
- 矮個子

傑佛諾・羅凱瑟＝P201

202

2
案件12／紅櫸莊探案 COPP

陶勒太太
Mrs. Toller
羅凱瑟家的僕人：陶勒的妻子。

- 永遠有張愁苦的臉
- 非常高大強壯

與羅凱瑟太太一樣沉默，但遠不如她友善。

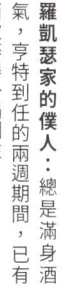

陶勒
Mr. Toller
羅凱瑟家的僕人：總是滿身酒氣，亨特到任的兩週期間，已有兩次醉得一塌糊塗。

- 灰白的頭髮
- 灰白的鬍子

極不討人喜歡的夫妻！

史道柏小姐
Miss Stoper
家庭教師職業介紹所的經營者：經營叫「魏斯特維」的知名家庭教師職業介紹所。單身。亨特失業後每週來這裡一次，看看是否有適合的工作。

她這時很不高興的看了我一眼，使我禁不住懷疑由於我的拒絕使她失去了一筆優渥的佣金。

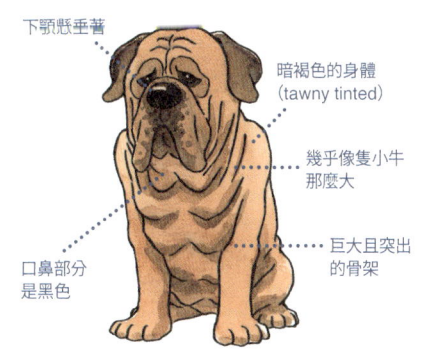

卡羅
Carlo
羅凱瑟家的看門犬：傑佛諾養的英國獒犬，只有陶勒能制伏牠。晚上會放出來在紅櫸莊的腹地巡邏，一天只餵一次，不會吃得太飽，可以一直保持清醒和飢餓。

- 下顎懸垂著
- 暗褐色的身體 (tawny tinted)
- 幾乎像隻小牛那麼大
- 巨大且突出的骨架
- 口鼻部分是黑色

203

在日本歸類為角色小說的《福爾摩斯探案全集》

〈紅樺莊探案〉的女主角斐奧麗特・亨特在福爾摩斯系列登場的諸位女性中，也是擁有別樣魅力的角色之一。

她聰明且擅長觀察，好奇心強烈，儘管有些魯莽，不過也會是很理想的偵探助手。即使是對女性向來不感興趣的福爾摩斯，也難得會擔心她。

本作除了這位亨特之外，還有體型碩大、會講好笑故事且笑臉迎人的傑佛諾・羅凱瑟，存在感如鬼魂般薄弱的羅凱瑟夫人，頭大且性情扭曲的小孩，不討喜的陶勒夫婦，以及體型大如小牛的惡犬卡羅，每個角色都充滿豐富的個性。

雖說福爾摩斯系列的角色向來充滿個性，不過本篇是尤其能夠欣賞柯南・道爾的角色創造力與幽默筆觸的佳作。

剪短頭髮的斐奧麗特・亨特

COLUMN

差點就不存在的「紅樺莊」
There may not have been 『COPP』

《福爾摩斯辦案記》的最後一篇就是〈紅樺莊探案〉，不過作者柯南・道爾當初並沒有計畫要寫這篇故事，寫下這篇是為了安排福爾摩斯的死亡，替系列畫下句點。

然而，他寫信告訴母親瑪莉這件事，母親卻嚴正反對，甚至提供故事概要，最後寫出來的就是這篇〈紅樺莊探案〉，福爾摩斯系列也沒有到此結束，也要多虧柯南・道爾的母親，才讓我們還有機會繼續看到福爾摩斯後來活躍的英姿。

柯南・道爾的母親瑪莉
(Mary Doyle，1837〜1920)

2 〈紅櫸莊探案〉的事件始末

委託日的上週		斐奧麗特・亨特：透過家庭教師職業介紹所接到傑佛諾・羅凱瑟的僱用要求，卻被「剪短頭髮」等古怪要求嚇到，故拒絕。
上述日期的第三天		亨特：收到傑佛諾來信希望重新考慮。
委託日前一天		亨特：寄信給福爾摩斯預約諮詢。
委託日 寒冷的早春	10點半	亨特：造訪221B，找福爾摩斯請教傑佛諾提出的古怪條件。
	晚上	亨特：剪頭髮。
委託日第二天 （紅櫸莊的第一天）		亨特：抵達傑佛諾在溫徹斯特的住處「紅櫸莊」。
（紅櫸莊的第三天）	早餐後	亨特：按照傑佛諾的要求，換上鐵青色衣服坐在窗邊椅子，聽傑佛諾說了約1個小時的笑話。
（紅櫸莊的第五天）		亨特：再度聽從傑佛諾的要求，換上鐵青色衣服坐在窗邊椅子聽完笑話後，朗讀10分鐘的書。
（紅櫸莊的第？天）		亨特：第三次按照要求穿著鐵青色衣服坐在窗邊椅子，卻開始懷疑這舉動的用意，所以利用事先準備的手鏡碎片偷偷觀察窗外。
委託日的約兩週過後		亨特：偷偷潛入禁止進入的房間被傑佛諾發現，警告下次再進去會放狗咬人。
	晚上很晚	福爾摩斯：收到亨特求救的電報。
上述日期的第二天	9點半	福爾摩斯與華生：搭火車前往溫徹斯特。
	11點半	福爾摩斯與華生：到達溫徹斯特。在車站附近的旅店與亨特會合，聽她講述「紅櫸莊」發生的事。
		亨特：獨自先回「紅櫸莊」。按照福爾摩斯的指示，把僕人陶勒太太鎖進酒窖裡。
	19點	福爾摩斯與華生：抵達「紅櫸莊」。
		福爾摩斯與華生、亨特：闖入禁止進入的房間。 傑佛諾：回家注意到他們的闖入，徹底暴怒。

在〈紅櫸莊探案案〉中登場的
妝點福爾摩斯世界的配件小物

菸斗的基本構造◆

- 口柄（stem）
- 斗室／斗缽（chamber／pot）把菸草塞進這裡點燃
- 菸嘴（mouthpiece／bit）
- 斗缽頂（top）
- 濾嘴口（filter）
- 斗柄（shank）
- 斗缽壁（bowl）
- 煙道（air hole）

◆譯註：作者這張圖上的英文和標示位置都跟其他菸斗構造圖不同，已按照常見的英文名稱修改。

菸斗
pipe

一種西式的抽菸工具。

原本是美洲大陸的原住民在使用，後來隨著抽菸習俗的傳播，在16世紀中期左右傳進歐洲。

不同時代、民族、地區的菸斗材質也不同，包括木頭、陶土、金屬、石頭等形形色色，成品也各有特色。

福爾摩斯思考時的好搭檔

算一算「福爾摩斯的菸斗」可發現，原著的60篇作品中有37篇出現過，這項配件可說是福爾摩斯的標準配備。

其中多數場合都只寫到「菸斗」（pipe），但也有些時候會具體提到種類，比方說，「黑色陶土菸斗」（black clay pipe）（圖1）、「櫻桃木長菸斗」（long cherrywood pipe）（圖2）、「老石楠根菸斗」（old briar-root pipe）（圖3）這3種。

與人爭論而不是沉思時，他習慣以櫻桃木菸斗來代替他的陶土菸斗」。

在具體提到的菸斗之中，又屬「陶土菸斗」出現次數最多，曾在6部作品登場，不愧是福爾摩斯沉思思專用的菸斗。

在《藍拓榴石探案》、《查爾斯·奧卡斯塔·麥維頓探案》這3部作品只提到「陶土菸斗」（clay pipe）；〈身分之謎〉、《紅髮俱樂部》、《巴斯克村獵犬》這3部是提到「黑色陶土菸斗」。另外，〈匍行者探案〉的開頭，華生提到自己與福爾摩斯的關係時，說自己就像「他的小提琴、粗菸草、老黑菸斗、參考書，或其他一些人的堅持，華生在《紅櫸莊探案》的開頭就提到「每當他想案〉的開頭就提到「每當他想

206

案件12／紅樺莊探案 COPP

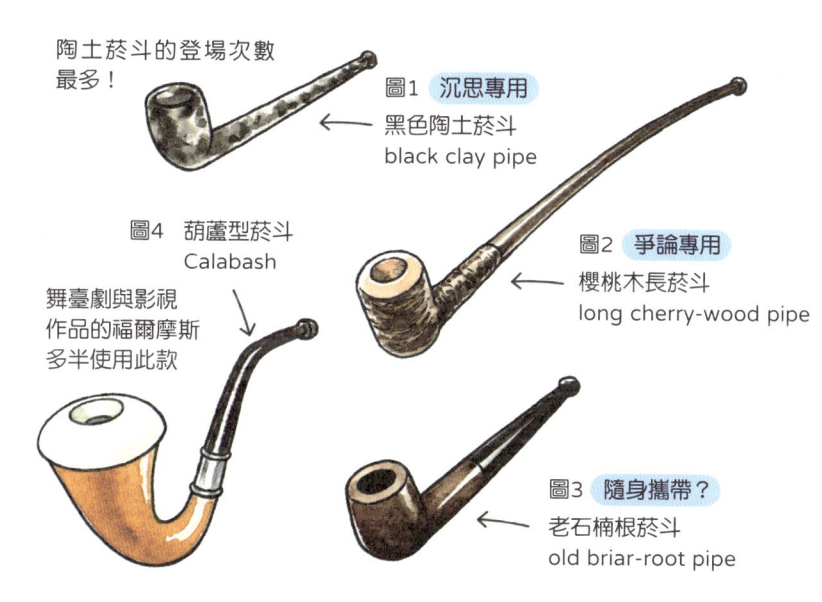

陶土菸斗的登場次數最多！

圖1 沉思專用
黑色陶土菸斗
black clay pipe

圖4 葫蘆型菸斗 Calabash

舞臺劇與影視作品的福爾摩斯多半使用此款

圖2 爭論專用
櫻桃木長菸斗
long cherry-wood pipe

圖3 隨身攜帶？
老石楠根菸斗
old briar-root pipe

爾戰爭（1899～1902），在此之前的菸斗主流是直斗柄，所以就算福爾摩斯真的抽這款葫蘆型菸斗，也應該是出現在「後期」的案件中。

「葫蘆型菸斗」開始成為福爾摩斯固定的造型配件，據說是因為美國演員威廉・吉列演出福爾摩斯舞臺劇時，咬著這款於斗較方便說話，因而被選用。

話說回來，在影視作品和插畫等經常出現福爾摩斯叼著斗柄大幅度彎曲的「葫蘆型菸斗」（calabash，圖4），不過這種菸斗其實誕生於第二次布

老石楠根菸斗在〈歪嘴的人〉裡是用於「沉思」的時候，不過有鑑於這段劇情是留宿在外地，推測或許是因為木製的老石楠根菸斗，比起容易損壞的陶土菸斗更方便攜帶。

小東西」，是他處理案子的幫手，或是精神上能信賴的夥伴。不過華生這裡所謂的「老黑菸斗」，結合福爾摩斯認為「辦案少不了」及「顏色是黑色」這兩點，推測應該是指沉思專用的「陶土菸斗」。

威廉・吉列
(William Gillette，1853～1937)

看亮點 check! 〈綠玉冠探案〉 讓我們稍微深入樂瞧一瞧!

名臺詞

"I can't make bricks without clay."

「沒有泥,我怎能造磚?」

資料!
資料!
資料!

他是在擔心亨特小姐……

這句話正是福爾摩斯「沒有足夠資料就不該妄加推理」此一信念的體現。

福爾摩斯的習慣

福爾摩斯想與人爭論時就會使用櫻桃木長菸斗

也許你犯的錯誤,是企圖將你的每一件敘述加入顏色與生命,而沒有將你記錄的工作限制於由因到果的嚴肅推論。

不爽

附帶一提,爭論內容是在批評華生發表的福爾摩斯案件紀錄

考察

兩人在本作中憶起過去的案件,這段對話中除了「單身貴族」外,也就是說,〈紅樺莊探案〉也是華生婚後的案子。

在本作的其他場面也提到——

電報是某一天很晚時到的,那時我正想回房睡覺。

這句話。

意思是華生這段期間在221B過夜嗎?或許是像〈五枚橘籽〉的情況,夫人又外宿了?

波西米亞國王、瑪莉·蘇特蘭小姐、歪嘴的人、單身貴族……

還有藍拓榴石那件……

名臺詞

"It is my belief, Watson, founded upon my experience, that the lowest and vilest alleys in London do not present a more dreadful record of sin than does the smiling and beautiful countryside."

「基於我的經驗，華生，我相信在倫敦市區最低微、最卑賤的巷子裡，不會比這令人愉悅而美麗的鄉間有更多可怕的犯罪紀錄。」

※福爾摩斯會「巴頓術」是在《歸來記》〈空屋探案〉中提及；華生打過「英式橄欖球」是在《檔案簿》〈吸血鬼探案〉中講到。↓參見P212、P214【作品列表】

夏洛克・福爾摩斯的創造者

亞瑟・柯南・道爾
Arthur Conan Doyle (1859-1930)

出生於蘇格蘭愛丁堡的作家兼醫生

全名是「亞瑟・伊格內修斯・柯南・道爾」，其中的「柯南」和「道爾」都是姓氏（複姓）。

除了代表作《福爾摩斯探案全集》之外，還留下許多不同領域的暢銷作品，包括以查林傑教授為主角的科幻小說《侏儸紀：失落的世界》、歷史小說《傑拉德准將》（Brigadier Gerard）系列等。

福爾摩斯的誕生

全球喜愛的大偵探福爾摩斯的創作者亞瑟・柯南・道爾，是1859年5月22日出生於蘇格蘭的愛丁堡。

他因為家裡貧困，所以進入愛丁堡大學醫學院，希望成為收入穩定的醫生，然而認識在該大學執教鞭的約瑟夫・貝爾醫生，卻成為道爾人生重大的轉捩點。貝爾醫生只稍微瞧見病人，就能準確說出對方的出生地、經歷、病狀等，令學生們驚嘆。

道爾畢業後，在行醫的同時，開始著手寫下以這位恩師為原型的偵探小說，完成的作品就是1887年發表的福爾摩斯系列首作《暗紅色研究》。

約瑟夫・貝爾
Joseph Bell (1837-1911)

出生於蘇格蘭愛丁堡的醫生

畢業於愛丁堡大學醫學院。曾擔任該大學醫學院講師、太平紳士（法院內的非專業裁判官）等，1887年獲選愛丁堡皇家外科醫學院院長。也是維多利亞女王出訪蘇格蘭時的隨行醫生。

夏洛克・福爾摩斯的創造者亞瑟・柯南・道爾

	()＝道爾的年齡	福爾摩斯作品年表（●＝道爾的簡歷）
	1859年（0歲）	●5月22日／出生於蘇格蘭愛丁堡
	1876年（17歲）	「維多利亞女王兼任印度皇帝」 ●就讀愛丁堡大學
	1877年（18歲）	●後來遇到福爾摩斯原型的約瑟夫・貝爾醫生
	1881年（22歲）	●愛丁堡大學畢業
	1887年（28歲）	「維多利亞女王即位50週年紀念典禮」 夏洛克・福爾摩斯首次問世 《暗紅色研究》刊登在《畢頓耶誕年刊》
	1888年（29歲）	《暗紅色研究》單行本出版
	1890年（31歲）	《四個人的簽名》刊登在《理本科特月刊》2月號 《四個人的簽名》單行本出版
	1891年（32歲）	福爾摩斯短篇作品開始連載 〈波宮祕聞〉刊登在《史全德雜誌》7月號
	1892年（33歲）	短篇集《福爾摩斯辦案記》單行本出版
	1893年（34歲）	〈最後一案〉刊登在《史全德雜誌》12月號 福爾摩斯作品連載停止 短篇集《福爾摩斯回憶記》單行本出版 福爾摩斯作品初次翻拍成舞臺劇（主演：查爾斯・布魯克菲爾德）
	1900年（41歲）	福爾摩斯作品首次翻拍成電影（美國／主演：不明）
	1901年（42歲）	「維多利亞女王駕崩，愛德華七世即位」 《巴斯克村獵犬》在《史全德雜誌》連載（8月號～1902年4月號）
	1902年（43歲）	《巴斯克村獵犬》單行本出版
	1903年（44歲）	〈空屋探案〉刊登在英國《史全德雜誌》10月號＆美國《科利爾雜誌》9月26日號
	1905年（46歲）	短篇集《福爾摩斯歸來記》單行本出版
	1914年（55歲）	《恐懼之谷》刊登在《史全德雜誌》9月號～1915年5月號
	1915年（56歲）	《恐懼之谷》單行本出版
	1917年（58歲）	短篇集《福爾摩斯退場記》單行本出版
	1927年（68歲）	福爾摩斯系列最後的作品 〈老修桑姆莊探案〉刊登在英國《史全德雜誌》4月號＆美國《自由雜誌》3月5日號 短篇集《福爾摩斯檔案簿》單行本出版
	1930年（71歲）	●7月7日／於薩塞克斯郡克羅伯勒逝世

續集預告①
本書未介紹的《福爾摩斯》作品列表

《史》=《史全德雜誌》、《科》=《科利爾雜誌》、＊="The Adventure of"

【短篇集】《福爾摩斯回憶記》 The Memoirs of Sherlock Holmes ／ 1893 年

〈銀斑駒〉＊Silver Blaze／《史》1892年12月號

〈硬紙盒探案〉＊the Cardboard Box／《史》1893年1月號

〈黃色臉孔〉＊the Yellow Face／《史》1893年2月號

〈證券交易所的職員〉＊the Stockbroker's Clerk／《史》1893年3月號

〈榮蘇號〉＊the "Gloria Scott"／《史》1893年4月號

〈墨氏家族的成人禮〉＊the Musgrave Ritual／《史》1893年5月號

〈瑞蓋特村之謎〉＊the Reigate Squire／《史》1893年6月號

〈駝者〉＊the Crooked Man／《史》1893年7月號

〈住院病人〉＊the Resident Patient／《史》1893年8月號

〈希臘語譯員〉＊the Greek Interpreter／《史》1893年9月號

〈海軍協約〉＊the Naval Treaty／《史》1893年10、11月號

〈最後一案〉＊the Final Problem／《史》1893年12月號

【長篇】

《巴斯克村獵犬》The Hound of the Baskervilles／《史》1901年8月號～1902年4月號

【短篇集】《福爾摩斯歸來記》 The Return of Sherlock Holmes ／ 1905 年

〈空屋探案〉＊the Empty House／《史》1903年10月號／《科》1903年9月26日號

〈營造商探案〉＊the Norwood Builder／《史》1903年11月號／《科》1903年10月31日號

〈小舞人探案〉＊the Dancing Men／《史》1903年12月號／《科》1903年12月5日號

〈獨行女騎者探案〉＊the Solitary Cyclist／《史》1904年1月號／《科》1903年12月26日號

〈修院學校探案〉＊the Priory School／《史》1904年2月號／《科》1904年1月30日號

〈黑彼得探案〉＊Black Peter／《史》1904年3月號／《科》1904年2月27日號

〈查爾斯・奧卡斯塔・麥維頓探案〉＊Charles Augustus Milverton／《史》1904年4月號／《科》1904年3月26日號

〈六尊拿破崙塑像探案〉＊the Six Napoleons／《史》1904年5月號／《科》1904年4月30日號

〈三名學生探案〉＊the Three Students／《史》1904年6月號／《科》1904年9月24日號

〈金邊夾鼻眼鏡探案〉＊the Golden Pince-Nez／《史》1904年7月號／《科》1904年10月29日號

〈失蹤的中後衛探案〉＊the Missing Three-Quarter／《史》1904年8月號／《科》1904年11月26日號

〈格蘭居探案〉＊the Abbey Grange／《史》1904年9月號／《科》1904年12月31日號

〈第二血跡探案〉＊the Second Stain／《史》1904年12月號／《科》1905年1月28日號

續集預告

詹姆士・莫里亞提教授
Professor James Moriarty
《回憶記》〈最後一案〉

倫敦犯罪圈的地下首領、天才數學家，福爾摩斯形容他是「犯罪王國的拿破崙」。

麥考夫・福爾摩斯
Mycroft Holmes
《回憶記》〈希臘語譯員〉

比夏洛克・福爾摩斯年長7歲的哥哥，比弟弟更聰明！

查爾斯・奧卡斯塔・麥維頓
Charles Augustus Milverton
《歸來記》〈查爾斯・奧卡斯塔・麥維頓探案〉

面帶微笑將無數上流階層逼下地獄的敲詐勒索之王。

范蕾特・史密斯
Violet Smith
《歸來記》〈獨行女騎者探案〉

維多利亞時代的窈窕淑女騎著腳踏車在鄉間小路颯爽前行。

塞浦斯丁・莫倫上校
Colonel Sebastian Moran
《歸來記》〈空屋探案〉

擁有無數功勳的退伍軍人，也是獵虎成績至今無人能比的最佳射獵手。

亨利・巴斯克維爾
Henry Baskerville
《巴斯克村獵犬》

在美國長大的遺產繼承人回到有魔犬詛咒的家族領地上。

213

續集預告②
本書未介紹的《福爾摩斯》作品列表

《史》=《史全德雜誌》、《科》=《科利爾雜誌》、《哈》=《哈茲國際雜誌》、《自》=《自由雜誌》、＊=" The Adventure of "

【長篇】
《恐懼之谷》The Valley of Fear／《史》1914年9月號〜1915年5月號

【短篇集】《福爾摩斯退場記》His Last Bow／1917年

〈紫藤居探案〉＊Wisteria Lodge／《史》1908年9、10月號／《科》1908年8月15日號
〈布魯士－巴丁登計畫探案〉＊the Bruce-Partington Plans／《史》1908年12月號／《科》1908年12月12日號
〈魔鬼的腳探案〉＊the Devil's Foot／《史》1910年12月號／美版《史》1911年1、2月號
〈赤環黨探案〉＊the Red Circle／《史》1911年3、4月號／美版《史》1911年4、5月號
〈法蘭西斯・卡法克小姐的失蹤〉＊The Disappearance of Lady Frances Carfax／《史》1911年12月號／《美國雜誌》1911年12月號
〈垂死偵探案〉＊the Dying Detective／《史》1913年12月號／《科》1913年11月22日號
〈福爾摩斯退場〉His Last Bow: An Epilogue of Sherlock Holmes／《史》1917年9月號／《科》1917年9月22日號

【短篇集】《福爾摩斯檔案簿》The Case-Book of Sherlock Holmes／1927年

〈藍寶石探案〉＊the Mazarin Stone／《史》1921年10月號／《哈》1921年11月號
〈松橋探案〉The Problem of Thor Bridge／《史》1922年2、3月號／《哈》1922年2、3月號
〈匍行者探案〉＊the Creeping Man／《史》1923年3月號／《哈》1923年3月號
〈吸血鬼探案〉＊the Sussex Vampire／《史》1924年1月號／《哈》1924年1月號
〈三名同姓之人探案〉＊the Three Garridebs／《史》1925年1月號／《科》1924年10月25日號
〈顯赫的顧客探案〉＊the Illustrious Client／《史》1925年2、3月號／《科》1924年11月8日號
〈三面人形牆探案〉＊the Three Gables／《史》1926年10月號／《自》1926年9月18日號
〈蒼白的士兵探案〉＊the Blanched Soldier／《史》1926年11月號／《自》1926年10月16日號
〈獅鬃探案〉＊the Lion's Mane／《史》1926年12月號／《自》1926年11月27日號
〈退休顏料商探案〉＊the Retired Colourman／《史》1927年1月號／《自》1926年12月18日號
〈蒙面房客探案〉＊the Veiled Lodger／《史》1927年2月號／《自》1927年1月22日號
〈老修桑姆莊探案〉＊Shoscombe Old Place／《史》1927年4月號／《自》1927年3月5日號

續集預告

《恐懼之谷》
約翰・麥莫度
Jack McMurdo

《恐懼之谷》
艾蒂・謝芙特
Ettie Shafter

《退場記》〈福爾摩斯退場〉
波克
Von Bork

楚楚可憐，盛開在恐懼之谷佛米沙的一朵嬌花，旅舍老闆的女兒。

懷抱祕密、帶著槍隨眾人來到恐懼之谷佛米沙的年輕人！

偽裝喜好運動，打入英國高層的優秀德國間諜。

專業的細菌學家，進行致死傳染病、苦力病的最先進研究。

《退場記》〈垂死偵探探案〉
柯佛登・史密斯
Culverton Smith

《檔案簿》〈顯赫的顧客探案〉
阿得柏・葛倫納男爵
Baron Adelbert Gruner

《退場記》〈紫藤居探案〉
貝恩斯探長
Inspector Baynes

困在舍瑞郡鄉下，卻擁有福爾摩斯也認同的才華與氣節。

在歐洲赫赫有名的俊美澳洲男爵。藏在那張假面具底下是冷酷的殺人凶手。

215

寫在最後

感謝各位讀者閱讀到最後。狗尾草工房動了「繪製福爾摩斯系列登場人物」的念頭，是因為2019年與北原尚彥老師一起創作《福爾摩斯用語辭典》（誠文堂新光社），過程中反覆閱讀原著，重新發現到原著作者柯南・道爾的角色創造力無比精彩，每個角色都充滿個性，很輕易就能夠在腦海中浮現他們的模樣，叫人捨不得不畫下來。後來在《圖解福爾摩斯關鍵詞》的工作結束後，我們對於「福爾摩斯的狂熱」也遲遲沒有退燒，因此忍不住創作了《福爾摩斯登場人物圖鑑》，並且陸續發表在X（舊稱「推特」）上。直到2020年11月，我們突然收到X-Knowledge出版社佐藤美星小姐的來信，希望將本書納入該社的人氣系列《解剖圖鑑》，我們感到很榮幸，也十分感謝在新冠疫情搞得人心惶惶的時候能夠接到這麼棒的工作。每天窩在家裡浸淫在福爾摩斯的世界中真的是無比幸福，而且編輯也給了我們充足的時間製作，並賦予我

們莫大的創作自由。雖然我們把所有「想放進來」的內容一個不漏全都塞進來，做出來的成品好像超出「人物圖鑑」的範疇了⋯⋯不過還是希望這本書能夠成為各位在閱讀原著時的輔助手冊。

最後要由衷感謝細心體貼給予不熟悉書籍製作的我們寶貴意見的責任編輯佐藤美星小姐，以及被我們刁難卻仍做出漂亮成品的美術設計米倉英弘先生、橫村葵小姐，以及負責DTP的竹下隆雄先生。還要感謝爽快答應我們要求幫忙審訂的北原尚彥老師與明山一郎老師。謝謝提供建議的日暮雅通先生。另外也要感謝研究福爾摩斯的各位前輩，如果沒有你們就沒有這本書。由衷感謝本書相關人員與福爾摩斯研究者。

本書的內容涵蓋60篇原著的前面3分之1，期待續集再會。

狗尾草工房

登場人物索引（按中文筆畫排序）

安東尼·瓊斯	Athelney Jones	四	20, 21, 52, **61**, 62, 63, 64, 71, 73, 85, 128, 140
老婦人	An elderly woman in Brlony Lodge	波	77, **80**
艾莉絲	Alice	單	179, **182**
艾莉絲·查本蒂爾	Alice Charpentier	暗	28, **31**
艾琳·艾德勒	Irene Adler	波	21, 75, 76, 77, **79**, 80, 81, 83, 84, 87, 107
艾勞克·傑·楚博爾	Enoch J. Drebber	暗	18, 21, 23, 28, **30**, 31, 34, 38, 42, **43**, 45, 94, 107
考博兒	Cowper	暗	**43**
西絲兒·佛瑞斯特太太	Mrs. Cecil Forrester	四	21, 52, 53, **57**, 128, 130
吉普賽人	Gypsies	花	159, **163**
艾蒂·謝芙特	Ettie Shafter	恐	**215**

7畫

巡佐	Police-sergeant	四	**61**
亨利·巴斯克維爾	Henry Baskerville	犬	**213**
亨利·貝克	Henry Baker	拓	118, 142, 147, **148**, 151
貝克街雜牌軍	The Baker Street division of the detective police force	四	22, 28, **33**, 45, 49, 52, 60, 71, 73, 143
貝克街雜牌軍	The Baker Street Irregulars	四	22, 28, 33, 45, 49, 52, **60**, 71, 73, 143
貝恩斯探長	Inspector Baynes	紫	140, **215**
杜斯特·愛克巴	Dost Akbar	四	66, **68**
沙意爾	Mrs. Sawyer	暗	20, 28, **32**, 33, 45
巡邏中的警員	Constables	歪	**137**

8畫

帕丁頓車站的列車長	The Guard	工	168, 169, **172**, 175, 176
阿布都拉·康恩	Abdullah Khan	四	66, **68**, 70
波西·阿米特基	Percy Armitage	花	22, 159, 160, **162**, 165
波克	Von Bork	退	107, **215**
阿貝·懷特	Abel White	四	66, **67**
制服男僕	Page-boy	單	101, 104, 178, 179, **183**
制服男僕	The boy in buttons	身	101, **104**, 178, 179, 183
阿奇邁特	Achmet	四	**68**
制服警探	Inspector in uniform	四	**61**
金柏（四大長老）	Kemball / The Holy Four	暗	38, **42**
牧師	Clergyman	波	**81**

數字

14歲的女孩	A girl of fourteen	紅	**90**
221B的女傭	Maid	暗	**33**, 45, 123, 173

3畫

三名女傭	Three maid-servants	綠	**192**
山姆·布朗	Sam Brown	四	**62**
木腳男	The Wooden-legged man	四	58, **59**

4畫

水手裝男子（福爾摩斯）	A man, clad in a rude sailor dress	四	**63**
文生·史寶定	Vincent Spaulding	紅	89, **91**, 95
戈弗瑞·諾頓	Godfrey Norton	波	19, 77, **80**, 81, 194
丹麥打手	A Dane	歪	133, **136**
巴頓警探	Inspector Barton	歪	133, **137**
比爾	Bill	拓	**151**
巴薩隆謬·薛豆	Bartholomew Sholto	四	52, 54, **55**, 56, 69, 71, 118

5畫

甘士比·羅列特	Dr. Grimesby Roylott	花	16, 17, 22, 56, 159, **160**, 161, 162, 163, 164, 165, 166
夏洛克·福爾摩斯	Sherlock Holmes		**8**與其他多數
史丹佛	Stamford	暗	19, 26, 27, 28, **29**
史丹利·霍浦金斯			118, 140
史丹格森（四大長老）	Stangerson / The Holy Four	暗	38, **42**, 43
史密斯太太	Mrs. Smith	四	**58**
史莫頓醫生	Dr. Somerton	四	66, **69**
弗勞拉·米勒	Flora Millar	單	179, **182**, 183
布萊德史翠特警探	Inspector Bradstreet		138, 140, 147, 169, 173, **175**, 177
史道柏小姐	Miss Stoper	莊	**203**
包爾街警察局崗的警察	The two constables at the door	歪	**138**
布魯姆利·布朗中尉	Lieutenant Bromley Brown	四	66, **69**

6畫

老水手（福爾摩斯）	An aged man, clad in seafaring garb	四	**63**
老布恩史棟太太	Mrs. Bernstone	四	52, **55**
艾沙·衛特尼	Isa Whitney	歪	132, 133, 136, **137**, 138, 139, 141, 144
伊利斯·歐本蕭	Elias Openshaw	五	22, 44, 123, 124, **125**, 127, 129

218

約翰‧H‧華生	John H. Watson		10與其他多數
約翰‧杜勒	John Turner	谷	19, 111, 112, **113**, 114, 116, 117
約翰‧阮斯警員	Constable John Rance	暗	21, 28, 32, **34**, 35, 45, 49, 96
約翰‧佛瑞爾	John Ferrier	暗	38, **39**, **40**, 41, 42, 44
約翰‧何德連長	Sergeant John Holder	四	66, **67**
約翰‧柯布	John Cobb	谷	111, **114**
約翰‧麥莫度	John McMurdo (Jack)	恐	**215**
約翰‧歐本蕭	John Openshaw	五	122, 123, **124**, 125, 127, 129, 130
約翰‧霍納	John Horner	拓	147, **149**, 150, 153
約翰‧薛豆	Major John Sholto	四	20, 52, 54, 55, **56**, 66, 69
約翰生‧史莫	Jonathan Small	四	23, 66, **67**, 68, 69, 70
建築物的房東	The landlord	紅	89, **91**
范蕾特‧史密斯	Violet Smith	騎	**213**
10畫			
修‧伯恩	Hugh Boone	歪	18, 133, **134**, 136, 137, 138, 139, 141, 142
馬夫	Ostler	波	**80**
馬夫	Groom	綠	**192**
馬夫	The trap driver	花	**162**
送牛奶的孩子	A Milk boy	暗	**32**
唐加	Tonga	四	**59**
退伍軍人服務隊	Commissionaire	暗	**29**
旅社服務生	Hotel waiter	谷	**114**
馬來服務生	A malay	歪	132, 133, **136**
旅店的僕役	The Boots	暗	**32**
神祕人物	The murderer?	暗	**32**
唐娜太太	Mrs. Turner	波	77, **81**
海倫‧史東納	Helen Stoner	花	22, 158, 159, **160**, 161, 162, 163, 164, 165, 166
海蒂‧陶倫	Hatty Doran	單	44, 178, 179, 180, **181**, 182, 183, 184, 185
馬僮	A stable-boy	歪	**135**
納維爾‧聖克萊	Neville St. Clair	歪	18, 20, 22, 132, 133, **135**, 139, 141
納德 10 15	Ned	身	101, **102**
茱麗亞‧史東納	Julia Stoner	花	159, 160, **162**, 165, 166
11畫			
培心‧摩倫	Patience Moran	谷	111, **114**
麥卡錫家的女傭	McCarthy's maid	谷	111, **114**

彼得‧瓊斯	Peter Jones	紅	23, 89, **92**, 95, 140
阿得柏‧葛倫納男爵	Baron Adelbert Gruner	顯	**215**
彼得森	Peterson	拓	146, 147, 148, **149**, 153, 157
亞瑟‧何德爾	Arthur Holder	綠	189, **191**, 192, 193, 195, 196
亞瑟‧莫斯坦上尉	Captain Arthur Morstan	四	52, 54, 56, 66, **69**, 71, 155
亞瑟‧查本蒂爾	Arthur Charpentier	暗	28, **31**
亞歷山大‧何德爾	Alexander Holder	綠	21, 142, 188, 189, **190**, 191, 192, 193, 194, 195, 196, 197
阿羅索斯‧陶倫	Aloysius Doran	單	19, 179, **181**
法蘭西斯‧包士柏	Francis Prosper	綠	189, **192**
法蘭西斯‧海‧摩頓	Francis Hay Moulton	單	**182**
9畫			
前水手的印度流氓	The Lascar	歪	56, 133, **136**
查本蒂爾夫人	Madame Charpentier	暗	21, 28, 30, **31**
便衣刑警	A plain-clothes man	工	169, **173**, 175, 177
哈利‧墨克爾警員和另外兩位警員	Constable Harry Murcher and two more	暗	18, 32, **35**
柯佛登‧史密斯	Culverton Smith	垂	**215**
柏金瑞吉	Breckinridge	拓	147, **151**, 153, 157
哈帝	Hardy	身	**104**
食品店的人與年輕人	A confectioner's man and a youth	單	**183**, 185
查理士‧麥卡錫	Charles McCarthy	谷	19, 110, 111, **112**, 113, 114, 116, 117
威廉‧古德	William Crowder	谷	111, **114**
威廉‧卡茲瑞克‧西祺門‧歐姆斯坦	The King of Bohemia Wilhelm Gottsreich Sigismond von Ormstein	波	17, 76, 77, **78**, 79, 84, 86, 87, 100, 108, 143
威廉士	Williams	四	52, **54**
約瑟夫‧史丹格森	Joseph Stangerson	暗	28, 30, 31, 32, 38, 42, **43**, 45
查爾斯‧奧卡斯塔‧麥維頓	Charles Augustus Milverton	查	149, **213**
哈德森夫人／女房東	Mrs. Hudson / The Landlady	拓	7, 9, **12**, 24, **33**, 45, 51, 52, **60**, 65, 81, 122, 147, 156, 158, 159, 165, 173, 174
約翰	John	波	77, **80**
約翰	John	歪	**136**, 143

登場人物索引

圍觀的人	People gathered on the street	波	81
13畫			
雷三德・史達克上校	Colonel Lysander Stark	工	169, 170, **171**, 174, 175
當地的鐵匠	Local blacksmith	花	159, **162**
愛佛車站的車站人員	Porter	工	**172**
聖克萊夫人	Mrs. St. Clair	歪	20, 133, **135**, 136, 137, 141
聖克萊夫妻的孩子們	St. Clair's children	歪	**135**
道肯・羅斯	Duncan Ross	紅	89, **91**
詹姆士・麥卡錫	James McCarthy	谷	23, 111, **112**, 113, 114, 115, 117
詹姆士・莫里亞提教授	Professor James Moriarty	—	**213**
詹姆士・溫德班克	James Windibank	身	18, 101, **103**, 104, 106, 194
詹姆士・賴德	James Ryder	拓	147, **150**, 151
溫帝蓋特	Windigate	拓	147, **151**
塞浦斯丁・莫倫上校	Colonel Sebastian Moran	空	56, **213**
新教牧師（福爾摩斯）	Nonconformist Clergyman	波	**82**, 84
雷斯垂德	Lestrade		7, 9, **13**, 19, 28, 32, **34**, 45, 49, 110, 111, 113, **115**, 117, 121, 128, 140, 179, **183**, 184, 185, 187
楚博爾（四大長老）	Drebber / The Holy Four	暗	38, **42**, 43
雷爾・喬達	Lal Chowdar	四	**56**
愛德華・羅凱瑟	Edward Rucastle	莊	199, 201, **202**
愛麗絲	Elise	工	169, **171**
愛麗絲・杜勒	Alice Turner	谷	111, 112, **113**, 115, 117
愛麗絲・羅凱瑟	Alice Rucastle	莊	199, **202**
14畫			
維克・韓舍利	Victor Hatherley	工	19, 20, 22, 168, 169, **170**, 171, 172, 173, 174, 175, 176, 177
管引擎的人	Engineer	四	**62**
瑪姬・歐筱特	Maggie Oakshott	拓	18, 147, **151**
瑪莉	Mary	五	123, **125**
瑪莉・何德爾	Mary Holder	綠	189, **191**, 192, 195
瑪莉・莫斯坦	Mary Morstan	四	21, 23, 50, 51, 52, **53**, 54, 55, 56, 57, 60, 62, 69, 71, 72, 74, 142

麥考夫・福爾摩斯	Mycroft Holme	希	8, **213**
陪同華生的警探	Inspector as Watson's Companion	四	**62**
莫迪卡・史密斯	Mordecai Smith	四	**58**, 59
莫茲利	Maudsley	拓	**151**
陶勒	Mr. Toller	莊	199, **203**, 204
陶勒太太	Mrs. Toller	莊	199, **203**, 204, 205
陶森夫婦	Mr. & Mrs. Dawson	四	66, **67**
陶拜斯・葛里格森	Tobias Gregson	暗	26, 28, 31, **34**, 35, 45, 49, 140, 149
強斯頓（四大長老）	Johnston / The Holy Four	暗	38, **42**
麥喀墨杜	McMurdo	四	52, **55**, 72
麥瑞華德	Merryweather	紅	89, **92**, 95, 96
12畫			
華生夫人	Mrs. Watson		77, 81, 110, 111, **115**, 117, 120, 122, 123, 130, 132, 133, **137**, 144, 164
華生家的女傭	Watson's maid	谷	**115**, **173**, 175
喀打麥加	Khitmutgar	四	52, **54**
傑布斯・威爾森	Jabez Wilson	紅	18, 75, 88, 89, **90**, 91, 93, 94, 95, 98, 107, 134, 142, 194
傑米	Jim	四	**58**
傑克	Jack	四	**58**, 73
傑佛森・霍浦	Jefferson Hope	暗	38, **41**, 43, 44
傑佛諾・羅凱瑟	Jephro Rucastle	莊	23, 198, 199, 200, **201**, 202, 203, 204, 205, 209
喬治・潘維爾爵士	Sir George Burnwell	綠	189, **192**, 197
凱特・衛特尼	Kate Whitney	歪	115, 132, 133, **137**, 141, 144
逮捕亞瑟的警員	Two officers	暗	**35**
費格森	Mr. Ferguson	工	169, **171**
傅勒	Mr. Fowler	莊	199, **202**
舒曼先生	Old Sherman	四	21, **57**, 163
掌舵的人	A man at the rudder	四	**62**
無業遊民（福爾摩斯）	Common loafer	綠	**193**, 195, 197
喬瑟夫・歐本蕭	Joseph Openshaw	五	123, **125**, 129
斐奧麗特・亨特	Violet Hunter	莊	198, 199, **200**, 201, 202, 203, 204, 205, 209
喝醉的馬夫（福爾摩斯）	A drunken-looking groom	波	**82**, 84
街頭流浪小童	Street Arab	四	**54**
凱薩玲・卡賽克	Catherine Cusack	拓	147, **150**

220

動物

小獵犬	The Terrier	33
卡羅	Carlo the mastiff	199, **203**, 204, 205
印度豹	A cheetah	163
狒狒	A baboon	163
突比	Toby	**57**, 58, 61, 64, 65, 71, 73, 74, 163
龐球	Poncho	41

實際存在的人物

三K黨	K．K．K	**126**, 127
小約瑟夫・史密斯	Joseph Smith Jr.	43
亨利・大衛・梭羅	Henry David Thoreau	183
帕布羅・德・薩拉沙泰	Pablo de Sarasate	19, **93**, 95
居瑪塔夫・福樓拜	Gustave Flaubert	93
查理・布朗丁	Charles Blondin	**64**, 73
哈菲茲		104
威廉・克拉克・羅素	William Clark Russell	126
威廉・溫伍・利德	William Winwood Reade	63
威爾瑪・聶魯達	Wilma Norman-Neruda	35, 45
約翰・沃夫岡・馮・歌德	Johann Wolfgang von Goethe	35, 37, **64**, 104
約翰・海爾	John Hare	82
埃米爾・伽保里歐	Émile Gaboriau	11
埃德格・愛倫・坡	Edgar Allan Poe	11
荷瑞斯	Quintus Horatius Flaccus	104
傑・保羅	Jean Paul	64
喬治・居維業	Georges Cuvier	126
喬治・梅瑞狄斯	George Meredith	115
喬治桑 12	George Sand	93
湯瑪斯・卡萊爾	Thomas Carlyle	35, 37
湯瑪士・德昆西	Thomas De Quincey	137, **138**
楊百翰	Brigham Young	38, 40, 41, **42**, 43
詹姆士・博斯韋爾	James Boswell	82

與《福爾摩斯》系列有關的人物

亞瑟・柯南・道爾	Arthur Conan Doyle	210與其他多數
柯南・道爾的母親瑪莉	Mary Doyle	204
約瑟夫・貝爾	Joseph Bell	210
威廉・吉列	William Gillette	207

瑪莉・蘇特蘭	Mary Sutherland	身	18, 19, 21, 23, 100, 101, **102**, 103, 104, 105, 106, 128, 134, 149
瑪莉的生父	Mary Sutherland's father	身	101, 103, **104**
瑪莉的母親	Mary Sutherland's mother	身	101, 103, **104**
瑪莉簡	Mary Jane	波	77, **81**, 173
僅僅	Page	綠	192
福德漢律師	Mr. Fordham	五	123, **125**

15畫

德文郡公爵夫人	Duchess of Devonshire		102
鴉片館的客人（福爾摩斯）	A tall, thin old man	歪	132, **138**, 141
摩卡伯爵夫人	Countess of Morcar	拓	147, 149, **150**, 153
摩倫太太	Mrs. Moran	谷	111, **114**
墨瑞	Murray	暗	29

16畫

擁有全英國最高貴、地位最崇高名字的人	The person who have one of the highest, noblest, most exalted names in England	綠	189, **193**, 194, 195, 196
默罕麥・施因	Mahomet Singh	四	66, **68**
霍斯默・安吉爾	Hosmer Angel	身	18, 100, 101, **103**, 106, 107, 118, 149, 155
賴爾・瑞奧	Lal Rao	四	52, **55**

17畫

賽弟奧斯・薛豆	Thaddeus Sholto	四	52, **54**, 55, 56, 61, 69, 71
韓舍利辦公室的辦事員	Clerk	工	170

18畫

魏金斯	Wiggins	四/暗	33, 45, **60**, 73

19畫

羅伯・聖席蒙勳爵	Lord St. Simon (Robert Walsingham de Vere St. Simon, Duke of Balmoral)	單	19, 22, 23, 178, 179, **180**, 181, 182, 183, 184, 185, 186
羅凱瑟夫人	Mrs. Rucastle	莊	199, **201**, 203, 204

20畫

警探和警員	The Inspector and a constable	綠	193
警探與兩位警員	An inspector and two officer	紅	92
警備巡佐	Two constables	四	61

21畫

露西・包爾	Lucy Parr	綠	189, **192**
露西・佛瑞爾（露西）	Lucy Ferrier / Lucy	暗	38, **39**, **40**, 41, 42, 43, 44

- 理查德・雷麗(Dick Riley)、潘・麥卡利斯特（Pam McAllister）（編）／日暮雅通（譯）《福爾摩斯懸疑指南》(The Bedside, Bathtub & Armchair Companion to Sherlock Holmes，原書房／2000）
- 大衛・斯圖爾特・戴維斯（David Stuart Davies）等／日暮雅通（譯）《福爾摩斯大圖鑑》(The Sherlock Holmes Book，三省堂／2016）
- 德斯蒙德・莫利斯（Desmond Morris）／屋代通子《耶誕節觀察》(Christmas Watching，扶桑社／1994）
- 寺田四郎《英國報紙小史》（新聞之新聞社／1936）
- 永田信一《圖說透鏡》（日本實業出版社／2002）
- 長沼弘毅《福爾摩斯退場記》（文藝春秋／1970）
- 日暮雅通《福爾摩斯聖經：永恆名偵探170年的故事》（早川書房／2022）
- 大英圖書館《Try It! Buy It!: Vintage Adverts》（Graphic-sha Publishing／2016）
- 馬丁・菲多（Martin Fido）／北原尚彥（譯）《福爾摩斯的世界》(The World of Sherlock Holmes: The Facts and Fiction Behind the World's Greatest Detective，求龍堂／2000）
- 班・麥金泰爾（Ben Macintyre）／北澤和彥（譯）《犯罪界的拿破崙》(The Napoleon of Crime: The Life and Times of Adam Worth, Master Thief，朝日新聞社／1997）
- 彼得・海寧（Peter Haining）／岩井田雅行、緒方桂子（譯）《NHK電視版福爾摩斯辦案記》(求龍堂／1998）
- 本田毅彥《印度殖民地官僚：大英帝國的超級精英們》（講談社／2001）
- MAAR社編輯部《100年前的倫敦》（MAAR社／1996）
- 馬修・邦森（Matthew Bunson，編著）／日暮雅通（翻譯審訂）《福爾摩斯百科事典》（原書房／1997）
- 水野雅士《成為福爾摩斯迷之路：從登山口到五合目》（青弓社／2001）
- 露絲・古德曼（Ruth Goodman）／小林由果（譯）《維多利亞時代生活實錄》(How to be a Victorian，原書房／2017）
- 約翰遜・羅傑(Roger Johnson)、珍・厄普頓（Jean Upton）／日暮雅通（譯）《福爾摩斯的一切》（The Sherlock Holmes Miscellany，集英社International／2022）
- 渡邊和幸《倫敦地名由來事典》（鷹書房弓PRESS／2014）
- 《週刊百位歷史名人／歷史由他們創造No.56柯南・道爾》（DeAgostini／2004）
- AventurasLiterarias／Sherlock Holmes Map of London（Aventuras Literarias S.L.／2015）
- Dr John Watson & Sir Arthur Conan Doyle／THE CASE NOTES OF SHERLOCK HOLMES（Carlton Books Ltd／2020）
- 哈洛德百貨公司《Victorian shopping : Harrod's catalogue 1895》（Newton Abbot: David & Charles／1895）
- 約翰・巴塞洛繆（John Bartholomew）／Philips' handy atlas of the counties of England（George Philip and Son／1873）
- 尼可拉斯・烏特辛（Nicholas Utechin）／The Complete Paget Portfolio（Gasogene Books／2018）
- 大英百科全書公司（https://www.britannica.com/）
- 大英博物館（https://www.britishmuseum.org/collection）
- BBC NEWS（https://www.bbc.com/news）
- COVE（https://editions.covecollective.org/）
- 倫敦瑪麗王后學院（https://www.qmul.ac.uk/）
- 紐約公共圖書館（https://digitalcollections.nypl.org/）
- 倫敦大學學院（https://www.ucl.ac.uk/）
- NewsDigest（http://www.news-digest.co.uk/news/）
- 蘇格蘭國家圖書館（https://www.nls.uk/）
- The Arthur Conan Doyle Encyclopedia（https://www.arthur-conan-doyle.com/index.php?title=Main_Page）
- 「日本福爾摩斯世界」網站（http://shworld.fan.coocan.jp/）
- 言BANK線上字典（https://kotobank.jp/）
- 英國ITV Granada公司製作《福爾摩斯探案》電視影集（1984-1994）
- 英國BBC公司製作《福爾摩斯探案》電視影集（1968）

參考文獻

- 柯南・道爾／日暮雅通（譯）《新譯福爾摩斯探案全集》（光文社文庫／2006～2008）
- 柯南・道爾／延原謙（譯）《福爾摩斯系列》（新潮文庫／1953～1955）
- 柯南・道爾／阿部知二（譯）《福爾摩斯系列》（創元推理文庫／1960）
- 柯南・道爾／巴林-古爾德（William S. Baring-Gould，注釋與說明）／小池滋（翻譯審訂）《詳註版福爾摩斯探案全集》（東京圖書／1982）
- 柯南・道爾／小林司、東山茜（譯）、高田寬（注釋譯）《福爾摩斯探案全集》（河出書房新社／1997～2002）
- Sir Arthur Conan Doyle／The Complete Illustrated Strand Sherlock HOlmes. The Complete Facsimile Edition.（Marboro Books Corp. a Div. of／1990）
- 用原文閱讀福爾摩斯（https://freeenglish.jp/holmes/）
- 柯南・道爾／延原謙（譯）《我的回憶與冒險－柯南・道爾自傳－》（*Memories and Adventures*，新潮文庫／1965）
- 新井潤美《魅力無窮的維多利亞時代──愛麗絲與福爾摩斯的英國文化》（NHK出版新書／2016）
- 磯部佑一郎《英國報紙史》（Japan Times／1984）
- 岩田託子、川端有子《圖解英國淑女的世界》（河出書房新社／2011）
- 海野弘等《鏡頭底下的19世紀英國》（山川出版社／2016）
- 蛭川久康、櫻庭信之、定松正、松村昌家、保羅・斯諾登（Paul Snowden）（編著）《倫敦事典》（大修館書店／2002）
- 岸川靖（編）《別冊電影祕寶福爾摩斯影像讀本》（洋泉社／2012）
- 北原尚彥／狗尾草工房（繪）《福爾摩斯用語辭典》（誠文堂新光社／2019）
- 北原尚彥《初學者的福爾摩斯》（中央公論新社／2020）
- 北原尚彥（審訂）《福爾摩斯完全解析讀本》（寶島社／2016）
- 北原尚彥（編著）《福爾摩斯事典》（筑摩文庫／1998）
- 北原尚彥／村山隆司（繪）《福爾摩斯的建築》（X-Knowledge／2022）
- 小池滋《認識英國精神事典》（水聲社／2010）
- 小池滋《英國鐵道物語》（晶文社／1979）
- 小林司、東山茜《圖解夏洛克・福爾摩斯》（河出書房新社刊／1997）
- 小林司、東山茜（著）／植村正春（攝影）《福爾摩斯探案：走訪柯南道爾筆下的世界》（正體中文版：臺灣麥克／2002）
- 小林司、東山茜（編）《夏洛克・福爾摩斯大事典》（東京堂出版／2001）
- 小林司、東山茜（編）《名偵探讀本1夏洛克・福爾摩斯》（PACIFICA／1978）
- 定松正、虎岩正純、蛭川久康、松村賢一（編）《英國文學地名事典》（研究社出版／1992）
- 格里・鮑勒（Gerry Bowler）／中尾節子（審訂）／笹田裕子、成瀬俊一（編）《圖解耶誕百科事典》（*The World Encyclopedia of Christmas*，柊風舍／2007）
- 傑克・崔西（Jack Tracy）／日暮雅通（譯）《福爾摩斯大百科事典》（*The Encyclopaedia Sherlockiana; or, A Universal Dictionary of the State of Knowledge of Sherlock Holmes and His Biographer, John H. Watson, M D*，河出書房新社／2002）
- 朱牟田夏雄、長谷川正平、齋藤光（編）《18-19世紀英美文學指南：作家作品資料事典》（南雲堂／1966）
- 約翰・D・萊特（John D. Wright，著）／角敦子（譯）《至暗與巔峰：維多利亞時代的英國與世界》（*The Victorians*，原書房／2019）
- 約翰・班尼特秀（John Bennett Show）、小林司、東山茜（編）《福爾摩斯原畫集》（*THE INTERNATIONAL ILLUSTRATED SHERLOCK HOLMES*，講談社／1990）
- 關矢悅子《福爾摩斯的餐桌：19世紀英國的飲食與生活》（原書房／2014）
- 谷田博幸《圖解維多利亞百科事典》（河出書房新社／2001）
- ChaTea紅茶教室《圖解維多利亞時代的生活》（河出書房新社／2015）
- 大衛・克里斯托（David Crystal，編著）主幹・金子雄司、富山太佳夫（日文版編輯）《岩波劍橋世界人名事典》（岩波書店／1977）

福爾摩斯解剖圖鑑：人物篇

作　　　者	狗尾草工房	
譯　　　者	黃薇嬪	
美 術 設 計	陳姿秀	
內 頁 排 版	陳姿秀	
行 銷 企 劃	蕭浩仰、江紫涓	
行 銷 統 籌	駱漢琦	
業 務 發 行	邱紹溢	
營 運 顧 問	郭其彬	
特 約 編 輯	張瑋珍	
責 任 編 輯	吳佳珍	
總 編 輯	李亞南	
出　　　版	漫遊者文化事業股份有限公司	
地　　　址	台北市103大同區重慶北路二段88號2樓之6	
電　　　話	(02) 2715-2022	
傳　　　真	(02) 2715-2021	
讀者服務信箱	service@azothbooks.com	
漫遊者臉書	www.facebook.com/azothbooks.read	
發　　　行	大雁出版基地	
地　　　址	231新北市新店區北新路三段207-3號5樓	
電　　　話	(02) 89131005	
傳　　　真	(02) 89131056	
劃 撥 帳 號	50022001	
戶　　　名	漫遊者文化事業股份有限公司	
初 版 一 刷	2025年05月	
定　　　價	490元	

ISBN　978-626-409-094-0
有著作權・侵害必究
本書如有缺頁、破損、裝訂錯誤，請寄回本公司更換。

SHERLOOK HOLMES JINBUTSU KAIBOUZUKAN
Enokoro Koubou 2023
Originally published in Japan in 2023 by
X-Knowledge Co., Ltd. TOKYO.
Cjinese(in complex character only) translation rights
arranged with X-Knowledge Co., Ltd. TOKYO,
through Future View Technology Ltd., TAIWAN.
Complex Chinese Translation copyright © 2025
AzothBooks Co., Ltd
All rights reserved.

國家圖書館出版品預行編目 (CIP) 資料

福爾摩斯解剖圖鑑：人物篇/ 狗尾草工房著. --
初版. -- 臺北市：漫遊者文化事業股份有限公
司出版：大雁出版基地發行, 2025.05
224 面 ; 14.8×21 公分
ISBN 978-626-409-094-0(平裝)
1.CST: 英國文學 2.CST: 推理小說 3.CST: 角色
873.57　　　　　　　　　　　　　114004288

漫遊，一種新的路上觀察學
www.azothbooks.com
漫遊者文化

大人的素養課，通往自由學習之路
www.ontheroad.today
遍路文化・線上課程

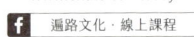